KB274994

별난 종교 이야기
-토템 신앙에서 UFO까지

별난 종교 이야기
-토템 신앙에서 UFO까지

별난 종교 이야기

-토템 신앙에서 UFO까지

김석현

미래문화사

책을 내면서

흔히 우리 나라를 일컬어 종교 백화점이라고 부른다. 그만큼 각양각색의 종교가 이 땅에서 군웅할거(群雄割據)하며 부침(浮沈)하고 있다는 얘기다.

어떤 종교 연구가는 국내에 신흥 종파만 4백여 종이 넘는다는 연구 결과를 발표하기도 했다. 그럼에도 불구하고 어느 누구도 정확한 종파수를 말할 수 없는 게 우리의 현실이다. 1990년대 초까지만 해도 한국 불교계는 18개 종단 체제로 운영돼 왔었다. 그러나 지금은 70여 종단으로 분파됐으며, 개신교단 역시 장로교만 보더라도 1백 개에 이르는 교단으로 분리돼 있을 정도다.

똑같은 신을 믿고 따르지만 그 방법이 각양각색이기 때문이다. 그런 까닭에 이 땅에서는 종교의 분파가 오늘도 계속되고, 덕택에 백화점식 종교 전시장을 방불케 하고 있다.

다양한 신(神), 더 다양한 사람들

한때 우리 나라에는 '요강교(요강·오줌을 받는 그릇)'라는 별칭을 가진 종파가 있었다. 정역(正易) 원리를 신앙으로 접목시켜 교단을 일으켰던 이 종단은 충의비(忠義碑)를 세우기 위해 요강을 만들어 팔기 시작한 것이 그만 '요강교'라는 별명을 얻게 된 것이다. 또 '타불교'라는 종파도 있었는데, 역시 '아미타불'을 약칭한 것이며, '찬물교'는 단어 그대로 찬물(냉수)을 마시면서 주문을 외운다는 데서 붙여진 이름이다. 타종교인이나 일반인들이 듣기에는 무척 생소한 교단 명칭일 수밖에 없다.

그러나 지구촌 곳곳에서는 상상도 못할 신이 존재하는가 하면, 그 신을 믿고 따르는 교인들도 부지기수라는 데 다시 한번 놀라게 된다. 이 중에 나무나 바위의 정령(精靈)을 믿는 정도는 양반(?)에 속한다. 왜냐하면 혐오감의 대명사인 쥐나 뱀을 섬기는 민족도 있기 때문이다. 어디 이뿐인가. 심지어는 페스트(흑사병)를 신으로 모시기까지 한다.

또 일부에서는 남자와 여자의 생식기 모양을 본떠 만든 남근(男根)·여근석(女根石)을 공공 장소에 버젓이 모셔 놓고 있으며, 한편에서는 섹스교의 가입을 권유하는 전단이 뿌려지기도 한다. 그러나 이같이 기상천외한 신앙의 형태도 최근 들어서는 큰 관심을 끌지 못하고 있다. 왜냐하면 기존의 충격보다 훨씬 강도가 큰 '자살교'와 '악마교' 등이 등장하고 있으니까 말이다.

아무리 별난 세상이라고는 하지만

'인간은 종교 없이 살 수는 없는 것일까.'

인도 여행 중에 얻은 화두(話頭)이다. 아무리 '처처불상(處處佛像)이요 사사불공(事事佛供)'이라고 한다지만, 마을 입구에서부터 집안의 문, 그리고 개인 소지품에까지 신의 상징이나 신앙의 마크가 그려져 있다면 너무 심한 것이 아닐까. 더군다나 생로병사와 고락(苦樂)까지도 자신의 의지와 상관없이 신이 내려준 운명이라고 믿고 있는 모습을 볼 때는 은근히 화가 치밀기까지 한다. 인도 사람들은 정말 그랬다. 아무리 먹을 것이 없어도 길거리에서 어슬렁거리는 소는 성스러운 동물이라 잡아먹을 수 없고, 갠지스 강은 흙탕물일지라도 성스럽기 때문에 마시고 목욕을 해야 하는 것이다.

필자가 갖고 있던 기존 관념, 아니 상식이라고 해도 좋다. 이것들이 완전히 허물어진 것은 갠지스 강가에서 화장(火葬)을 하는 모습을 보고 나서였다. 타다 남은 시신을 개가 물어뜯고, 나머지 일부는 강에 버려져 물고기 밥이 되고……. 우리 나라 같았으면 그 후손은 동네에서 살아 남지 못했을 것이다. 불효막심한 놈이라고.

필자는 인도 땅을 둘러보고 나서 그들의 행동과 습관이 결코 미개하거나 잘못됐다고 생각하지는 않는다. 다만 그 동안 나의 관념이 너무 폐쇄적이었거나 다른 문화를 접해 볼 기회가 없었다는 것을 후회할 뿐이었다. 다른 신앙과 종교에 대한 관점도 필자의 경험과 유사하지 않을까. 남의 행동(문화·습관)을 잘 모르면 모두가 이상해 보일 뿐이다. 이해와 관심이 없으면 더 그렇고…….

이 책에 실린 글들은 상식과 규범, 그리고 상상을 초월한 내용들이 적지 않다. 평소 필자가 관심을 가졌던 분야고, 또 눈

여겨보고 현장을 탐방하면서 얻은 자료들을 중심으로 엮은 것
이다. 특히 이 글 중 대부분은 월간 《신인간》에 연재됐던 것
들이며 나머지 것도 신문이나 잡지 등에 기고됐던 것들이다.
지면상 수록하지 못한 내용들도 많은데 이것들은 기회가 되면
차후 제2권을 통해 독자 여러분과 공유할 것을 약속한다.

이 책이 나오기까지 애써 주신 미래문화사 임종대 사장님과
《신인간》 김응조 주간, 그리고 글이 연재될 때마다 재미있게
읽어 준 아들 강산이, 그 외에 이름 모를 수많은 독자 여러분
께도 감사드린다.

끝으로 이 책을 쓰게 도와준(?) 쥐신·뱀신을 비롯해 삼라만
상을 주관하는 모든 신께도 감사의 말을 전하고 싶다.

2000년 2월

저자 김석현

차례

영혼 결혼식을 올리는 사람들

"건아, 오늘이 네 결혼식 올리는 날이다. 네 각시는 장정자
란다. 싸우지 말고 사이좋게 살아야 된다. 아들 딸도 많이 낳
고…."

떨리는 목소리로 축사를 읽던 어머니가 끝내 울음을 터뜨리
자 하객들도 손수건을 꺼내 눈물을 훔치기 바쁘다. 이어 신랑
신부가 타야 할 꽃가마엔 위패가 올려지고, 주례 대신 무속인
의 진혼굿이 주변 사람들을 심란하게 한다. 차라리 장례식이라
고 해야 어울릴 것 같은 영혼 결혼식장의 모습이다. 1995년 6
월 29일 삼풍백화점 붕괴 사고로 외아들 김병건(당시 25세) 씨
를 잃은 김숙자 씨가 경기도 안양의 한 암자에서 올린 아들의
영혼 결혼식 장면이다.

이날 각시로 등장한 장정자(당시 25세) 씨도 삼풍백화점 붕
괴 사고 희생자이다. 보험 외판원이었던 김병건 씨는 삼풍백화

점에 보험료를 받으러 갔다가, 장정자 씨는 1층 매장에서 근무하다 각각 변을 당했었다. 이들은 숨진 뒤 2년 만에 '영혼이라도 짝을 맺어 주자'는 양가의 의견에 따라 영혼 결혼식을 올리게 됐던 것이다. 이날 죽은 아들은 무속인의 공수를 통해 '아담한 집 짓고 엄마와 함께 살려고 했는데… 엄마 미안해. 내 걱정 그만하고. 엄마 건강 조심해'라고 말했다고 하는데, 어머니인 김숙자 씨는 이 소리가 지금까지 귓가를 떠나지 않고 있다고 한다.

영혼도 결혼을 한다

영혼도 결혼을 하고 첫날밤 행사를 치른다. 신혼 여행지는 영계(靈界), 혹은 우주(?)—. 그러나 확실한 것은 이 모든 의식이 이승에서 이뤄지며 대부분은 스님이나 무속인이 집전하고 있다는 것이다. 다만 산 사람들의 결혼식이 화려하고 기쁨이 넘쳐 흐르는 반면, 죽은 이들은 장례식만큼이나 비통하고 주위 사람들까지 눈시울을 적시게 한다. 또 사주 궁합을 무시한 채 올린 영혼 결혼식은 죽은 이가 이를 비관해 직계 비속의 꿈속에 나타나 '속았다'며 다른 짝을 찾아 줄 것을 간절히 애원해 가족들의 가슴을 또 한번 치게 한다.

첨단 과학시대에 영혼 운운하는 자체가 한 편의 코미디 같지만, 지금 이 시간에도 영혼 결혼식을 준비하는 스님과 무속인이 있다면 깜짝 놀랄 일이다. 보통 사람들이라면 말이다.

몇 년 전 서울 구로구 소재 K병원 영안실에서 남녀 한 쌍이

▲ 혼인식을 못하고 죽은 선남 선녀의 한을 영혼 결혼식을 통해 풀어 주고 있다.

베옷으로 염한 채 관 속에 누워 얼굴만 내놓고 있었다. 그 옆에는 전통 결혼식 때 사용하는 사모관대를 비롯해 산 닭까지 보자기에 싸인 채 있는 폼이 여느 결혼식장을 방불케 했다. 이날의 신랑은 화물자동차 운전기사였는데 짐을 싣던 중 옆에서 달려 나온 다른 차에 치여 죽었고, 공장에 다니던 신부는 전날 밤 연탄 가스에 중독돼 숨을 거뒀다. 두 사람이 처음 만난 곳은 병원 영안실이다. 양쪽 집안 사람들은 처녀·총각으로 죽은 이들의 원한이라도 달래 주자는 뜻으로 이날 급하게 영혼 결혼식을 올리게 됐던 것이다.

반면 H대 부속병원에서 치러진 영혼 결혼식은 '진짜 결혼식'

하객들이 한순간에 장례식 손님으로 뒤바뀐 케이스다. 결혼 날짜를 잡고 청첩장까지 발송했던 신랑이 전날 밤 교통사고로 유명을 달리했기 때문이다. 이미 결혼식 연락을 받은 일가 친척을 비롯한 친구들이 몰려들었고, 신부는 죽은 이라도 떨어질 수 없다며 영혼 결혼식을 주장해 할 수 없이 예식장으로 온 하객들을 병원 영안실로 안내해 결혼식과 장례식을 동시에 치렀다. 산 자와 죽은 자가 함께 결혼한 경우다.

또 산 자와 죽은 자의 영혼 결혼식 중에는 로맨틱(?)한 경우도 있다. 충청도 한 읍에서 있었던 일이다. 환갑을 넘어 고희에 가까운 노인이 영혼 결혼식을 올렸는데, 이 결혼식은 재혼도 아닌 초혼이어서 더욱 관심을 끌었다. 그러나 사연을 듣고 난 몇몇 하객들은 눈물보다 웃음을 감추지 못했다. 사연인즉, 어머니가 면사포를 제대로 써 보지 못하고 돌아가시자 자식, 그 중에서도 큰딸이 '어머니가 한이 된다'며 기어이 영혼 결혼식이라도 올려드려야 한다고 강력하게 주장해 할아버지가 영혼 결혼식을 하게 됐던 것이다. 이 같은 경우는 가장 이상적인 영혼 결혼식에 해당된다. 그러나 대부분의 영혼 결혼식은 눈물 없이는 볼 수 없는 '슬픔의 대명사'로 불리는 게 현실이다.

영혼 결혼식의 유형도 다양

그렇다면 영혼 결혼식은 어떻게 할까. 물론 산 사람들의 예식과는 차이가 있다. 그러나 아직까지는 특별한 순서가 마련돼 있는 것은 아니다. 대부분 경험 있는 자가 스스로 적당한 방법과 순서를 마련해서 그때그때 응용하고 있는 실정이다.

백련사 설산 스님의 경우 영혼 결혼식의 유형을 크게 세 가지로 분류한다.

첫째는 처녀와 총각의 영혼 결혼이고, 두번째는 죽은 남자와 살아 있는 처녀, 마지막으로는 결혼식을 올리지 못하고 죽은 이들이다. 이때 결혼을 약속한 남자가 죽고 여자가 살아 있는 경우가, 여자가 죽고 남자가 살아 있을 때보다 영혼 결혼식의 확률이 훨씬 높다고 한다. 아직 여자의 정조가 남자보다 높다고나 할까, 아니면 남존여비의 잔재 탓일까. 아무튼 영혼 결혼식에서는 여자의 의리가 남자보다 더 낫다는 사실이 입증되고 있다.

영혼 결혼식의 형태는 시신을 옆에 놓고 하는 것과 위패 혹은 영정을 마련해 하는 경우가 가장 흔하며, 간혹 고인이 즐겨 쓰는 유품이나 모형 등을 마련해 놓고 식을 갖는 때도 있다. 설산 스님의 예식 순서는 삼귀의례-상견례(위패·사진)-주례사-발원-천도재-사홍서원 순이다. 이때 스님은 영혼들에게 결혼 못한 한을 풀고 극락 왕생하기를 당부하는 주례사를 하게 되며, 식이 끝난 후에는 병풍 뒤에 이부자리를 깔아 놓고 총각·처녀 영혼들이 합방할 수 있도록 배려해 주는 것도 잊지 않는다고 한다.

모든 예식이 끝나면 들러리들이 처녀·총각 영혼들이 합궁(?)했을 이부자리와 옷가지 등을 태우고 그 위패는 명부전에 봉안하는 것으로 영혼 결혼식 절차를 마친다.

반면 최근 중국에서는 생전에 배우자가 없던 총각들이 죽은 후에라도 행복하게 살겠다는 심정으로 영혼 결혼식을 올리고

▲ 영혼 결혼식을 준비하는 모습.

있는데, 여기에 필요한(?) 여성의 시신을 얻기가 하늘의 별따기라고 한다. 이에 따라 시신 공급을 위한 전문 도굴꾼들이 활개를 쳐서 사회적인 문제까지 야기시키고 있는 실정이다. 특히 처음에 120달러 정도면 구할 수 있던 처녀 시신이 이를 구하려는 사람이 점점 늘어나면서 근래에는 5천 달러까지 폭등했고, 그나마 구하기도 힘들게 됐다고 한다. 결국 돈에 눈이 먼 사람들 중에는 살인까지 서슴지 않고 있는데, 이 같은 영혼 결혼식은 최근 미국의 뉴욕이나 시카고 등지에까지 파급되어 경찰이 단속에 나설 정도로 심각성을 내포하기에 이르렀다.

한(恨)을 승화시키는 의식

영혼 결혼식은 한마디로 살아 남은 자들이 죽은 이들을 위

▲ 영혼 결혼식 후 관을 묻는 모습.

해 벌이는 해원 의식이다. 영혼의 유무를 떠나 인생의 가장 큰 통과의례 중 하나인 결혼을 하지 못한 선남 선녀를 위해 산 자들이 해 줄 수 있는 일이 곧 영혼결혼식인 까닭이다.

반면 삼풍백화점이나 성수대교 붕괴사고와 같은 대형 참사 뒤에는 반드시 영혼 결혼식이 줄을 잇는다. 그만큼 영혼 결혼식은 우리 사회의 밝은 면보다 어둡고 혼란스런 상황을 대변하는 의식이 되고 있다. 그러나 한편으로는 영혼 숭배사상의 발로라는 점도 큰 의미를 담고 있다.

1970년대초 서울 변두리 주택가에서 있은 일이다. 7월 어느날 자정 무렵, 구멍가게 문을 닫으려던 가겟집 주인은 이날 마지막 손님인 듯한 할아버지가 들어오자 영업을 계속해야 했다. 그 할아버지는 배가 고프다며 우유 한 병과 함께 빵을 서너

개나 허겁지겁 먹어치웠다. ‘늦은 밤에 웬걸 저렇게 드실까’ 하
고 생각하는 참인데 노인은 가게 주인의 생각을 알아맞히기라
도 하듯이 한마디 던졌다.

“글쎄 일년 만에 아들 녀석 집에 돌아왔더니 먹을 게 있어
야지. 그나저나 잘 먹었수.”
하며 나갔다.

이튿날 가게문을 열던 주인은 깜짝 놀랐다. 분명히 어젯밤
에 할아버지에게 빵과 우유를 팔았고 그 할아버지가 맛있게
먹고 갔는데, 테이블 위에는 빵과 우유가 뜯은 흔적도 없이 그
대로 놓여 있었기 때문이다. 그런데 가게 주인을 더 놀라게 한
것은 새벽 첫 손님이 흘린 말이다.

“어젯밤이 시아버지 기일인데 나나 애 아빠나 깜박했지 뭐
유. 하기사 제삿상을 차린들 뭐하겠수. 죽은 시아버지가 돌아
와서 자실 것도 아닌데.”

가게 주인은 어젯밤 자정 넘어 들어온 할아버지가 옆집 아
주머니의 시아버지였다는 확신을 가졌다. ‘이승에 돌아와 보니
먹을 제삿상은 안 보이고, 그래서 가게에 들러 빵과 우유를 사
먹었다’고 생각했던 것이다.

영혼 결혼식을 올리는 사람들, 그들의 심정을 이해할 만한
사건(?)이 아닐 수 없다.

더 이상 불결한 곳이 아니다
뒷간서 근심을 푸는 사람들

해우소(解憂所), 토일렛, W.C, 칙간, 뒷간, 우두실, 측간, 변소…. 언뜻 들으면 이해하기 힘든 단어들이다. 그러나 '화장실'의 다른 표현이라고 설명하면 금방 고개를 끄덕이게 된다. 우리의 생활문화 중 가장 터부시되고 때로는 상상만으로도 불결한 취급을 받아 온 화장실이지만, 하루라도 이 문제를 빼놓고는 인생을 생각할 수가 없으니 아이러니라고 할 수밖에….

그러나 종교인들은 더러움의 대명사인 화장실에서도 신성함(?)을 찾는 지혜를 유감없이 발휘하고 있다.

근심 푸는 곳, 해우소

절집, 다시 말해 불교에서는 화장실을 해우소(解憂所)라고 부른다. 한마디로 말하면 근심을 시원하게 풀 수 있는 곳이다. 재치와 유머가 넘치는 표현이다.

사실 설사나 변비로 고생하다 화장실에서 무사히 볼일을 마쳤을 때(근심을 해소했을 때), 해우소라는 단어가 얼마나 적절한 이름인지는 누구나 한두 번쯤 경험했음직한 일이다.

지금도 많은 사람들이 큰 고민이나 혹은 슬픈 일, 혼자만의 비밀을 확인하고 싶을 때 화장실을 찾아가 근심을 떨치는 일을 자주 한다. 바로 해우(解憂)하기에 적당한 곳이 화장실이라는 것이 확인되는 장면들이다.

그러나 불가에서는 이러한 세속적인 근심만 떨쳐내기 위해 해우소라고 이름을 지은 것 같지 않다. 이들은 바로 적절한 버림과 비움을 통해 근심거리를 만들지 않도록 정진했으며, 혹 지나침이 있으면 해우소에서 풀어 버리되 생리현상만이 아닌 마음속의 근심까지도 해우한 것이다. 그런 까닭에 이들은 화장실에서도 낭만(?)을 찾으려 했던 흔적이 곳곳에 배어 있다. 그 중 하나가 '입측진언(入厠眞言)'이다.

비우고 또 비우니 큰 기쁨 있네
탐 친 치 삼독도 이같이 버려
한 순간의 허물도 없게 하리라
옴 하로다야 사바하

절집 뒷간에서 흔히 볼 수 있었던 이 진언은 더럽고 불쾌한 것으로만 여겨지던 화장실 문화가 우리 생활에 삶의 찌꺼기를 해소시켜 줄 뿐더러 안정과 시원함까지 가져다 주는 활력소가 된다는 사실을 깨우쳐 준다. '버리고 비움'으로써 다시 얻는 지

혜, 그곳을 해우소라는 적절한 명칭을 붙인 절집 주인들의 재
치가 새삼스러울 뿐이다.

▲ 영월 보덕사의 해우소. 우리나라 절간에서 볼 수 있는 몇 안 남은 전통
화장실이다.

▲ 소백산 구인사의 화장실. 현대식으로
지었지만 이름은 여전히 해우소다.

그러나 해우소의 기능은 단순히 근심만 푸는 곳으로 끝나지
않는다. 해우소는 자연으로부터 나온 음식물을 먹고 배설된 인
분을 다시 자연으로 되돌리는 순환점으로도 각광받고 있다.

우선 근심거리가 배설되면 사찰 주변의 많은 낙엽들과 궁합
을 맞춰 발효시킨다. 여기에 아궁이에서 나온 재와 석회, 왕겨
등을 뿌려 주면 거름으로 거듭나는 것이다. 절집 텃밭에서 생
산되는 상추나 시금치, 배추, 무 등이 유난히 맛깔스러운 것은
바로 자연산 퇴비로 키워졌기 때문이다.

해우소 건물 역시 배설물이 모이는 하단부 벽을 통나무나
기왓장을 이용해 통풍구를 만들고, 내부에도 앉은 키가 보이지

않을 만큼의 칸막이만 설치해 열린 공간을 확보함으로써 환기
가 수월하고 뒷간에서의 평등함을 만끽할 수 있도록 설계해
놓았다.

그러나 아쉽게도 이 같은 해우소도 수세식 화장실에 밀려
지금은 순천 선암사나 송광사, 문경 김용사, 홍천 수타사, 삼척
영은사, 오대산 사자암, 영월 보덕사 등에서나 겨우 찾아볼 수
있을 뿐이다.

왼손으로 끝내는(?) 우두실

세계 3대 종교 중 하나인 이슬람교 무슬림(신도)들의 성원에
는 '우두실'이 있다. 우리 나라의 화장실과 같은 이곳은 대소변
을 처리하는 장소도 되지만 사실은 예배 때 손과 발, 얼굴 등
을 씻는 곳으로서의 기능이 강하다. 그러나 이곳 화장실에는
휴지 대신 물그릇이 비치돼 있는데 외부 사람들은 그 사용처
가 궁금하지 않을 수 없다. 바로 휴지 대용품이다.

아랍 사람들, 특히 이슬람교 무슬림들은 화장실에서 휴지를
사용하지 않고 물로 뒤처리를 한다. 그러나 이때 사용하는 손
은 반드시 왼손이어야 한다. 오른손은 성(聖)스럽기 때문에 더
러운 곳에는 사용하지 않는다. 대신 먹을 때나 경전을 넘길
때, 악수를 할 때는 오른손을 이용한다.

반면 무슬림들이 야외에서 대소변을 보게 될 경우 물이 없
으면 흙이나 돌로 주위를 문질러 닦는 정화의식을 갖는다. 그
러나 자신들의 이 같은 행위가 서구인들의 위생 관념에 비해
못하다는 생각을 하지 않는다. 이들 중에 남자들은 소변을 볼

때 옷이 더러워지지 않도록 쭈그려 앉아서 볼일을 보는 습관을 갖고 있다.

그러나 가장 힘든 정화의식을 치러야 하는 이들은 뭐니 뭐니 해도 힌두교의 브라만들이다. 이들은 배설을 하는 데도 규칙과 방법을 정해 놓을 정도로 엄격하다. 차라리 신앙 행위의 한 순서라고 해도 과언이 아닐 만큼 복잡하다. 우선 볼일(?)이 생각난 브라만은 놋쇠 단지에 물을 담아 가급적 집에서 멀리 떨어진 곳을 택해 나간다. 그리고 신발을 벗은 다음 허리띠를 풀어 눈을 감싸고 몸을 낮춘 뒤에 낮에는 해와 불과 신전을, 밤에는 별과 달을 보지 않도록 한다. 또 입으로 무엇이든 먹어서도 안 되며 머리에 어떤 것이라도 걸쳐서도 안 된다. 볼일이 끝난 뒤에는 그 모양새(?)를 절대로 보아서도 안 된다. 마지막으로는 입을 닦아야 하는데 소변의 경우는 네 번을, 대변은 그 배인 여덟 번을 닦아내야 한다. 이를 어기면 지옥에 떨어질 각오를 단단히 해 둬야 하는 게 브라만들의 규칙이다.

토일렛과 W.C

토일렛(Toilet)은 우리말로 변기(便器)라는 뜻이다. 요즈음 대도시의 내노라 하는 커피숍이나 카페 혹은 호텔 화장실 문에서 자주 보게 되는 이름표(?)이다. 영어 단어보다는 문에 붙어 있는 신사·숙녀 마크에 가려 W.C에 신경을 쓸 일은 별로 없지만 대개는 토일렛이 쓰여져 있다. 그러나 우리 눈에는 토일렛보다는 W.C 표기가 훨씬 낯익다. 이 뜻 역시 수세식 변기(Water Closet)의 약자에 지나지 않는데, 왠지 깊은 뜻이 있을 것처럼 지레 짐작하는 경우도 많다.

그러나 분명한 것은 영어 문화권의 단순한 화장실 표기는 실용성 면에서는 어떨지 몰라도 우리의 해우소나 측간, 뒷간만큼 정감을 느낄 수 없다는 것이다.

수세식 화장실의 1.5평 남짓한 좁은 공간에서 우리가 할 수 있는 일은 그야말로 볼일 보는 것밖에 없다. 사색하고 근심을 풀 여유는 생각할 수도 없으니까 말이다. 서양의 편의주의와 위생 관념만 남아 있을 뿐이다.

반면 우리네 조상들이 구린내를 '고향의 향기'로 은유해 표현하는 것을 서양 사람들도 본받았을까. 변기를 뜻하는 토일렛이 한편으로는 여인들이 많이 쓰는 향수의 이름과 공통으로 사용되기도 하니 말이다.

변소에 사는 신(神)들

우리 나라 화장실인 뒷간에는 측신이 산다. 측귀(厠鬼) 또는 변소 각시로 불리는 이 여신은 악취가 나는 곳에서 살고 있는 만큼 성질도 고약하다. 따라서 서민들은 측귀의 성질을 건드리지 않기 위해 뒷간을 함부로 고치지 않았고, 아무리 땔감이 귀해도 변소에서 떨어져 나온 나무 조각은 아궁이에 넣고 때지도 않았다.

그러나 다행히도 측신은 음력으로 6일, 16일, 26일 등 6자가 들어 있는 날에만 뒷간에 있기 때문에 이때는 출입에 각별히 신경을 써야 하나 나머지 날들은 보통으로 이용하면 별 탈이 없다. 또 음력 섣달이나 그믐날에 측신을 위해 고사를 지내면

1년이 무사할 수 있다고 믿었다.

반면 측신의 도움을 받아서일까. 자칭 선천대사(先天大師)로 소개하는 정병호 씨는 어느 날 화장실에서 볼일을 보기 위해 힘(?)을 쓰던 중, 눈앞에 삼라만상이 떠오르기 시작하더니 혜안이 열리게 됐다고 한다.(종교신문 1987년 보도) 이후 정씨는 자신의 호칭을 정도령으로 바꾸고 본격적인 포교를 시작했으나 일반인들의 호응을 얻지 못해 새 교단으로서 정착하는 데는 실패했다.

김유신의 누이인 보희(寶姬)는 오줌으로 경성을 가득 채우는 꿈을 꾸었는데, 아침에 동생 문희가 비단 치마를 주고 이 꿈을 샀다. 이후 문희는 김춘추와 혼인을 하게 됐고 곧이어 왕비가 됐다. 오줌으로 경성을 채운 꿈을 산 것이 왕비가 되는 계기가 된 것이다.

제주에는 천화일(天火日), 즉 쥐, 말, 토끼, 닭의 날에 지붕을 덮으면 화재 등 재앙이 내린다고 믿어 왔는데 이때 일꾼들이 지붕에 오줌을 싸면 액을 막는다고 했다.

신비의 대륙으로 알려진 인도에서는 아직도 대도시를 제외하고는 화장실 문화가 따로 없다. 볼일이 생각나면 들판 한 구석에 쪼그리고 앉으면 그곳이 바로 화장실이 되는 것이다. 이런 까닭에 이른 아침이면 집 앞 공터에 부자지간이 나란히 앉아 일을 보고, 때로는 시아버지와 며느리가 나무 한 그루 사이를 등지고 앉아 볼일을 보는 경우도 있다. 물론 그 뒤처리는 들개가 모두 해 주기 때문에 걱정할 것은 없다. 삼라만상 모두가 신이 아닌 것이 없는 이들의 다신관 속에 비친 배설 행위도 때론 정화의식이 될 법하다.

　더러움의 대명사요, 생각만 해도 악취가 새 나올 것만 같은 화장실. 그러나 화장실이 집안으로 들어오고 또 수세식으로 변하면서 귀신의 전설도 사라지고 말았다. 그래서 더 이상 정화 의식을 치르는 사람들이 늘지 않지만 한편에서는 여전히 측간 에 대한 향수가 남아 있다.

악마를 섬기는 사람들

'악마도 신이다.'

중세 때 유럽에서 이 말을 꺼냈다가는 군중들로부터 화형(火刑)을 당했을 게 틀림없다. 신성한 신(神)을 모독하는 행위이기 때문이다. 당시만 해도 유럽에서는 마녀 사냥이 합법화(?)돼 있어 점술가나 마법사, 예언가 등을 잡아다가 공개 화형에 처하는 것이 영웅적 행위로까지 찬양됐었다.

심지어는 마녀의 사자(使者)로 일컬어져 온 고양이(특히 검은 고양이)까지 눈에 띄는 대로 잡아 죽여 씨를 말릴 정도였다니, 악마에 대한 대중적 적개심이 얼마나 대단했었나를 짐작케 한다. 그러나 오늘날은 상황이 완전히 반전된 모습이다. 오히려 악마를 신으로 승격시켜 숭배하고 있으니 말이다.

숭배받는 악마

격세지감(隔世之感)이란 표현이 적절할까. 어쨌든 긴 시간의 장벽을 넘어 악마가 신의 반열에 서게 됐다. 그것도 은밀히 섬기는 대상이 아닌 공개적이고 당당한 모습으로, 세계 도처에서 광신적 분위기로 무섭게 번지고 있는 것이다.

우선 우리 나라에서부터 그 흔적을 찾아보자. 몇 년 전 청소년들 사이에서 가수 '서태지와 아이들'의 테이프 거꾸로 돌려 듣기가 한참 유행한 적이 있다. 이유인즉, 테이프 내용 속에 '피'(노래 제목·교실 이데아), '사탄'(노래 제목·발해를 꿈꾸며) 등 악마주의적인 단어가 들어 있는가 하면, 때로는 '피가 모자라'는 가사도 튀어 나온다는 데서 비롯됐다. 이 소문이 퍼지면서 '서태지와 아이들'이 낸 음반 제3집이 날개 돋힌 듯 팔리기까지 했다. 악마를 좋아하는(?) 10대들의 호기심이 발동됐기 때문이라는 분석이 나올 만도 하다.

그런가 하면 몇 년 전 미국에서는 고교생 3명이 15세 소녀를 유인한 뒤 잔혹한 방법으로 살해했는데, 경찰 조사 과정에서 이들은 '지옥에 가기 위해서'라고 동기를 밝혀 경악을 금치 못하게 했다.

제이콤 데라시무트(16세)와 조셉 피오넬라(15세), 로이스 케이시(17세) 등 3명은 소녀를 고문·강간·살해한 뒤 경찰에 자수했는데, '15세 소녀의 처녀성을 사탄의 제단에 바치면 지옥행 티켓을 얻을 수 있을 것으로 믿었다'고 범행 동기를 밝혔다. 이들은 평소에도 사탄을 찬양하는 노래를 부르며 악마에게 사람의 피를 바쳐야 한다고 주장해 왔었다는 것이다.

이 같은 현상은 세계 도처에서 확인되고 있다. 일본에서는 사탄주의를 묘사한 '공작왕'류의 만화가 어린이들 사이에 최고 인기를 끌고 있으며, 미국에서는 이글스의 〈호텔 캘리포니아〉, 레드 제플린의 〈천국으로 가는 계단〉, 스티스의 〈스노블라인〉 등의 테이프를 거꾸로 돌리면 사탄(악마) 숭배 내용이 고스란히 녹음돼 있는 것을 쉽게 찾아 들을 수가 있다.

음악 전문용어로 '백 워드 매스킹'으로 불리는 이 같은 현상이 '동방예의지국'이자 '종교 백화점'인 우리 나라에까지 암암리에 번지고 있는 것을 보면 이제는 악마나 사탄이 신으로 숭배받고 있음을 짐작할 수 있다.

실존하는 악마 · 사탄교

현재 전 세계적으로 악마(사탄)교를 자칭하는 종교단체만도 10여 개 파가 넘는 것으로 알려지고 있으나, 악마교를 모방하는 집단까지 포함하면 추종 신도는 상당할 것으로 보고 있다. 이 중 스스로 악마교임을 만천하에 공개한 이는 1948년 미국 오하이오주에서 창립된 악마교의 대표자 '슬로운' 교주이다.

당시 25세의 젊은 청년이었던 악마교의 교주는 '6천년 간 하나님을 믿었지만 인류는 완전히 구원받지 못했으니 이제부터는 사탄을 믿어야 한다'고 주장하며 만인에게 전도를 하기 시작했다. 특히 이곳 신도들은 십자가 대신에 별(星) 모양의 교기를 내걸고 '인간을 구해 줄 이는 하나님이 아닌 사탄'이라고 강조하며 전도했으나 2차대전 이후 사회가 안정되자 점차 소멸돼 갔다.

또 1986년 12월 30일 프랑스 파리에서 악마를 쫓는 의식을 재현했는데, 이때 대부분의 사람들이 '악마의 부활'을 믿는다고 진지하게 대답해 사탄 숭배의 가능성(?)을 보여주었다. 특히 악마 추방 의식 중에 악마가 아닌 사람을 죽이는 경우도 자주 발생하자 일부에서는 '신이 사람을 잡는다'며 상대적으로 악마의 위상을 높게 평가하는 촌극까지 벌인 바 있다. 비슷한 사례를 한 가지 들어 보자.

지난 1995년 3월 미국 캘리포니아 경찰은 악마를 쫓는 의식을 하다가 한국에서 이민 온 20대 여성을 살해한 혐의로 소규모 종교집단 소속원 5명을 체포했다고 밝혔다. 경찰에 따르면 이들은 여인의 몸에서 악귀를 쫓는 의식 중 여인의 가슴을 수십 차례나 구타하여 갈비뼈 10여 개를 부러뜨려 죽게 했다는 것이다. 결국 이 사건은 악마를 숭배하지 않은 데 따른 결과라는 게 사탄 예찬론자들의 평이다.

사탄 숭배의 원조 '프리 메이슨'

그렇다면 악마(사탄) 숭배도 그 원조가 있을까. 물론 있다. 바로 프리 메이슨(Free mason)의 정체를 알면 사탄을 숭배하는 무리와 그 규모까지 짐작할 수 있다.

세계 정복을 꿈꾸는 지하조직인 프리 메이슨은 '자유 석공'이란 말뜻을 갖고 있는데, 사실은 로마 가톨릭의 사탄 숭배 비밀조직과 결탁해 '사탄 숭배교'의 대명사가 됐다.

아직 이들의 정체를 아는 사람은 극히 드물지만 노래 메시지 내용 속에 사탄 숭배 가사를 담고, 대중문화의 흐름을 '피

의 약속'으로 교묘히 유도하는 배경 속에 프리 메이슨의 그림
자가 있다는 것을 짐작하는 것은 그리 어려운 일이 아니다.

　　프리 메이슨의 특징은 선과 악의 개념을 인정치 않는다는
것이다. 이들은 '계몽한다'는 뜻인 '일루미나티'라는 용어를 사
용하는데, 이 의미는 '빛을 준다'는 것이다. 따라서 이들은 '빛
으로부터 계몽된 사람들'이 되는 셈이다.

　　현재 프리 메이슨은 전 세계에 1백 26개의 지부를 갖고 있
을 만큼 번창하고 있으며, 회원 중에는 미국 초대 대통령인 워
싱턴을 비롯해 역대 교황 중에도 회원이 포함돼 있는 것으로
알려져 있다.

악마·사탄 숭배 현상은 이외에도 여러 곳에서 발견된다. 고대 켈트족의 드루이드 교도들은 매년 10월 31일 밤에 자신들이 섬기는 죽음의 신인 '삼하인'에게 여인을 희생 제물로 바쳤다. 이들은 제사를 드리기 전에 '인간 제물'을 구하기 위해 여인이 있는 집을 찾아 다녔는데, 딸을 내놓으면 그 집 앞에 '잭오랜턴'이라는 등불을 켜 주고, 거부한 집에는 육각형의 별을 그려 놓아 저주가 임하기를 빌었다.

그런데 이 풍습이 오늘날 미국에서 '축제'로 얼굴만 바뀐 채 여전히 전해 오고 있다. 핼러윈 데이(만성절)로 불리는 이 축제일이 되면 어른들은 호박으로 귀신의 얼굴을 조각하고 아이들은 애완동물을 납치해 사탄에게 희생 제물을 드린다. 일부 사람들이 이를 책망하면 대중문화를 이해 못하는 촌뜨기로 치부해 버리고 만다는 것이다. 또 개신교 목사들이 '핼러윈 데이는 사탄의 축제이자 죽은 자들의 파티다'며 아무리 말리고 다녀도 여전히 축제는 계속된다고 한다.

이 밖에 아이티에 있는 부두교(Voodoo)는 매년 11월 2일에 '죽은 자의 날'을 기념하는 행사를 갖는다. 이들은 가톨릭과 아프리카 종교가 혼합된 형태의 신앙을 갖고 있는데 죽은 자를 섬기며 해골에 입맞춤하는 풍습을 갖고 있다.

또 중세의 신전 기사단이 행한 입단식은 가히 악마의식의 대표적인 케이스가 됐다. 이들의 입단식은 촛불 두 개를 밝힌 예배당에서 심야에 거행되는데, 첫번째 행동이 꺾어진 십자가에 침을 뱉고 소변을 갈긴 다음 발로 짓뭉개는 것이다. 이어 사제가 '예수는 가짜 메시아'라고 낭독하면 입단자가 이를 따라 한 뒤에 사제의 입과 배꼽 그리고 페니스와 항문에 입맞춤을 해야 한다.

입맞춤 부위는 바로 영(靈)의 중심부가 된다. 이 중 음부와 항문 사이는 '쿤달리니 타크라'라고 하여 섹스 에너지의 원천으로 여겨 영력을 활성화시킬 수 있다고 믿었다. 신전 기사단의 상징은 인간 해골이다. 이 해골은 인간의 운명을 예언한다고 전해져 오고 있다.

성서에 나오는 최초의 악마는 뱀의 형상을 취하고 있다. 그러나 사탄의 어원은 히브리어의 '샤다나'이며 그 뜻은 '반대자'이다. 즉 신에 반대하는 것은 무엇이건 간에 악마라는 얘기다. 현대의 악마 연구자들은 악마는 '아리만'을 가리킨다고 말한다. 아리만이란 조로아스터교의 발의 신 아후라 마즈다오와 대비되는 어둠의 신이다.

악마는 또 영어로 '데블'로 불린다. '데블'이란 단어의 어원은 로마시대의 다신교의 신들이다. 이 말은 곧 신이 입장을 바꾸면 악마로 된다는 것을 의미한다.

악마 숭배의 피해자 '마법사'

13세기 교황 이노켄티우스 3세는 '카타리파를 말살하라'는 명령을 내렸다. 이때 소수의 생존자들은 알프스나 피레네 산맥 변경의 협곡으로 피신해 신천지를 마련했다. 이들은 조용한 이곳에서 예배를 자유롭게 할 수가 있었다. 그러나 1320년 요하네스 22세라는 망상증이 있는 교황이 '적이 마법으로 자신의 목숨을 노리고 있다'고 주장하며 카르카손 추기경에게 마녀 마법사 이단자의 처벌에 대한 전권을 위임한다. 그런가 하면 당시 도미니크회의 이단 심문관은 '카타리파는 물질계를 악마의 소산이라고 생각하고 있다. 따라서 그들은 악마의 숭배자이다. 마녀의 초능력은 악마와의 계약에 의한 것이 틀림없다'며 마법과 이단을 구실로 카타리파에 대한 박해를 시작한다. 이로 인해 수많은 마법사(예언가·점성인)가 마녀로 몰려 억울한 희생 제물이 되고 만다.

최초의 마녀 재판은 1275년 툴루즈에서 이미 진행됐다. 앙젤드 라바르트라는 노파가 첫 희생자였는데 악마와 정을 통해 괴물을 낳았다는 게 죄목(罪目)이었다. 16세기가 끝날 무렵, 마녀 사냥은 유럽 전역에서 절정에 달했다. 툴루즈에서는 1557년 40여 명의 마녀가 불에 타서 죽었고, 1582년 아비뇽에서는 18명의 마녀가 사형에 처해졌다. 1581년에서 1591년까지 10년간에 걸쳐 로렌 지방에서는 9백 명의 마녀가 화형됐으며, 1609년에는 4개월 동안 4백 명이 희생당한 기록도 있다.

독일에서는 17세기 초까지 수천여 명의 마녀가 화형에 처해졌는데, 어떤 곳에서는 주민의 절반을 마녀라는 명칭을 붙여 죽인 사례도 있다. 세기 말경에는 모든 박해에 대한 혐오감이 증폭되면서 마녀 재판도 차츰 흥미를 잃기 시작했는데, 1714년 프로이센 왕 프리드리히 빌헬름 1세가 이런 종류의 재판을 일체 금지시킴으로써 중세 유럽을 강타했던 마녀 사냥은 종식되기에 이른다. 악마 사건의 불똥으로 엉뚱하게 마법사가 피해를 본 셈이다.

일반 종교에 기생하는 악의 요소

악마(귀신)의 형상은 사람의 눈에 보이지 않는 가운데 화복(禍福)을 주는 정령으로 믿고 있다. 그런데 고대 유물 중 기와나 벽돌에 귀면(鬼面) 형상이 새겨져 있거나 전신상이 그려져 있는 모습을 자주 보게 된다. 이 중 손꼽을 만한 것이 고구려 당시 제작된 기와로 집안(集安)에서 발견된 귀면와(鬼面瓦)가 있다. 이것은 두 눈을 부라리고 입은 얼굴의 절반을 차지할 만큼 크게 벌리고 있으며, 송곳니가 튀어나온 형상으로 영락없는 악귀의 모습이다.

또 충남 부여군 규암면 외리에서 출토된 8종의 문양전 중에 2개의 귀형문전(鬼形紋塼)이 있다. 그 하나는 산악에 버티고 서 있는 모습인데 외형이 무시무시할 정도로 무섭게 생겼다. 이 밖에 우리 민족 고유의 신앙 속에는 도깨비를 비롯하여 귀신 등이 자주 등장하는데 대부분은 요귀를 물리치는 벽사(辟邪)의 상징을 나타내고 있다. 그러나 개중에는 스스로 도깨비 장군이라 호칭하며 도깨비 신을 모시는 경우도 있는데 이는 '숭배'의 의미가 포함돼 있는 만큼 다양한 해석이 요구된다.

반면 강화의 전등사 대웅전 추녀 네 기둥에 조각돼 있는 나부상(裸婦像)은 도편수가 악의 상징으로 조각해 넣은 것이지만 당초 의도와는 달리 오히려 숭배 대상이 된 듯해 아이러니컬하게 된 케이스다. 그 전설은 이렇다.

전등사 창건 때의 일이다. 목수를 통괄하는 도편수는 아침저녁으로 목욕 재계하며 기둥과 서까래를 다듬어 갔다. 그러나 그의 아내는 그 시간에 다른 젊은 남자와 놀아났다. 이것을 안

도편수가 대웅전 추녀 네 곳에 벌거벗은 아내의 모습을 조각해 무거운 추녀를 받쳐들게 했다. 실연당한 도편수가 할 수 있는 복수였다.

그러나 수많은 불자들은 이 사실을 아는지 모르는지, 대웅전 그림자만 보고도 두 손을 합장하고 고개를 조아리니 결국 악의 상징인 이 나부상이 숭배받는 꼴이 돼 버려 도편수의 빈 가슴을 더욱 시리게 할 뿐이다.

▲ 강화 전등사 대웅전 처마에 있는 나부상의 모습. 도편수가 바람 피운 아내의 행위가 괘씸해서 평생 무거운 지붕을 지고 있으라며 조각해 넣은 것이다. 이 도편수의 생각에는 바람 피운 아내가 악마로 보였을지도 모른다.

영화 〈블랙 라이언〉에서는 악마를 숭배하는 악의 무리와 이들로부터 선(神)을 지키려는 성직자들간의 치열한 싸움이 전개된다. 결과는 선의 승리로 끝나지만.

이 같은 영향은 결국 '악은 나쁘다'는 등식이 서서히 무너지면서 오히려 흥미의 대상으로 반전되고 있다는 사실을 뒷받침

해 주고 있다. 따라서 21세기 후반 어느 주일날 아침엔 이런 대화도 나올 법하다.

"이봐요 K씨, 교회 가는 길이면 내 차로 함께 갑시다."

"아니요, 오늘부터 나는 집사람과 함께 사탄을 찬양하러 가기로 했어요. 그러니 혼자 가시오."

"제-길, 피는 못 속인다니까. 하는 짓이 꼭 악마 같더라니."

가신을 섬기는 사람들

세계적인 3대 종교를 손꼽는다면 기독교(가톨릭 포함), 불교, 이슬람교를 든다. 우리 나라에서는 불교(23.2%), 개신교(19.7%), 가톨릭(6.6%) 순서로 집계된다.(1995년 11월 현재, 통계청 조사) 그러나 이 조사에서 한 가지 공통적인 것은 이들 종교의 교조가 하나님과 부처님으로 귀결된다는 것이다. 어떤 면에서는 단순하기조차 하다.

반면 우리 나라와 인도를 포함해 일부 소수민족에게서는 유일신(唯一神)보다 다신주의 성격이 강해 가는 곳마다 새로운 신이 기다리고 있을 정도다. 심지어는 먹고 마시고 누고(?) 쉬는 데까지 신이 지키고 있다. 바로 가신(家神)신앙 덕분이다.

부엌 신(神)에서 측간 신(神)까지

우선 우리의 예를 들어 보자. 할아버지 할머니 생전까지만 해도 안방에 들어가면 '조상신'과 '산신(産神)'을 만날 수 있었고, 대청에서는 '성주신', 부엌에서는 '조왕신'을 만날 수가 있었다. 또 장독간에서는 '철륭신', 문간에서는 '문신', 그리고 뒤꼍과 안뜰에서는 '터주(地神)신', 우물에서는 '우물신', 뒷담 쪽에서는 '칠성신'이 기다리고 있었다. 어디 이뿐인가. 심지어는 측간(변소)에도 '측신'이 있어 우리의 일거수 일투족을 꿰어 보는 까닭에 신을 떠나서는 한시도 버틸 수 없었던 게 우리의 실정이었다.

신을 모시는 일도 보통이 아니었는데, 단지나 독, 종발(종지기), 바가지, 병 등이 주종을 이뤘고 때로는 주머니와 조리(복조리), 볏짚, 한지 등도 사용됐다. 이 중에서 단지가 가장 보편적으로 이용됐다. 이 때문에 조상단지, 제석단지, 신주단지, 성주단지 등 낯익은 명칭도 많이 생겨나게 됐다.

신을 모시는 그릇은 바로 신체, 즉 신의 몸 구실을 하게 됐으며, 이 그릇(대부분은 단지)은 가장 신성하게 모셔야 했음은 물론이다. 이를 잘못 관리하면 반드시 동티가 난다고 믿었다.

가신신앙의 특징은 집안을 비롯해 각 처소마다 그곳을 관장하고 있는 신이 존재한다고 믿고, 정기적으로 제사나 고사를 지내며 가정의 평화와 운수를 기원하는 것이다. 마을의 공동체 의식인 당제나 산제가 남정네 중심으로 제의가 진행된다면, 가신제는 주로 집안의 부인 등 여자가 행사를 주관하는 특징을 갖고 있다.

다신주의의 대표적인 나라인 인도에서는 이 분야에서 우리보다 한술 더 뜬다. 이곳은 부처님이 탄생한 나라로 불교 유적이 많지만 아이러니컬하게도 현재의 국교는 힌두교다. 불교 신자와 승려는 겨우 불교 유적지 내에서나 만날 수 있으며, 이들 중 상당수는 관광객들의 보시금을 노리는 가짜 승려다. 그러나 이 나라에서는 굳이 가짜와 진짜를 구분하려는 사람도 없거니와 그것을 탓하지도 않는다.

불교나 힌두교는 이 나라의 역사와 함께하는 큰 종교임에 틀림없지만 인도인 개개인에게는 또 다른 신들이 여전히 존재하기 때문이다. 부처와 예수도 다신 속에 속한 하나의 신으로 보는 까닭도 여기에 있다.

이들의 다신주의에 대한 편력은 다양하다 못해 지나칠 정도다. 각 집집마다 가신(家神)을 모셔 놓은 것은 당연하고 트럭이나 텔레비전 등 새 물건을 구입할 때마다 자기가 좋아하는 신을 모시는 의식도 빼놓지 않는다. 심지어는 자전거나 유모차 혹은 지팡이에까지 신의 의미를 부여하는데, 그것이 의식으로 끝나지 않고 반드시 신의 모습을 닮은 사진이나 그림을 부착해 놓고 시간이 있을 때마다 경배한다는 것이다. 덕분에 인도를 여행하다 보면 자동차의 앞 유리나 지붕 혹은 측면에 신의 형상을 붙이고 울긋불긋하게 치장한 모습을 자주 보게 되는데, 외국인 차량이 아닌 이상 거의 빠짐이 없을 정도다.

이 같은 현상은 마을에서도 마찬가지다. 입구마다 신당이 모셔져 있는데 뱀(코브라)신을 비롯해 원숭이·코끼리·소 등 그 마을 특성에 따른 각종 신이 모셔져 있다. 개인이 관리하는 신당도 수없이 많고 그 이유도 각양 각색이다. 독사인 코브라에 물리지 말기를 소원하는 것에서부터 내세에는 상위 계급(카스트제도)으로 태어나 고통을 덜게 해 달라는 것에 이르기까지.

태국 산간 지역의 소수 민족이나 남아메리카 지역에서도 가신신앙 형태는 예외없이 발견된다. 이들 중에는 매일 아침 문간 앞마당에 부적 형식의 그림을 그리는 것에서부터 하루를 시작하는 경우도 있다. 이유는 모든 액이 그림과 함께 소멸되기를 바라는 염원 때문이다.

신도 모르는 신들

가신 중에서도 으뜸은 뭐니 뭐니 해도 조상신과 삼신할매다. 이 중 삼신할매는 다양한 명칭만큼이나 섬기는 방법도 유별나다. 출산 및 육아에서 산모의 건강까지 책임지는 삼신은 태신(胎神)을 통칭하는 말로 삼신(三神)과는 의미가 다르다.

삼신이 모셔지는 자리는 지방에 따라 차이가 있는데 영·호남에서는 쌀이나 보리를 바가지에 넣고 금줄로 동여매어 아랫목 한쪽에 모시며, 충북 지역에서는 베로 짠 주머니 2개를 안방의 시렁 한켠에 매어 단다. 이때 주머니 속은 쌀이나 마른 미역을 넣는 게 보통이다. 반면 서울이나 경기 지방에서는 종이나 헝겊, 실을 대신 놓아 두기도 한다.

또 임산부가 출산을 하게 되면 제일 먼저 산후 3일과 세이렛날 동안 삼신을 위한 의례를 갖는다. 볏짚을 깔고 그 위에 음식을 차린 다음 삼신께 비는 게 그 의식이다. 이때 등장하는 삼신만도 문장삼신, 손빈삼신, 선망삼신, 불삼신, 새삼신, 나력삼신, 부릅삼신 등 헤아리기 힘들 정도다. 비는 내용은 대략 다음과 같다.

삼신께서

추들고 받들어서 키워 주실 적에

눈에는 열기를 주고

귀에는 총기를 주고

일추월장 가꾸실 적에

잘 크게 해 주소서.

　그리고 집안신(家神) 중에서도 대장이 있다면 믿을까. 바로 재복과 행운을 가져다 주는 성주신이야말로 집안의 대장신이 되는 셈이다. 호칭까지도 성주대감, 성주조상으로 격상시켜 부르는 성주신은 집안의 여러 신을 통솔하며 평안과 부귀를 관장하는 만큼 대접도 수월치 않다.

　정초에 성주굿을 해 주는 것은 물론 틈틈이 성주풀이와 함께 고사를 지내 주고 10월 상달에는 안택을 해 주는 것도 다 성주신에 대한 배려이다.

　성주의 신체(몸)는 성주단지, 성주동이로 불려지며 단지 안에는 항상 햅쌀이 가득 채워져 1년 열두 달 대청 한 구석을 차지하고 있게 된다. 집을 새로 짓거나 이사해서 가장 먼저 하는 일이 바로 성주신을 모시는 굿이다. 무당들이 부르는 무가(巫歌)에는 '성주님네는 본시에 천상 옥황님 맏제자로, 글 한 귀 잘못 지어 지하 땅으로 귀양와서 흙비 3년, 돌비 3년, 눈비 3년 석삼년을 맞고 나서, 원이로다 원이로다 집 지키기가 원이로다…'는 대목이 나온다. 결국 성주신은 옥황님의 큰 제자였던 셈이다.

▲ 조왕신이 살고 있는 부엌. 1970년대까지만 해도 부엌에서 흔히 볼 수 있는 신(?)이었다.

그러나 뭐니 뭐니 해도 가신 중에 제일 해학적인 신은 부엌의 아궁이와 부뚜막을 담당하고 있는 조왕신이다. 화신(火神)이자 재물신으로도 불리는 조왕신은 집안의 운세나 재산이 불꽃처럼 일어나게 하는 신으로 부녀자들의 사랑을 독차지했다. 부뚜막 안쪽 벽의 적당한 높이에 흙으로 만든 단 위 종발(조왕 종발, 조왕 물그릇)에 자리잡고 있는 조왕신은 아침마다 정화수를 받으며 집안을 지켜 왔다.

이 때문에 부녀자들은 아궁이를 수리하거나 개조하는 일을 삼가했으며 심지어는 부뚜막에 걸터앉거나 발을 디디는 것조차 엄두를 내지 못할 정도이다. 부득이 수리를 해야 할 경우에는 반드시 손 없는 날을 택했다.

오늘날 싱크대와 가스렌지 등으로 상징되는 입식 부엌에서는 상상조차 할 수 없는 일이지만….

그러나 상상할 수 없는 일이 또 한 가지 더 있다. 변소를 담당하는 측신이 그것이다. 주당, 측신, 변소각시로 불리는 측신은 성질이 깐깐한 여신이다. 그런데다가 악취가 진동하는 뒷간을 맡고 있는 만큼 신경질적이고 사나운 것이 측신의 성격이다. 하기사 여자 신이 뒷간을 담당하게 됐으니 고약한 심정이 안 들겠는가. 그래서 집안 사람들은 매사에 측신의 심기를 불편하게 하지 않으려고 노력해 왔다.

가령 일반인들은 뒷간을 함부로 고치지 않았으며 아무리 땔감이 부족해도 뒷간에서 떨어져 나온 나무 조각은 절대로 아궁이에 집어넣지 않았다. 또 야간에 뒷간을 출입할 때는 멀리서 헛기침을 하고 잠시 지체하는 듯하다가 들어갔는데, 이것은 갑자기 들어가서 측신을 놀라게 하면 화를 당하게 된다고 믿었기 때문이다.

그러나 다행인 것은 이처럼 고약한 측신도 6자가 들어 있는 날, 즉 6일과 16일, 26일에만 뒷간에 거하고 나머지 날에는 외출을 하는 까닭에 한 달에 3일만 특별히 조심하면 뒷탈이 없었다.

아무리 측신이라고 해도 구린내나는 뒷간에 계속 머물기가 힘들었거나, 아니면 여신이기 때문에 미용(?)에 신경이 더 쓰여 한 달 중 3일만 뒷간에 머물게 됐는지도 모른다. 요즘에야 수세식 화장실 문화 속에 사는 덕분에 성질 고약한 측신도 많이 온순해졌겠지만……

또 가신에서 빼놓을 수 없는 게 수문신이다. 한마디로 대문을 지키는 이 신의 역할은 선과 복을 들어오게 하고 악과 재화(災禍)를 단속하는 역할을 한다. 대문에 호랑이나 닭 그림을 그려 붙이거나 입춘 때 '입춘대길' 등의 글귀를 써 붙이는 것도 수문신의 유래에서 비롯된 것이다.

신도 사람도 아닌 도깨비

가신에서 큰 비중을 차지하는 것 중에 도깨비가 포함된다. 도깨비, 도짜비, 도채비라고 불리기도 하며 한자로는 독각귀(獨脚鬼), 망량, 이매, 허주로 불리는 도깨비는 종류도 다양할 뿐더러 그 능력도 대단해 가신의 역할을 톡톡히 해내고 있다.

우선 도깨비의 종류에는 달걀도깨비를 비롯해서 불도깨비, 몽당빗자루도깨비, 멍석도깨비, 더벅머리도깨비, 강아지도깨비, 차일도깨비, 등불도깨비 등이 있으며, 모양은 외뿔·쌍뿔도깨비에서부터 외다리도깨비, 황소나 용 모양의 도깨비까지 있다.

우리 민담이나 전설 속에 자주 등장하는 도깨비는 물건들이 변해서 도깨비가 된다는 데서 가신의 범주에 둔다. 헌 빗자루, 헌 절구, 헌 신, 부지깽이 등 사람의 손때가 묻은 것과 여인의 경도한 피가 묻어 있는 속옷 등이 도깨비로 변하기 때문이다. 그래서 도깨비가 좋아하는 분위기는 어둡고 습한 곳이나 비 내리는 밤이다. 새벽 닭이 울기 전 사라지는 것도 도깨비의 특성 중 하나다.

제주도에서는 도깨비가 당신(堂神)으로 행세하며 굿거리에도 등장한다. 그러나 주신(主神)보다는 잡신 축에 들며 참봉이나 영감 호칭을 받기도 한다.

반면 제주도의 도깨비는 미인이나 해녀를 좋아해 같이 살자고 덤벼드는 경우가 많은데 해녀가 정신병에 걸리면 '도깨비가 지폈다'고 해서 영감놀이굿을 하게 된다. 여자에게 붙은 아우 영감을 형 영감 둘이서 횃불을 들고 데려가는 형식이다.

가신·가장 없는 현대사회

옛날에는 안방에서부터 대청, 토방, 부엌, 대문을 비롯해 뒤꼍과 측간에 이르기까지 각종 가신이 버티고 있어 함부로 행동할 수가 없었다. 항상 마음과 몸가짐을 바로 했을 뿐만 아니라 자칫 작은 실수라도 저질렀을 경우에는 무당을 불러 굿을 하고 치성을 드림으로써 동티를 예방했다. 그만큼 모든 일에 신경을 썼던 셈이다.

그러나 오늘날은 어떤가. 모든 옛 전통이 미신으로 전락해 버리고 그나마 새로 모신 신들조차 서양신 일색이니 우리의 삶을 얼마나 이해할 수 있겠는가 말이다. 가부장제도가 허물어지고 가장의 위치가 흔들리는 이 마당에 가신이 대접을 받을 리 만무하고, 그 영향으로 청소년 범죄와 불신풍조만 늘어가고 있는 것은 아닌지 반성해 볼 일이다.

당나무 가지를 꺾기만 해도, 또 측간을 둘러싸고 있는 나무 토막을 아궁이에 넣어도 당장 액을 면치 못한다고 무서워했던 당산신이나 측간신이 있는 한 우리의 삶이 이렇게 느슨해지는 않았을 것이다.

멀쩡한 빗자루 한 개라도 함부로 버리면 빗자루도깨비가 되어 나타나고, 길바닥에 침 한번 뱉어도 마당신이 노한다고 생

각하면 간이 부은 사람이 아니고는 어찌 함부로 나쁜 행동을
할 수 있겠는가.

 일그러진 우리 사회를 바로잡는 일, 그것은 가신신앙을 되
살리는 길뿐이다.

자살도 신앙이다

'영원히 살기 위해 죽는다', '천국(극락) 가기 위해 목숨을 버린다', '자살도 신앙이다'라고 주장하는 사람들이 있다. 자살 예찬론자들의 변명이 아니다. 진보적 성향을 띠고 있는 신앙인 그룹의 캐치프레이즈이다.

예로부터 죽음을 찬미한 시인과 예술가는 적지 않았다. 아이킬로스는 '영광 속에서의 죽음은 신이 내리시는 선물이다'라고 했고, 프랭클린은 '인간은 죽어서 비로소 완전히 태어난다'고 말했다. '살 것인가 아니면 죽을 것인가, 그것이 문제로다'라고 외친 세익스피어 작품의 주인공 햄릿의 독백은 죽음을 가까이서 생각하게 한다.

그러나 자살도 신앙이라고 주장하는 이들이 있는 한 죽음은 영원한 수수께끼로 남을 수밖에 없다.

'천국의 문' 신도 집단 자살

1997년 3월 26일 미국 캘리포니아주에서는 신흥 기독교파인 '천국의 문(Heaven's Gate)' 신도 39명이 집단으로 자살하여 큰 충격을 주었다. 경찰 조사 결과, 이들은 첨단 컴퓨터 업무에 종사하는 전문가들로 고학력에 상당한 경제력까지 갖춘 부유층으로 알려졌다. 그러나 이들은 3일간에 걸쳐 순차적으로 집단자살을 했는데, 그 이유는 '미확인 비행물체(UFO)'를 타고 천국에 가서 영생을 얻기 위해서였다.

◀ 미국의 한 종말론 사교집단이 개발한 인터넷 홈페이지

　이들의 자살 동기를 금방 알 수 있었던 것은 이들이 집단 자살 전에 컴퓨터 전문가답게 인터넷에 '천국의 문 웹사이트'를 개설하여 자신들의 교리와 자료를 소상히 남겨 놓았기 때문이다.

이들은 '우리들이 원하는 것은 인간의 진화 단계를 졸업하고 천국에 있는 존재들과 함께 고차원의 생명을 얻는 것'이라고 밝히고 있다. 이들은 또 '아버지'가 다스리는 천국의 구성원들이 UFO를 타고 와서 지구라는 정원을 창조했다고 주장했다.

특히 이들은 4천년 만에 지구에 나타난 '헤일 밥 혜성'과 관련해 집단 자살을 결심하게 됐는데, 이 혜성의 꼬리 뒤에 UFO가 숨어 비행 중이라고 믿고, 이에 동승하기 위해 육신을 버린 것으로 알려졌다.

이들은 자살 직전 즐거운 표정으로 작별 인사를 하는 장면을 비디오와 오디오 테이프 속에 수록하여 과거의 동료나 목사들에게 전달함으로써 자신들의 휴거(공중 들림)를 알렸다. 검은 색 유니폼으로 통일한 39명의 남녀노소는 각각 5달러 정도의 노자와 여권 등을 주머니에 넣고 진정제와 술을 마시고 모두가 지구를 떠나갔다.

'천국의 문' 신도들과 함께 집단 자살을 한 교주 미셸 애플화이트(66세)는 미국 텍사스주 휴스턴 소재 세인트 토머스대학에서 1966년부터 약 4년간 음악을 가르쳤던 교수였다. 그는 정신질환 증세로 1970년대 초 정신병원에 입원해 치료를 받던 중 이 병원 간호사인 보니 네틀즈를 만나 급속히 가까워졌다.

점성가를 자처한 간호사 보니와 미셸은 의기 투합하여 하나님의 계시와 우주의 새 질서를 외치며 1975년 자신들이 교주로 행세하는 종교 집단을 만들게 된다. '인간 개인 변환'이라는 뜻의 이니셜을 딴 'HIM'이 당시의 조직명이었다.

자신들이 외계에서 온 천사라고 주장해 온 이 두 사람은 캘리포니아, 콜로라도 등지에서 수백 명에 이르는 신도를 규합하여 이들 추종자들을 우주로부터 선택받은 사람이라고 현혹하며 UFO를 타고 천국에 갈 것이라고 세뇌시켜 왔다. 또 가족을 비롯해서 애인이나 재산 등은 천국을 위해 모두 포기해야 한다고 가르쳤다. 하지만 1985년 공동 교주였던 네틀즈가 사망하면서 애플화이트는 단독 교주로 남게 되는데, 이때 새로 조직한 단체가 바로 '천국의 문'이며 이번에 집단 자살로 그 막을 내렸다.

애플화이트는 20대 청년층을 대상으로 포교활동을 해 왔으며 재원은 '하이어소스'라는 컴퓨터 회사를 설립, 인터넷 웹사이트를 만들어 판매함으로써 마련했다. 반면 천국의 문은 엄격한 내부 규정을 마련하여 신도들을 통제해 왔는데, 술·담배는 물론 사적인 대화까지 금지토록 했다. 또 거짓과 위선, 선정주의, 질서 위반을 3대 중죄로 다스렸으며 언제나 검은 색 유니폼을 입어야 했다.

3천 7백여 평에 이르는 이들의 본거지는 UFO가 언제나 착륙할 수 있도록 널찍한 마당을 갖추고 있었으며, 교주는 '사람은 초월적 존재로 변할 수 있다. 외계에서 온 UFO가 우리를 변환시킬 수 있다'고 가르쳐 왔다. 그러나 지구촌 모든 사람들은 이들의 영혼이 더 좋은 곳으로 가기를 원하고 있지만 자살자 모두가 천국에 올라갔다고는 믿지 않는다.

영원히 살기 위해 자살(?)

유사한 자살 사건은 같은 해 3월 22일에도 있었다. 캐나다 경찰은 퀘벡시 부근의 한 농가 건물에서 일어난 화재를 진압한 후 3명의 여자와 2명의 남자가 숨져 있는 것을 발견했다고 밝혔다. 경찰은 '태양의 사원' 신도들로 추정되는 이번 사건 현장에서 이별을 이야기한 서한이 발견되는 등 전반적인 분위기가 집단 자살로 보인다고 밝혔다.

이들의 사인이 집단 자살로 드러날 경우 지난 2년 반 동안 '태양의 사원'과 관련된 자살자 수는 74명으로 늘어나게 된다. 또 경찰은 한 쌍의 부부를 포함한 4구의 시신이 교차된 형태로 2층의 한 침대에서 발견됐고, 시신이 불에 타지 않은 점으로 보아 연기 등에 질식해 숨진 것으로 보고 있다. 경찰 수사관인 알랭퀴리옹은 이번 사건이 연쇄 집단 살인과 자살로 이어질 것을 우려해 '태양의 사원' 신도들이 거주하고 있는 것으로 알려진 프랑스, 벨기에, 스위스 경찰에 경계를 요청했다고 말했다.

이 밖에 세계적으로 유명한 집단 자살 사건은 1978년 11월 18일, 남미 가이아나 존스타운에서 '인민의 사원' 교주 짐 존스와 9백여 명에 이르는 신도들이 청산가리를 탄 음료수를 마시고 자살한 것을 비롯해 1990년 12월 13이 멕시코 티후아나에서 12명이 종교의식 과정에서 약물을 나눠 마시고 자살했으며, 1993년 4월 19일에는 미국 텍사스주 웨이코에 있는 '다윗파' 교도들이 경찰과 대치 중 지도자인 데이비드 코레시와 80여 명의 추종자들이 본부 건물에 불을 질러 모두가 죽기도 했다. 그런가 하면 1994년 10월과 1995년 12월에는 스위스와 프랑스에 있는 '태양의 사원' 신도들이 연거푸 자살하여 세상을 떠들썩하게 했다.

한국도 예외는 아니다. 1987년 8월 29일 경기도 용인에서 발생한 '오대양' 신도 32명의 집단 자살 사건은 대표적인 한국판 죽음 의식이었다. 교주인 박순자 씨를 비롯해 주요 신도들이 오대양 소유의 공예품 공장 건물 천장에서 변사체로 발견됐는데, 사인이 집단 자살로 밝혀져 충격을 주었다. 종교를 빙자해 사채를 끌어들여 공장을 가동하고 자신을 살아 있는 신으로 묘사하다가 부도를 당하면서 집단 자살로 막을 내린 것이다.

박교주는 물질적인 걱정을 하지 않게 해 주겠다는 등의 감언이설로 신도들을 유혹해 왔으며, 강론과 양심 고백 시간도 마련하여 소속원들이 딴 생각을 갖지 못하도록 했다. 특히 양심고백 시간에는 자기 죄를 고백하고 상호 구타케 하는 등 전형적인 사이비 신앙 형태를 취해 왔었다.

자살로 지킨 신성(神聖)

영화 〈마사다〉는 이스라엘 역사가인 요세프스가 쓴 《유대전쟁사》를 내용으로 한 드라마이다. 그 이야기는 이렇게 전개된다.

AD 70년 로마의 티루스(Tirus) 장군이 예루살렘을 정복하자 유대인들은 마사다에 집결하여 최후의 항전을 벌인다. 절벽 위의 요새인 마사다를 정복하는 것이 불가능하다고 판단한 로마군은 성벽 주위에 8개의 진지를 구축하고 노예들을 시켜 인공산을 만들게 했다. 바깥 세계와 완전히 고립되고 식량과 물이 바닥난 채 3년간을 버텨 온 유대인들이었지만 높게 쌓은 인공

산에서의 로마군 공격은 더 이상 피할 수 없게 됐다.

마침내 최후의 날이 다가왔다. 로마군이 입성하기 하루 전날, 구원의 희망은 물론 탈출 통로조차 막혀 버린 것을 깨달은 유대인의 지도자 엘리아 자루벤 야이르가 마지막 연설을 했다.

"사랑하는 형제 여러분, 로마인의 노예가 되어 우리의 가족들이 능멸을 당하느니 하나님의 종으로서 자유로운 상태로 죽음을 맞이하여 하나님 곁으로 갑시다."

연설이 끝난 후, 비장한 결의를 마친 이들은 각자 집으로 돌아가 가족과 예배를 드리고 최후의 키스를 나눈 뒤 자기 손으로 부모와 형제, 처, 아이들까지 모조리 죽였다. 그리고 10명씩 다시 모여 제비뽑기를 통해 한 사람이 아홉 사람을 죽이는 방법으로 죽음의 의식을 치렀으며, 최종적으로 남은 자가 성에 불을 지르고 자살을 했다. 이튿날 마사다성으로 진격해 온 로마군은 타다 남은 재 속에 놓여 있는 1천여 구의 시체와 마주치게 된다.

이것이 자살로 막을 내린 마사다의 최후이다. 이 참상을 피한 사람은 5명의 어린이와 지하에 숨어 있던 2명의 여인뿐이었다. 이들이 당시의 참혹한 상황을 전함으로써 그 진상이 오늘날까지 전하고 있다. 적보다는 신에게 바친 죽음, 이것이 유대인들의 자살정신이다.

또 다른 카리스마, 자살

"오늘 나 죽는다. 집에 다 모여라."

1997년 4월 3일, 치매에 걸린 칠순 노모가 아들 형제에게 자살을 통보하고 아파트 10층에서 투신해 목숨을 끊은 사건이 있었다. 자식들이 전화를 받고 급히 달려왔으나 할머니는 이미 숨진 뒤였다. 죽은 할머니의 차남인 조모(41·회사원) 씨는 설마 어머니가 '자살'을 하리라고는 생각지도 못했다며 슬퍼했다.

평소 약간의 치매 증세가 있던 할머니는 남편이 간암으로 병원에 입원했으나 자식들이 잘 찾지 않는다며 몹시 서운해 했다고 한다. 결국 할머니는 자식들의 관심을 돌리기 위해 자살을 선택한 셈이다.

이 밖에도 성적이 떨어진 중·고등학생이 이를 비관해 자살을 택하고, 초등학생이 아버지의 꾸지람을 야속하게 생각하며 목을 매달아 죽었다는 보도가 종종 언론에 오르내리는 것도 자살에 대한 원초적인 끌림 때문이 아닌가 싶다.

더 이상 자살은 없다

부산의 명소인 태종대에는 일명 '자살바위'가 있다. 이곳의 높이 80미터 수직 절벽과 시퍼런 바다는 세상을 등지려는 이들에게 자살의 유혹을 떨치기 힘들게 했다. 실제로 이곳에서 몸을 던져 생을 마감한 사람이 한 해 평균 30명이나 됐을 정도다. 해마다 자살자가 늘어나자 영도구청과 지역 주민들이 이를 막기 위해 부단히 애를 썼지만 소용이 없었다. 오죽하면 인근에 '구명사(救命寺)'라는 절을 지어 불심에 호소도 해 보고 경비를 서기도 했지만, 죽겠다고 뛰어내리는 사람들 앞에서는 속수무책이었다.

1975년 부산시는 이 문제로 대책회의를 열었는데 이때 나온 아이디어가 자살바위에 전망대를 조성하고 이곳에 모자상(母子像)을 세우자는 것이었다. 이 안은 즉각 실행에 옮겨져 홍익대 전뢰진 교수가 가로 180센티에 세로 150센티, 높이 210센티의 모자상(한복 차림의 어머니가 남매를 보듬어 안고 있는 모습)을 조각해 이곳에 설치했다.

그러자 이후 신기하게도 자살자가 거의 나오지 않게 됐다. 덕분에 구명사가 서쪽으로 자리를 옮겨 앉게 됐고 영도구청도 더 이상 자살 소동에 휩싸이지 않게 됐다.

▲ 부산 태종대 자살바위에 세워진 모자상.

우리 나라에서 자살은 가장 큰 불효 중 하나다. 특히 '신체발부는 수지부모(身體髮膚 受持父母)'라는 유교적 영향으로, 내 몸 어느 한 곳도 내 것이 아니었다. 말 그대로 머리카락과 손, 발톱조차 부모로부터 물려받은 소중한 것일진대 생명을 함부로 한다는 것은 있을 수 없는 일이었다. 그래서 예로부터 자살에 관한 기록이 드문 편이다.

그러나 일본에서는 자살 자체가 개인은 물론 가문의 명예와도 밀접한 관계가 있었던 만큼 자살이 미화되기까지 했다. 그것은 '하리끼리', 즉 할복 의식에서 그 원인을 찾을 수 있다. 사무라이 정신으로 통하는 이 할복 의식은 일본 무사들이 갖고 있는 최고의 자존심이기도 했다. 또 일본에서는 남녀 동반 자살도 자주 발견되는데, 이는 지상 세계에서 이루지 못한 사랑을 저 세상에서 이루자는 소망 아래 이루어진다. 자살 행위가 바로 신앙인 셈이다.

'자살도 신앙이다'라고 여기는 사람들이 많은 사회는 불행하다. '자살은 인생에 패배했다는 것, 혹은 인생을 이해하지 못한 것을 고백하는 것이다'(까뮈 작, 《시지프의 신화》)라고 말한 것처럼, 신앙을 위한 자살은 결국 자신이 이승에서 쌓아 놓은 모든 것까지 잃는 어리석음이기 때문이다.

1978년 912명이 자살한 '인민의 사원'이나 1997년 3월 '천국의 문' 신도들 자살 사건에 이르기까지 '자살이 신앙'이었던 종교는 사교로 전락하여 전 세계인들로부터 지탄을 받아 오고 있다. 더 이상 자살이 없는 종교, 그래서 '자살도 신앙'이라는 억지가 통하지 않는 사회가 지상 천국이 돼야 할 것이다.

곡식을 신으로 여기는 이들

무속인들이 굿을 하기 전이나 농부가 들과 산에서 음식을
먹을 때, 밥 첫술을 떠 '고수레' 하며 논과 밭 귀퉁이에 뿌리는
풍습이 있다. 4천 년 이상 계속되고 있는 이 풍습은 단군 통치
시절, '고시(高矢)'라는 사람이 농사짓는 법을 가르쳐 준 데 대
한 고마움의 표시로, 음식 첫술을 그의 몫으로 돌리는 데서 비
롯된 풍습이다.

기독교는 매년 11월 셋째 주일을 '추수감사절'로 지키고 있
다. 이스라엘 사람들이 보리 수확기인 4~5월에 맞춰 유월절을,
밀 수확기인 6~7월을 오순절로, 포도(과일) 수확기인 7월 이후
를 초막절로 지켜 오면서 신(神)께 감사드리던 풍습이, 미국으
로 건너온 신교도들이 첫 농사를 지은 후 일주일간 감사절을
지킴으로써 '추수감사절'의 기원이 되었다. 우리 나라도 1904년
부터 추수감사절을 지켜 왔으나 최근 들어서는 한국 고유 절

기인 추석에 맞춰 추수감사절을 지내는 쪽으로 가닥이 잡혀
가고 있는 추세다.

우리 속담에 '밥 한 알이 귀신 열을 쫓는다', '농사꾼은 죽어
도 종자는 베고 죽는다'는 말이 있다. 고개 중에 제일 무서운
(험한) 고개가 오뉴월 '보릿고개'라는 말도 우리에게 시사하는
바가 크다. 곡식(양식)을 인간의 삶과 직결되는 생명줄로 여기
는 데서 비롯된 각종 풍습과 전통 때문이다. 따라서 곡식 속에
신이 숨어 있다고 믿는 것도 당연한 일이 아닐 수 없다.

역사 깊은 곡령(穀靈) 숭배 사상

인간이 곡식 속에서 신을 발견한 것은 석가나 공자, 예수를
알기 훨씬 전부터다. 바로 농경시대가 정착되면서, 인류는 생
명줄인 곡식(농사)의 비중을 신으로까지 끌어 올려 그 소중함
을 더했다. 곡물이 해마다 탈없이 자라고, 풍작이 되기를 바라
는 마음이 신앙으로 승화됐으며, 여기서 '곡령(穀靈·곡식에 있
다고 믿어진 혼령)'을 숭배하는 의식이 나오기 시작한 셈이다.

그리스 신화에 '데메테르(Demeter)'라는 곡신(穀神)이 등장한
다. 이 신의 이름은 '크레타 섬의 보리'라는 뜻의 말에서 나왔
다. 데메테르를 '곡물의 어머니' 또는 '보리의 어머니'라고 부르
는 것도 이 때문이다.

보리와 관련된 비슷한 신화는 우리 나라에서도 전한다. 고
구려의 시조인 주몽(동명성왕)이 건국의 뜻을 품고 북부여에서
탈출하여 남하하기 전에 어머니인 유화부인은 오곡의 씨앗을
아들에게 싸 주었다. 그런데 아들과의 이별을 슬퍼하다가 보리

씨앗을 깜박 잊어버렸다. 뒤늦게 이 사실을 알게 된 유화부인이 비둘기로 둔갑해 보리씨를 입에 물고 아들을 쫓아와 전해 주었다. 이후 주몽은 고구려를 건국해 백성들에게 농사짓는 법을 가르친 후 첫 수확 때부터 유화부인을 '곡모신(穀母神)'으로 받들어 모셨다. 그래서 보리는 당시의 주식으로 곡령의 대표적인 신앙 대상이 됐다.

곡물 자체에 영성이 내재해 있고 나아가 그 자체가 영적인 존재라고 믿어 온 곡령신앙은 동·서양에서 큰 차이 없이 공통으로 전해 오는 특징을 갖고 있다.

동양과 서양의 곡령신

곡령을 숭배하는 사상은 동·서양이 일맥상통하지만 방법에는 차이가 있다. 서양에서는 추수 때 최후의 포기에 곡령이 깃들어 있다고 믿었다. 그래서 마지막 수확 때에는 엄숙한 의례를 갖는다.

이 중 대표적인 행사가 마지막으로 수확한 포기에 인형 옷을 입히거나 아니면 그 포기로 짚풀 인형을 만들어 영적 존재로 구상화시키는 것이다.

독일에서는 마지막 포기의 곡식 속에 곡령이 있고, 이 곡령은 낫으로 벨 때 붙들리거나 쫓겨나거나 살해된다고 믿었다.

한편 홀시타인 지방에서는 마지막 다발에 여자 옷을 입히고 이것을 곡물의 어머니라고 불렀다. 또 웨스트팔라아의 한 지방에서는 라리보리의 마지막 다발을 돌로 묶어 특별히 무겁게 하여 신적인 의미를 부여하기도 했다.

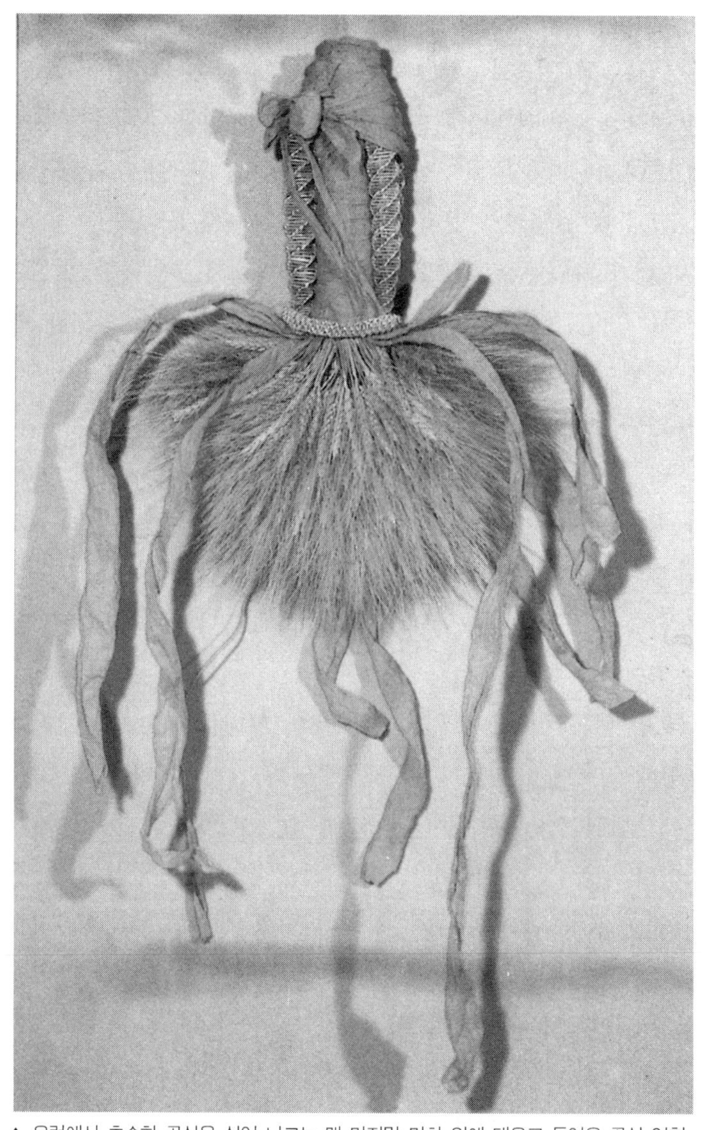

▲ 유럽에서 추수한 곡식을 실어 나르는 맨 마지막 마차 위에 태우고 들어온 곡식 인형.
이 인형은 다음해 추수 때까지 집에 걸어 둔다.

유럽의 곡령은 극히 일부를 제외하고는 모두 여성이다. 따라서 곡령의 명칭도 어머니, 할머니, 딸에서 마녀, 여왕으로까지 불리고 있는데 다산과 풍요를 기원하는 염원이 담겨 있다.

또 브리타니아인은 어머니 곡령의 몸 속에 작은 아기 곡령을 끼워 넣어 임신한 형태를 만들어 놓는 관습도 있다.

그런가 하면 서부 프로시아 여러 지방에서는 마지막 포기로 인형을 만들 때, 그 속에 실제로 어린아이를 눕히고 인형을 만든 사람이 진통과 해산의 시늉으로 신음을 하면 어린아이가 따라 우는 풍습이 전해지고 있다.

곡식 인형이 많이 만들어진 것도 곡령 숭배와 밀접한 관계가 있다. 추수한 곡식을 실어 나르는 맨 마지막 마차에 태우고 들어오는 곡식 인형과 곡식 처녀, 교회 장식용인 곡식 십자가, 곡식 훈장, 곡식 나팔 등도 곡령신앙의 또 다른 표현으로 볼 수 있다.

우리 나라의 경우 서양과 정반대의 형태를 띠고 있다. 가령 서양에서는 마지막 포기에 곡령이 있다고 믿었지만 우리는 첫 번째로 거둬들인 수확물에 곡령이 있다고 믿었다. 벼가 패기 시작할 무렵 농부들은 이삭 두세 개를 뽑아다 부뚜막 위에 걸어 놓았다. 부뚜막에는 조왕신이 있다고 믿었고, 이 조왕신에게 벼가 병들지 않고 잘 여물도록 빌 수 있기 때문이다.

또 서양에서는 곡식의 마지막 포기로 인형을 만드는 의식 등을 가졌지만 우리는 짚가리, 낟가리, 노적가리를 쌓아 놓고 그 안에 풍년을 기원하는 주술적 의미를 담았다.

처음 탈곡한 곡식(벼)은 성주독과 삼신단지에 채워진다. 성

주와 삼신을 성주독 또는 삼신단지, 삼신바가지로 부르는 것도
이 때문이다.

이 곡식은 1년 내내 백지로 봉해 모셔지고 때마다 밥, 국,
떡, 과일 등을 챙겨 고사를 지내주며 극진히 받들었다.

매년 되풀이되는 의식들

농사가 1년을 단위로 되풀이되듯이 곡령을 모시는 의식도 1
년 단위로 반복된다. 곡령은 농사철에는 들판의 곡식 속에 깃
들어 있지만 추수를 하고 알곡을 집안으로 거둬들이면 곡령도
따라 들어오게 된다. 성주독이나 삼신단지에 겨우 내내 모셔져
있던 곡령은 이듬해 새 봄과 함께 들로 나갈 채비를 서두르게
된다. 이는 농사를 돕고 풍년을 만들기 위해서다.

곡령이 들로 나가기 위해서는 집안에서 몇 가지 의식을 치
러야 한다. 유럽에서는 곡령의 신체인 곡식 인형이 집안에 들
어올 때 물벼락(?)을 맞는다. 이듬해 비가 잘 내려 줄 것을 기
원했던 이 인형은, 크리스마스까지 잘 보관했다가 이날 아침
소 먹이로 준다. 이는 소가 살이 많이 찌고 새끼를 잘 낳게 해
달라는 기원에서다.

또 일부 지역에서는 맨 마지막 포기로 만든 화관을 교회에
걸어 두었다가 부활절 전날 밤 대표로 뽑힌 일곱 살 난 소녀
가 거기서 낟알을 털어 밭에다 뿌린다. 그리고 남은 짚은 크리
스마스날에 가축들에게 먹이로 준다.

우리 나라에서는 봄이 되면 '가리'를 마을의 공동 샘이나 부
잣집 마당에 세운다. 먼저 서너 길이의 장대를 세우고 그 꼭대

기에 소나무 가지를 매단다. 다음은 굵은 동앗줄을 꼭대기에서
부터 세 가닥 늘어뜨려 고정시켜 볏가리 모양을 만든다. 이 볏
가리를 정월 보름에 세웠다가 2월 초하루에 헐어 버린다. 이날
은 머슴날로 부르기도 하는데 바야흐로 한 해의 농사가 시작
되는 시점이다. 두레패와 농부들이 어우러져 풍악을 울리고 곡
령에게 풍작을 기원하면, 곡령 역시 집안에서 완전히 들로 거
처를 옮긴다. 농사 중간에 논두렁이나 밭고랑에서 농악을 울리
는 것도 곡령을 위한 제례일 뿐만 아니라, 쇠 소리를 울려 해
충들을 퇴치하는 일석이조의 의미가 담겨 있어 조상들의 번득
이는 지혜를 엿볼 수 있다.

다시 모셔야 할 곡령신

우리 나라에서 한 해에 발생하는 음식 쓰레기가 값으로 따
지면 수천억 원대에 이른다고 한다. 벼 한 알이 밥상에 오르기
까지는 농부들의 손길이 99번이나 거쳐야 한다. 그러나 여전히
올바른 먹거리 문화가 정착되지 않고 있다. 음식물 찌꺼기로
인한 환경오염이 심각해지고 외화 낭비의 주요인이 되고 있지
만, '절약 캠페인'은 여전히 공염불에 지나지 않고 있다. 한마
디로 곡령신이 사라져 버렸기 때문이다.

그 옛날 곡식 한 알 한 알을 정성들여 가린 다음 성주나 삼
신, 터주, 업왕단지에 잘 모시고 때에 따라 떡과 단술, 밥 등을
진설해 놓고 고사를 지냈던 때는 음식 쓰레기라는 용어 자체
가 없었다. 물론 6·25와 근대화 과정에서도 음식은 여전히 우
리의 생명줄이었다. 그러나 지금은 곡령이 우리를 떠나고, 우

리 역시 곡령을 잊은 까닭에 '음식 쓰레기'라는 악령에 시달리고 있다.

쌀 한 톨, 보리알 한 개 속에도 곡령이 깃들어 있다고 생각할 때 음식 쓰레기 악령은 쉽게 물리칠 수가 있을 것이다. 곡령을 모시는 일, 이제는 우리 몫이 돼야 한다.

귀한 신(神)-귀신

각 TV 방송사들이 앞다퉈 귀신 시리즈를 내보내며 시청자들의 호기심을 자극하는 것을 보면 귀신의 인기(?)는 예나 지금이나 변함이 없는 것 같다. MBC TV가 1996년부터 내보낸 〈다큐멘터리 이야기 속으로〉는 상당수의 고정 시청자를 확보해 놓고 인기리에 방송한 바 있다. 이에 자극받은 SBS TV는 〈토요 미스테리〉라는 귀신 나오는 프로그램을 제작하여 비슷한 시간대에 편성함으로써 맞불 작전에 나섰었으며, KBS 2TV도 〈전설의 고향〉을 주말 저녁마다 내보내기 시작해 귀신의 인기를 높였다.

그러나 TV에 나오는 귀신 이야기는 대부분 황당무계하거나 충격적이고 끔찍한 장면들로 엮어져 시청자들의 말초신경만 자극하는 데 급급한 나머지 다양한 귀신 세계를 왜곡하고 있을 뿐이다. 인간들과 끈끈한 관계를 유지하며 그 명(命)을 이

어가고 있는 귀신, 그리고 그 귀신을 섬기며 생로병사를 풀어
나가는 사람들의 공생관계는 TV 드라마보다 훨씬 더 생동감
이 있다.

신(神) 위의 신 - 귀(鬼)

옛 사람들은 신을 섬기면서 한편으로 또 다른 신(鬼)을 모
셨다. 가령 평상시에는 다산·다복·풍요·평화를 염원하며 각
신에게 제를 지냈지만, 막상 질병이나 액이 닥치면 그때는 신
(神)을 제쳐 놓고 귀신을 찾았다. 귀신의 노여움을 풀어 드려
야 액이 물러난다고 믿었기 때문이다.

우선 병이 걸렸을 때 찾는 귀신과 이때 귀신을 물리치는 방
법을 알아보자.

조선시대에 민간에서 많이 상용됐던 비결서인 《가정백방길
흉비결전(家庭百方吉凶秘訣全)》 치료문 제8편에는 '대개 사람의
병은 귀책에서 생긴다. 그러나 세인은 이를 모르기 때문에 도
인 장천사(張天師)의 퇴송 방법으로 병을 구해야 한다. 만약 치
유가 되지 않으면 이는 귀의 저주가 아니기 때문에 약을 사용
해서 치료를 해야 한다'라고 적고 있다.

이때 사용한 치료법은 대개 12간지와 음력 날짜를 이용했으
며, 최종적으로는 천간지지(天干地支) 병점법을 동원했다. 구체
적인 치료법은 다음과 같다.

자일(子日)에 생긴 병은 북방으로부터 술과 육류 등을 가지
고 온 자에 귀신이 붙어 왔거나 산귀(産鬼)가 벌을 내릴 때 발
병한다. 남자에게는 큰 병이 될 수 있으나 여자는 비교적 수월

하다. 특히 13세 된 어린이들은 각별히 조심해야 한다. 이 병에 걸리면 백지 세 장과 백미 세 되로 밥을 지어 성조 군웅에게 빌고, 동서남북 4위를 마당 한가운데 세워 산귀를 청해 북방으로 퇴송시킨다.

축일(丑日)의 병은 5, 6일 전쯤 돌이나 나무를 함부로 움직여 서북지신의 노여움을 얻어 생긴 병이다. 따라서 술과 고기로 무주귀(無主鬼)를 청하여 빌고 서북으로 퇴송한다.

반면 여행 도중이나 타향에서 병이 걸렸으면 인일(寅日)의 병으로 보면 틀림이 없다. 이때도 술과 고기를 장만해 칠성신에게 빌어야 하며, 묘일(卯日)의 병에는 백지 한 장과 쌀 한 되로 밥을 마련해 부모와 형제 신에게 빌고 서쪽으로 물러나면 낫는다. 진일(辰日)의 병은 북서를 범한 죄이기 때문에 그 부인뿐만 아니라 주변인에게도 병이 옮아 간다. 그러나 조왕께 제사 지내면 술일(戌日)에 회복될 수 있다.

먹은 음식을 자꾸 토하게 되면 이것은 사일(巳日)의 병이고, 사지가 편안하지 않고 두통·복통이 계속되면 오일(午日)의 병에 걸린 것이다. 사일의 병은 사해방(巳亥方)에, 오일의 병은 북방에 신위를 넣어서 생긴 것으로 성조·군왕·조상신께 재물을 올리고 축원하면 낫는다. 한편 피를 흘리고 대소변이 순조롭지 못하면 미일(未日)의 병에 걸린 것으로 봐야 한다. 이때는 아사귀(餓死鬼·굶어 죽은 귀신)를 불러 동방으로 물러서면 8일째부터 경과가 좋아진다.

신일(申日)의 병은 사지 불안이 심하고, 유일(酉日)의 병은 남자는 심하나 여자는 대수롭지 않다. 지신의 노여움을 사면

술일(戌日)에 병이 생기고, 재물을 잘못 들여 놓으면 해일(亥日)에 병이 걸린다. 모두가 귀신에게 제물을 차려 놓고 빌어야 낫는 병이다.

백약(百藥)보다 큰 효험

옛 사람들은 또 음력 초하루에 병이 생기면 동남 목신과 객사귀가 붙었다고 믿었다. 이때 내놓는 처방안은 동남으로 40걸음 물러서는 것이다. 또 초이틀에 생긴 병은 동남 친척의 노귀가 붙어 두통과 구토를 느끼게 되는데 동남으로 30걸음 퇴각하면 병이 달아난다고 믿었다. 이렇게 30일까지 계속되는 치료법의 공통점은 몸에 붙어 있는 악귀를 쫓아냄으로써 병도 함께 물리친다는 것이다.

반면 《가정백방길흉비결》은 이 방법도 여의치 않을 경우, 천간자 병점법(天干字 病占法)과 지지자 병점법(地支字 病占法)을 제시하고 있다. 갑, 을, 병, 정, 무, 기, 경, 신, 임, 계 등 천간을 이용한 병 치료법은 현대 의술로 볼 때는 한 편의 코미디와 다를 바 없다. 그 내용은 이렇다.

갑을일(甲乙日) 병귀는 기천보(奇天甫)로 푸른 종이에 돈 8푼을 싸서 세 번 귀명을 부르고 동쪽으로 40걸음 물러선다. 그리고 병정일(丙丁日)의 병귀는 우봉련(禹鳳蓮)으로 붉은 종이에 돈 7푼을 싸서 두 번 귀명을 부르고 남방으로 40걸음 물러난다. 또 무기일(戊己日)의 병귀는 풍유신(豊有信)으로 누런 종이에 돈 10푼을 싸서 다섯 번 귀명을 부른 뒤 서남으로 32보 물러서면 좋다. 경신일(庚辛日)의 병귀는 맹분춘(孟分春)으로 흰 종이에 돈 9푼을 싸서 네 번 귀명을 부르고 서방으로 50보 물러서면 된다. 임계일(壬癸日)의 병귀는 임무생(林無生)으로 검은 종이에 돈 6푼을 싸서 한 번 귀명을 부르고 북방으로 18걸음 물러서면 좋다.

한편 비결(秘訣)에서 말하는 12지일에 해당되는 병귀의 생김새는 다음과 같다.

자일(子日) 병귀는 얼굴이 빨갛고 혀가 검으며, 축일(丑日) 병귀는 손이 하나고 다리가 둘이다. 그리고 인일(寅日) 병귀는 눈이 없고 얼굴이 빨가며, 묘일(卯日) 병귀는 쇠로 된 이와 뿔과 꼬리가 있다. 또 진일(辰日) 병귀는 일명 축골(祝骨)로 불리며 사일(巳日) 병귀는 얼굴이 빨간 황귀다. 한편 오일(午日) 병귀는 얼굴이 노란 반면 미일(未日) 병귀는 손 하나, 다리 하나에 양쪽에 날개를 달고 있다. 신일(申日) 병귀는 귀머거리며 유일(酉日) 병귀는 얼굴이 빨갛다. 술일(戌日) 병귀는 일명 적백(赤伯)으로 불리며 해일(亥日) 병귀는 활을 가진 황적빛 얼굴을 갖고 있다.

그래서 귀한 신(神)

우리들이 흔히 사용하는 언어 중에 '병이 들었다'는 말을 자주 사용한다. 반면 병이 낫거나 감기가 치료됐을 경우에는 '감기가 나갔다'고 한다. 우리가 무의식적으로 사용하는 이 같은 언어 속에서, 우리는 병귀(질병)를 영적 존재물로 여기고 있다는 것을 알게 된다. 즉 인체나 인가에 병이 들어오게 됨으로써 질병을 야기시키고 또 이 현상이 제거됨으로써 병이 낫는다는

▲ 과학이 아무리 발달해도 귀신은 사라지지 않는가 보다. 월하의 공동묘지는
납량극의 대표적(?) 작품에 속한다.

평범한 논리가 생기는 셈이다.

여기서 우리는 귀신 신앙의 한 단면을 보게 되고, 그 귀신을 노하지 않게 하는 지혜를 배우게 된다. 왜냐하면 귀신이 내 몸에 들지 않게 하기 위해서는 나쁜 짓을 삼가하는 등 내 몸과 마음을 잘 관리해야 하기 때문이다.

우리 나라 사람들은 예부터 귀신을 좋아(?)했다. 다시 말해, 무섭고 혐오감이 생기는 귀신을 질병을 퇴치하고 액을 제거하는 방편으로 삼을 줄 아는 지혜를 가졌다는 것이다. 가령 방역

체제가 갖춰져 있지 않았던 과거에는 장티프스와 천연두 등의 전염병은 보이지 않는 귀신보다 더 무서운 존재였다.

따라서 이를 물리치는 데는 귀신을 형상화하는 만큼의 큰 효과를 찾기가 힘들었다. 장티푸스 귀신을 물리치는 방법으로 환자가 있는 집안의 화장실을 태운다든가, 고추를 불에 태워 그 연기를 쐬는 방법은 현대과학으로 볼 때도 상당히 근거가 있는 전염병 퇴치 요령 중 하나다. 유행성 감기에 걸렸을 때 돌목욕탕에서 쑥을 태우며 땀을 빼면 귀신이 물러간다는 것도 비슷한 경우다.

더 이상 무섭지 않다

귀신은 '무서움'의 대명사다. 그래서 한여름 밤에 듣는 귀신 이야기는 온몸을 오싹하게 해 더위를 쫓게 한다. 매년 7월만 되면 TV 방송사들이 앞다퉈 납량 특집극을 내놓는 이유도 여기에 있다.

그러나 귀신은 잘만 부리면 우리 몸 속의 질병은 물론 모든 액까지도 몰고 나가는 훌륭한 치료사가 될 수도 있다.

끊임없는 탐욕과 애증, 분노와 시기, 원망 등은 악귀가 붙기 제일 좋은 여건을 제공한다. 앞도 뒤도 돌아보지 않고 재물과 명예를 좇는 사람도 병귀가 가만두지 않는다. 그러나 하루하루를 건전하고 복되게 살려고 노력하는 보통 사람들은 귀신이 제일 싫어한다.

이들이 질병에 시달리지 않고 큰 액에 빠지지 않는 것은 병귀와 악귀가 근접할 수 없기 때문이다. 귀신을 믿는 사람들이 줄지 않는 것도 바로 이 같은 이유가 빠질 수 없다.

▲ 귀신도 사람도 아닌 도깨비는 항상 해학적인 모습으로 그려진다. 밀양 표충사에 있는 도깨비 그림.

도장 · 문장에서 신을 찾는다

토지나 주택을 매매할 때, 혹은 은행 거래나 자신의 신용을 증명하는 데 꼭 필요한 것이 도장이다. 일반 가정에서 인감 도장을 소중히 여기는 까닭도 여기에 있다. 도장은 또 권위와 권능, 비밀과 합법적 소유를 상징한다. 성경에 흔히 등장하는 '인을 친다' 함은 바로 도장을 찍는다는 얘기다.

반면 조선시대 때 지방의 탐관오리들은 암행어사가 지닌 마패만 보면 오금이 저려 꼼짝하지 못했다. 말(馬)이 각인된 마패가 왕의 위엄을 상징하는 문장의 역할을 톡톡히 해냈기 때문이다. 따라서 오늘날까지도 도장과 문장은 곧 신의 권능과 비교될 만큼 소중히 여겨져 오고 있다.

약속 · 권위의 상징들

'약속과 파이의 껍질은 깨뜨리기 위해서 만들어진 것이다'라고 주장했던 J. 스위포트의 말은 인간이 만든 변명에 불과하다. 왜냐하면 신과의 약속을 깬다는 것은 곧 죽음을 의미하기 때문이다. 옛 연인들이, 혹은 부부가 멀리 떨어져 있을 때 청동 거울을 깨 반쪽씩 나눠 갖던 것도 약속을 지키기 위한 정표였다. 그 표식이 문명사회로 진화되면서 도장과 문장이라는 도구로 변한 셈이다. 그러나 도장(인장)의 기원은 인류 역사와 함께하고 있다.

우선 우리 역사부터 되짚어 보자.《삼국유사》에는 하느님(환인)의 위력과 영험한 힘의 표상으로 신성한 부인(符印)이 등장한다. 또 이 고서에는 '환인이 그의 아들 환웅의 뜻을 알고 삼위 태백을 내려보내니 인간의 세계를 널리 이롭게 할 만한 곳이므로 환웅에게 천부인 세 개를 주며 내려가 사람들을 다스리게 하였다'는 내용이 나온다. 천부인은 풍백, 운사, 우사의 표증이 되는 것으로 신령함을 상징한다. 즉 부(符)는 믿음을 표상하는 물건으로 도장을 말한다. 하늘이 내리는 명을 받은 군주의 상서가 부(符)이므로, 천부는 신령스러운 위력을 나타내며 그 힘을 도장으로 표현하였다.

도장은 또 신분이나 지위를 나타내는 신표로, 지위에 따라 명칭을 달리했다. 처음에는 신분의 상하를 따지지 않고 도장을 다 '새(璽)'라고 하였다. 중국 진나라 때부터 천자를 포함한 왕자, 제후의 도장을 새라고 하였는데 나중에는 천자의 것만을 새라 했다. 이 밖에 2천 석의 열후(列侯)는 장(章)이라 하고 1천 석에서 4백 석까지는 인(印)이라 하여 구분했다.

명칭도 시대에 따라 변해 당나라 때는 새(璽)를 보(寶)로 고

처 불렀으며 청대에서는 더 세분돼 친왕(親王) 이상은 보, 군왕 이하의 관리는 인(印), 하급관리는 도기(圖記), 일반인은 도장 혹은 소인, 사인으로 불렀다. 이 중 천자의 옥새와 제후의 인장은 본래의 것을 대대로 이어받아 사용하는 것을 원칙으로 한 것도 약속과 권위를 중시한 데 따른 것이다.

주술적 위력도 대단

오늘날 우리가 사용하는 도장 재료를 보면 그 다양성에 놀라게 된다. 가장 흔한 목도장(나무 도장)과 플라스틱 도장을 비롯해 값비싼 상아나 각종 희귀석이 도장 재료로 등장한다. 또 당대 최고의 전각장을 동원해 도장을 새기고, 사용할 때도 계약, 결재, 매매, 약속, 통장용 등으로 구분하여 가능한 한 그 원칙을 고수하고 있다. 도장 재료와 모양새, 그리고 음양으로 각인된 글씨에서 장수와 부귀가 따르고 명예가 함께 한다고 믿기 때문이다.

임금이 사용하는 도장을 옥새로 부르고, 이를 신기(神器)라고 여긴 까닭도 도장이 재액을 방지하는 주술적 기능을 담고 있는 데서 비롯되고 있다. 신라시대부터 사용돼 온 부작(부적)은 대개 악귀의 침입을 막고 병마를 쫓아내기 위해 문자 또는 도형을 그리거나 도장을 새겨 찍어냈다. 문자 부작은 천(天), 일(日), 귀(鬼), 궁(弓), 길(吉), 구(口), 왕(王), 신(神) 등의 문자나 신의 이름, 사람과 물건 이름 등을 썼다.

지금도 우리가 매매나 계약 때 도장을 찍으면서 성사 여부에 큰 관심과 기원을 담는 것도 주술적 의미가 포함돼 있으며,

개중에는 벽조목(벼락맞은 대추나무—민간에서는 귀신을 쫓는 힘이 있다고 믿음)으로 만든 도장을 품 안에 지니고 다니는 경우도 많다. 이것 역시 주술적인 힘을 바라는 기원으로 풀이할 수밖에 없다. 중국 한나라 때의 황신월장(黃神越章)을 지니면 호랑이나 악신을 물리칠 수 있다고 믿은 것도 이와 같은 맥락이다.

또 우리 나라 사람들이 사용하는 도장은 대개 원형인데 이 형상은 음양오행설에서 양을 상징하는 것이며 이스라엘의 랍비들은 도장을 할례의 상징으로, 한 인간을 신에게 속하는 백성으로 인도하는 징표로 여기기까지 했다.

문장(紋章) 속에 나타난 신표

문장은 권위는 물론 가문과 단체, 국가를 상징한다. 모든 조직과 소속감을 단적으로 표현하는 숨은 뜻을 포함하고 있기도 하다. 신화에 등장하는 동물이나 꽃 그리고 무늬를 새긴 갑옷과 망토를 걸친 중세의 화려한 기사 모습에서 문장의 위력과 권세까지 느낄 수 있는 것도 신표에 대한 권위 때문이다.

문장은 중세 유럽에서 체계적으로 만들어지기 시작했다. 갑옷으로 중무장한 기사들 간의 싸움에서는 적과 아군을 구별하는 것이 무엇보다 중요했다. 순간적인 판단에 따라 생과 사가 갈리기 때문이다. 따라서 서로를 구분할 수 있는 무늬가 필요해졌고 이때 등장한 것이 문장이었다. 1455년부터 85년까지 영국 왕가인 랭커스터 가문과 요크 가문 사이에서 일어났던 장미전쟁은 양가의 문장이 붉은 장미와 하얀 장미인 데서 명칭이 유래될 정도로 문장은 가문과 단체, 심지어는 국가를 상징

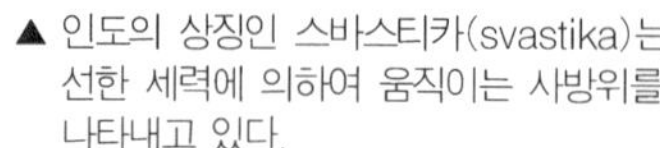

▲ 인도의 상징인 스바스티카(svastika)는 선한 세력에 의하여 움직이는 사방위를 나타내고 있다.

▲ 세계의 성스러운 축, 중국

하기도 했다.

명예와 권위를 상징하는 영국의 여왕장을 살펴보자.

우선 문장의 상징을 보면 방패 위에 기사의 투구가 있고, 투구 위에는 머리 장식이, 그 뒤에는 망토가 휘날린다. 또 두 마리의 동물이 방패를 떠받치고 있는데, 기사가 말을 타고 갈 때 옆에서 시중을 드는 종의 형상이다. 전체적으로 볼 때는 전쟁터로 나서는 기사의 모습을 담고 있다. 이제 그 상징을 열거해 보면 더 흥미롭다.

방패는 여러 조직들의 연합을 상징한다. 영국 문장의 방패는 4개로 분할돼 있다. 방패 왼쪽 위와 오른쪽 아래에는 세 마리의 표범이 있다.

이는 잉글랜드의 상징이다. 또 오른쪽 위에는 스코틀랜드의 상징인 사자가, 왼쪽 아래에는 아일랜드의 상징인 하프가 그려져 있다. 이들 나라는 오늘의 영국을 이루고 있는 옛 국가들이다. 방패 오른쪽에 서 있는 동물은 잉글랜드의 또 다른 상징인

▲ 켈트족의 룬(rune) 문자로 표시된 십자(十字).

사자다. 왼쪽에는 스코틀랜드의 상징인 일각수(유니콘)가 있고, 그 아래에는 각 국가들의 식물인 장미(잉글랜드)와 토끼풀(아일랜드), 엉겅퀴(스코틀랜드)가 놓여 있다. 마지막으로 맨 아래에 쓰여 있는 글씨는 '신과 나의 권리'라는 뜻으로 영국 왕권을 상징한다.

반면 영국 국기는 문장으로부터 유래됐는데 세 가지 십자가를 조합한 형태를 취하고 있다. 영국 국기 외에도 덴마크, 스위스, 스웨덴, 노르웨이, 핀란드, 아이슬란드, 그리스 등이 십자가 형태의 국기를 사용하고 있다. 십자기가 등장한 것은 십자군 전쟁(1095~1270)에 참가한 유럽의 기사단이 적군과 아군을 식별하기 위해 사용하기 시작했던 것이 전쟁 후에는 유럽 각국의 징표인 기로 남게 됐던 것이다.

한편 우리 나라를 대표하는 문장은(1963년 12월 10일 규정) 무궁화와 태극 무늬다. 무궁화는 우리 나라의 국화며 태극 무늬는 우주의 음양을 상징한다. 또 대통령의 지위와 권위를 상징하는 것으로는 표장(1967년 1월 31일 제정)이 있다. 이것은 봉황과 무궁화로 구분된다. 참고로 일본 왕실의 문양은 16개 겹꽃잎 국화로 1926년에 제정됐다.

도장 문장을 신처럼

우리 나라 속담에 '돈은 빌려주어도 도장은 빌려주지 않는다'는 말이 있다. 도장을 빌려준다는 말은 곧 자신의 모든 것을 내준다는 뜻이 포함돼 있기 때문이다. 인감 도장을 장롱이나 금고 깊숙이 감춰 두고 있는 것도 이를 신처럼 섬긴다는 뜻이 포함돼 있다. 도장을 새긴 사람이 하늘을 향해 받쳐들고 좋은 일에만 사용할 수 있도록 기원하는 것이나 가슴속에 품고 다니는 것도 결국은 수호신 역할을 기대하는 데서 생긴 풍습이다.

신비주의 비밀결사 단체인 프리메이슨의 단원들은 도장을 '영혼이 낮은 이 세상을 통과해 최상의 빛에 이를 수 있도록 하는 신비스러운 징표'로 여겼다. 그래서 이들은 자신들만 알 수 있는 도장을 몸에 지니고 다니기도 했다. 또 1992년 우리나라를 강타(?)했던 휴거 열풍 때도 일부 신흥종교인들 사이에는 마지막 시대에 살아 남기 위해선 인침을 받아야 하고, 천국행 티켓을 몸에 지녀야 한다며 자신들이 만든 부적을 고가에 판매하기도 했다. 이것 역시 일반 종이에 도장을 찍은 것에 불과한데 도장(문장)이 신의 행세에 이용된 경우다.

된장신을 섬기는 사람들

된장을 신으로 섬기는 사람들을 만난다면 어떨까. 우선 실컷 웃고, 그 다음에는 '미친 사람들이 아니냐'는 반문이 나올 법하다. 또 개중에는 간장, 고추장, 청국장 신까지 들먹이며 비아냥거리는 이도 있을 것이다.

그러나 '된장신'은 분명히 존재한다. 그것도 막연하게 전설로 남은 것이 아니라 신사(神社) 안에 정중히 모셔져 있다. 매년 수많은 사람들로부터 제물을 받으며 융숭한 대접을 받고 있는 것도 물론이다. 동화 같은 이야기로 들리지만 된장신은 여전히 건재하다. 또 우리 밥상에서 된장이 사라지지 않는 한 이 신도 영원히 존재한다는 것이다.

일본서 대접받는 된장신

일본 규슈(九州) 구마모토(熊本) 시에는 '미소천신'을 모신 신

사가 있다. 한마디로 말하면 '된장 천신(天神)'을 모신 곳이라는
얘기다. 이 신전의 탄생(?) 기원은 다음과 같다.

원명천황(元明天皇) 화동 6년(서기 713년), 지금의 자리에 된
장천신궁이 자리를 잡게 됐는데 영검이 대단했다. 당시 몹쓸병
이 퍼져 많은 사람들이 죽어갔는데 된장신을 받들고 평안을
빌자 병이 곧 사라졌다. 또 어느 해는 귀한 된장이 원인 모르
게 썩기 시작해 신전에 나와 빌었더니 '된장에 조릿대를 세우
라'는 신의 계시가 있었다. 그대로 실천하자 된장맛이 다시 좋
아졌다. 사람들은 크게 기뻐했고 이 사실은 곧 전국으로 퍼져
나가 된장신은 금방 유명해졌다.

구마모토 시에 있는 신전 안내판에도 '신약(神藥)의 신인 어
조신(御祖神)'이라고 씌어 있는데 이때의 '어조(御祖)'는 된장의
일본말 '미소'를 한자음으로 적은 것이다. 된장을 약으로 썼던
일본인들이 된장을 신으로까지 격상시킨 것이다.
또 이들은 된장을 약으로 쓴 것과 동시에 한편으론 신에 대
한 의식과 '향'으로 사용했다는 것이다. 된장이 썩어 갈 때 된
장을 거르는 조리 기구인 '조릿대'를 세워서 맛을 다시 좋게
했다는 기록이 그것이다. 이 기구는 대나무로 만드는데, 대는
곧 접신의 통로이자 때로는 신체(神體)가 되기 때문이다. 따라
서 이를 새롭게 해석하면 신이 된장맛을 다시 살리는 영험을
나타낸 것으로 볼 수 있다.
된장을 향신료로 사용한 것도 충분히 이해가 되는 대목이다.

서기 7백년 대에만 해도 된장은 무척 귀한 식품이었다. 일본에서는 관청을 따로 두어 된장류를 조달할 정도였다. 된장이 법회 때 공양물로 사용되고 관료의 봉급으로까지 지급된 때도 있었다는 기록이 전할 정도다. 이 형태는 오늘날까지도 남아, 김치나 장아찌류를 가리키는 일본말인 '오신코(新香)'가 전해 오고 있다. 사실 구수한 된장국 냄새를 맡노라면 그 내음은 어느 향과 비교할 수가 없다.

'된장맛이 변하면 사람이 죽는다'고 믿고 있을 만큼 된장에 대한 애틋한 미련을 못 버리고 있는 일본인들은 매년 10월 25일이면 '된장공업협회' 회원과 주민 등이 모여 된장신에게 제사를 올리고 참배객과 이웃들에게 된장을 나누어 준다. 그리고 그 자리에서 새로 담근 된장을 이용해 된장국을 끓여 시식도 한다. 된장에 대한 고마움의 표시인 셈이다.

조왕 신앙 속의 된장

우리 나라 가신(家神) 중 부엌신을 일컬어 조왕신이라 부른다. 한마디로 말하면 밥 짓는 일과 음식 맛을 관장하는 신이다. 조왕신의 신체(몸)는 주방의 시렁이나 부뚜막에 바가지를 얹고 그 속에 삼베 조각을 넣어 두거나 항아리 속에 쌀을 넣는 것으로 돼 있다.

이 신은 매달 그믐날 등천하거나 또는 기축일 묘시에 상천한다 하여 이날 치성을 드리면 복을 받는다고 한다. 그렇다면 조왕신이 가장 신경을 써야 하는 부분은 어떤 것이 될까. 당연히 부엌의 1년 농사인 장류, 그 중에서도 된장에 대한 관심이

큰 비중을 차지할 것이 틀림없다. 간장이나 된장 독에 짚을 왼
새끼로 엮어 둘러 놓는 것도 이 때문이다.

'장맛으로 그 집의 길흉을 안다', '된장 맛이 좋아야 집안이
잘 된다'는 우리 나라의 속담에서 나타나듯 이사할 때 제일 먼
저 새 집으로 옮기는 것도 바로 된장독이다. 된장을 빚는 날을
따로 받고, 이웃 중 집안이나 개인의 변고가 없는 이들의 도움
을 받아 장을 담그는 풍습도 바로 조왕신을 노엽지 않게 하기
위함이다. 이는 결국 된장맛을 좋게 해 집안 식구들의 화목을
도모하는 것과 일맥 상통한다.

▲ 철룡신이 지키고 있는 장독대. 된장도 이곳에서 보관된다.

또 지금도 시골에서는 화상을 입거나 벌에 쏘였을 때 비상
약(?)으로 된장을 사용한다. 의사가 들으면 깜짝 놀랄 일이지
만 효험을 봤다는 이들이 부지기수인 것을 보면 신(神)의 작용
을 믿을 수밖에 없다. 그러나 17세기 초 허준이 쓴 《동의보
감》에도 '된장이 두통·한열을 다스리고 감기를 떼며 식체를

뚫고 천식에 잘 듣는다'고 적고 있다. 또 가장 오래 된 의서인
《향약구급방》에도 된장이 '안질과 임질을 다스린다'는 내용을
담고 있다.

천제에 등장하는 된장

대전광역시 동구 자양동에 위치한 '단황전'(교주 김정숙)은
'88 서울올림픽이 열리던 해 소금 1천 가마니와 쌀 5백 가마니,
된장·고추장 각각 세 가마니씩을 장만해 천제를 봉행했다. 신
명계조차도 깜짝 놀랄 제물을 마련한 것이다. 당시 김정숙 교
주는 천·지·인의 합발로 새 용화세계를 만들어 보겠다는 의
지를 표방한 바 있다.

환인, 환웅, 단군을 모신다는 의미로 단황전이란 교명을 쓰
고 있는 김교주는 자신이 직접 농사 지은 곡식 중 가장 실(實)
한 것을 골라 천제를 지낼 만큼 까다로운(?) 면모를 보이지만,
덕분에 인근 동리에서 자신의 된장맛을 보지 않은 이가 별로
없다고 자랑이다. 김교주가 천제에 된장과 고추장을 올리는 것
은 순 우리 것을 만천하에 알리려는 상징적 의미를 담고 있다.
소금이 정화 기능을 갖고 있는 것처럼 말이다.

그러나 김교주가 갑자기 된장을 젯상에 올린 것은 아니다.
하늘의 계시를 따른 것뿐이라는 것이다. 된장을 섬김의 대상으
로 한 일본인들에 비해 김교주는 된장을 신께 드리는 제물로
사용한 것이 다를 뿐이다. 반면 강원도 정성군 임계면에 있는
조그만 암자 주인인 돈연 스님은 승가에서 뿐만 아니라 전국
에서 내노라 하는 '된장 박사'로 통한다. 그도 그럴 것이 돈연

스님은 한 해에 줄잡아 콩 2천 가마 분량을 사용해 메주를 만들고, 그것으로 된장을 담그기 때문이다.

1989년 오지인 이곳 정선에 자리잡은 돈연 스님은 빈농인 주민들의 생활 기반을 돕기 위해 지역 특산물인 콩을 활용해 메주를 만들기 시작해 지금은 정선 전통식품으로 전국 각지에서 유명세를 탈 만큼 상업화에 성공을 거두었다. 좋은 국산 콩을 이용해 정선의 맑은 물과 공기로 범벅한 메주로 만든 돈연 스님의 된장은 맛도 최고일 뿐더러, 스트레스로 찌든 현대인들의 마음까지도 순화시키는 기능을 갖고 있다고 한다. 스님이 빚어서일까, 아니면 된장 속에 침전돼 있는 신의 숨결 때문일까. 아직 장담할 만한 증거는 없지만 세인들로부터 큰 인기를 누리고 있는 것만은 사실이다.

특히 학승이던 돈연 스님이 1993년 독일 유학파인 첼리스트 도완녀 씨와 부부의 연을 맺고 이곳 정선까지 내려와 메주를 빚고 된장을 만든 탓인지 이 된장은 신기하게도 맛도 좋고 또 잘 팔린다.

된장신을 다시 찾아야

우리 역사에 나오는 된장의 기록은 내력이 꽤 깊다. 이미 3세기 경 중국의 사서(史書)인 《삼국지》와 《위지동이전》에는 '고구려 사람들은 발효 식품을 잘 만든다'는 기록이 전하고 407년 경에 조성된 평안남도 덕흥리 무덤 묘지명에 '된장을 한 창고나 담아 먹었다'고 적혀 있을 정도로 된장은 우리 민족의 기호 식품으로 자리잡아 왔다.

된장의 역사가 오래 됐던 만큼 맛 또한 뛰어나 고려의 임로 장은 중국에까지 이름이 났고, 우리 사신이 후당의 장종에게 직접 바쳤다는 기록이 전한다. 이같이 맛을 떨쳤던 된장이 일본으로 건너간 것은 자명한 이치다. 그런데 우리 나라에는 된장만 있고 된장신은 없다. 오히려 일본인들은 우리 땅에서 된장을 수입해 갔으면서도 이를 신으로까지 받들며 품질을 개량해 지금은 우리 나라 사람들이 일본 된장을 사다 먹는 지경에 이르고 있다. 김치도 마찬가지다.

된장을 찾자는 것은 된장을 신으로 모시자는 이야기와는 다르다. 바로 우리 것을 올바로 찾아 주체적인 가치관을 정립하자는 것이다.

우리 것을 더 소중히 여겨 왔던들 일본인들에게 된장 기술 정도는 빼앗기지 않았을 것이다. 먹는 것 하나라도 아끼고 소중히 여기는, 다시 말해 신처럼 여길 줄 아는 지혜와 정성이 된장신을 탄생케 한 것이다.

신의 시험, 통과 의례

인류가 사용하는 단어 중 '통과'라는 표현처럼 기분 좋게 쓰이는 말도 드물다. 합격 혹은 목표 달성, 자격 취득을 의미하는 '통과'는 새로운 세계에 대한 진입도 의미한다. 반면 이 단어는 그만큼의 책임과 의무도 뒤따르게 한다.

사람이 태어나 죽을 때까지 겪게 되는 통과 의식(의례)은 각 민족과 나라마다 정도의 차이는 있지만 형식과 방법이 수십 가지에 이르며, 때로는 목숨을 잃기까지 하는 위험이 따르기도 한다. 자의 반 타의 반, 때로는 의식적으로 혹은 무의식적으로 치러져 오고 있는 통과 의례는 문명의 발달이나 개인의 의지와는 관계 없이 주술적 성격을 지닌 채 우리 곁을 떠나지 않고 있다.

통과 의례는 인간이 출생하면서 죽음에 이르기까지의 과정 중 중간중간에 이르러 갖는 의식을 말하는데, 전문 용어로는

'생애 분기 의례(Life Crisis Rites)로 표현되기도 한다. 여기에는 태어나기 전과 죽음 뒤의 제례는 포함시키지 않는 것을 원칙으로 한다. 반면, 일정한 장소를 출입하면서 갖는 의식이나 세시 의례, 관혼상제, 가례(家禮) 등은 통과 의례의 개념으로 보고 있다.

출생은 통과 의례의 시작점

민속신앙에 의하면 건강하고 훌륭한 자식을 얻기 위한 통과 의례는 임산부와 그 가족들이 '산신(産神)단지'를 모셔 놓고 아침 저녁으로 치성을 드리는 것으로부터 시작된다. 치성기자(致誠祈子)와 주술기자(呪術祈子)에 해당되는 이 의례의 기원 대상은 명산대천이나 큰 바위와 나무, 미륵 등이며 기도 기간은 짧게는 3일에서 길게는 1백일에 이르기도 한다.

또 주술적 행위로는 산모의 물건이나 아기의 배내옷, 금줄, 도끼, 남근석에 올라타 앉는 의식 등이 포함된다. 이렇게 해서(?) 포태된 아기는 출산을 앞두고 삼신상을 장만해 놓고 순산을 비는 의식을 갖게 되는데 이 상에는 정화수와 쌀, 미역이 함께 놓인다.

아이가 세상에 나오면 바로 이 음식으로 첫밥과 국을 끓인 뒤 먼저 삼신할미께 바치고 산모가 나머지를 먹는다. 아기가 태어난 집에는 곧 금줄이 걸리고 이날부터 삼칠일 동안 출입을 삼가하게 된다. 세상에 나온 아기가 처음으로 겪는 통과 의례인 셈이다.

그러나 실질적으로 아기(인간)가 첫번째로 맞는 통과 의례는 백일 잔치로 보는 것이 타당하다. 이때는 정결과 장수를 기원하는 의미로 백설기, 잡귀나 액이 침범하지 말라는 뜻(장수 기원도 포함)에서 수수팥떡을 만들어 많은 사람들이 나누어 먹는다. 또 돌 때도 음식상에 돈이나 책, 붓, 실, 칼 등을 올려놓고 아이가 무엇을 맨 먼저 잡는가를 보고 미래를 점치는 풍습도 통과 의례의 한 모습이다.

나라마다 다양한 성년 의식들

어른이 되기 위해서 갖는 대표적인 통과 의례는 성년 의식이다. 국가와 인종, 부족마다 전통적인 성년 의식이 존재하는 것도 이 때문이다.

아마존 강 유역에 사는 인디오 원주민 중 하나인 티쿠나족은 여자가 초경을 하기 시작하면 1년간 격리 생활을 시키는 독특한 성년 의식을 갖는다. 월경이 시작된 여자 아이가 정글로 들어가 몸을 숨기면 어머니가 찾아내 집안에 별도로 마련한 공간에 딸을 숨긴다. 그리고 낮에는 은신처에서 꼼짝 않고 숨어 있다가 해가 지면 어머니로부터 가사와 소양 교육을 받는다.

이렇게 1년간의 격리 기간이 끝나면 부모는 딸의 온몸에 '위토'라는 열매즙을 발라 검게 칠하고 깃털 장식이 된 관을 머리에 씌운 뒤 밖으로 데리고 나온다. 그러면 처음에는 친척들이, 다음에는 마을 여자들이 달려들어 여자의 생머리카락을 모두 뽑아 버린다. 이때 초대받은 마을 남자들은 가면을 쓰고 북 장단에 맞춰 춤을 추면서 막대기로 땅을 두드린다. 이렇게 3일간

의식이 치러지고 나면 여자 아이는 남자들에게 인계돼 아마존
강으로 가서 몸을 씻고 돌아오는 것으로 성년 의식이 끝난다.

▲ 서울 설화대전(1994년 10월, 세종문화회관)에서 선보인 김기혁 화백의 〈평생도〉
모습. 인간이 세상에 나와 겪는 각종 일들이 잘 그려져 있다.

유태교를 비롯해 중동 일부 지역에서 지금도 신의 이름으로 행해지고 있는 '할례(割禮)'도 성인식에 속한다. 지구촌의 소수 민족 중 하나로, 아프리카 사바나 초원 지대에서 살고 있는 마사이족 여자들도 관습상 15세 무렵 '할례'라는 통과 의식을 치른다. 남자는 음경을 둘러싸고 있는 표피를 잘라내고, 여자의 경우는 대음순과 소음순의 일부를 절제하는 행위인 할례는 시술 도중에 고통과 세균 감염으로 인한 사망도 적지 않게 발생하는 엄청난 모험(?)이 뒤따르는 통과 의식에 속한다.

그러나 마사이족 여인들은 할례를 마쳐야만 결혼 자격이 주어지고, 할례를 하지 않은 여자를 범하는 남자는 큰 모욕을 당할 정도로 할례가 중요한 의식에 속한다. 마사이족 남자들 역시 할례 의식을 함께 치른 동료와는 친형제 이상의 강력한 우애를 나누며 지내게 되는데, 동기가 원하면 아내와의 동침도 허락하는 것이 이곳의 관습이다.

이 밖에 할례 의식을 통과 의례로 삼고 있는 민족과 부족은 다양하다.

일부 아프리카 부족들 사이에서는 생후 곧바로 할례 의식을 갖기도 하지만 대부분은 사춘기를 전후해 시술되며, 여기에는 종교적 전통과 인내력 시험, 결혼의 준비, 피와 생명의 공희(供犧)라는 명분이 뒤따른다.

우리 나라에서는 만 18세가 되면 성인으로 인정하여 관례(冠禮)를 치러 주거나 성년식을 베풀어 주고 어른 대접(?)을 해 준다. 그러나 조선시대까지만 해도 상투를 틀어야(결혼을 해야) 어른 대접을 받는 통과 의례가 있었다.

자해도 통과 의례에 속해

마사이족이 귓바퀴에 구멍을 뚫고 매년 그 크기를 넓혀 나가는 것도 통과 의례 중 하나에 속한다. 그러나 일부 부족에서는 성인식 때 이를 뽑는다거나 온몸에 문신을 새기고 때로는 칼자국을 내는 신체변공(身體變工)이 보편화돼 있는 곳도 있다.

자이르의 한 부족인 바쿳족의 여인들은 결혼을 하면 남편이 아내를 데리고 대장간에 가서 양쪽 다리에 쇠붙이를 달아 놓는다. 한쪽 발목에 10킬로그램씩 되는 쇠붙이를 단 여인들은 무게를 이기지 못해 걸음걸이가 뒤뚱뒤뚱해질 수밖에 없으며 이 영향으로 허리와 엉덩이 근육이 유별나게 발달된다. 한 번의 통과 의례가 평생 유지되는 셈이다.

남태평양 군도인 폰페이 섬에 사는 원주민들은 성인 통과 의례로 고환을 잘라내는 풍습을 갖고 있다. 이는 용맹과 자신감을 표출하기 위한 방법으로 대개 두 개의 고환 중 한 개를 잘라내거나 개중에는 두 개 모두를 떼내는 경우도 종종 있다고 한다.

이때 고환을 잘라낸 이들은 가슴의 근육에 수평으로 길게 칼자국을 남기는데 한쪽만 제거한 사람은 한 줄을, 두 쪽 다 제거한 사람은 두 줄을 남긴다고 한다. 또 성인이 된 남자 중에는 통과 의례로 야자수잎의 심을 뽑아 남근의 귀두 바로 밑 부분에 꿰어 양쪽으로 늘어뜨려 장식을 삼기도 하는데, 이들의 이 같은 토속신앙에 의한 행위는 남성을 뽐낼 수 있는 가장 위험한 자해 중 한 가지에 속한다.

재미있는 통과 의례들

새로 놓은 다리를 맨 처음 통과하는 사람은 '통과세'를 내야 하고, 이때 해당자는 아무 불만 없이 막걸리 값(?)을 내놓는다. 이러한 것이 우리의 풍습으로 자리매김한 것은 오래 된 일이다. 들일을 할 때 참으로 내온 음식 첫술을 '고수레' 하며 던지는 것도 더 많은 수확을 기원하는 통과 의례이며, 입학 시험의 합격을 위해 교문에다 붙여 놓던 엿도 기원의 의미를 담고 있기는 마찬가지다. 새 사업을 시작하거나 새 물건을 들여놓았을 때 고사를 지내고, 그때 사용한 북어를 실타래와 함께 문설주나 대들보에 걸어 두는 것도 통과 의례를 마쳤다는 징표(상징)이다.

반면 반(反)통과 의례도 있다. 새벽 첫 손님 중 여자나 안경을 낀 사람의 승차를 거부하는 택시가 그렇고, 동제(洞祭)에 월경 중인 여인네의 접근을 막고 처녀성을 지주나 신부(神父)에게 바친 뒤 남편과 동침할 수 있었던 중세 유럽의 농노(農奴) 풍습도 마찬가지다.

그러나 이 같은 반통과 의례 역시 사회적 제도와 관습에 의한 것인 만큼 분명한 통과 의례 중 하나로 받아들여지고 있는 게 현실이다.

종교인들 역시 통과 의례가 다양하다. 승려의 경우 비구니(여승)는 250계를 수지해야 되며, 기독교인들도 10계명을 지키기로 맹세하는 통과 의식을 가져야만 진정한 교인이 될 수가 있다. 민족종교나 기타 신앙인들도 나름대로의 통과 의식을 거쳐야만 신앙인으로서 명분과 실리를 지니게 된다. 신의 곁으로 한 발씩 다가가는 의식인 통과 의례는 인간을 더 강인하게 하는 매력이 있다. 그래서 사람들은 더 다양하고 어려운 통과 의식을 개발하여 스스로가 인간과 신의 세계에 대한 경계를 만들고 있는지도 모른다.

내가 먹고 그대에게 영광을
신(神)을 위해 먹는다

살아가는 재미를 '먹거리'에서 찾는 사람들이 적지 않다. 한식, 일식, 양식, 중화요리 등은 이미 보편화된 음식으로 더 이상 색다른 맛(?)을 기대할 수가 없다. '토룡탕(지렁이), 사탕(뱀), 용봉탕(자라 잉어), 추어탕(미꾸라지), 영양탕(개)'도 이미 음식문화의 한 분야로 자리매김 된 지 오랜 까닭에, 지금은 특별한 것들이 아니면 미식가들의 관심조차 끌지 못한다. 일부에서 '몬도가네식'이라는 비난과 함께 야만인이라고 야유까지 퍼붓지만, 그렇다고 이들의 입맛을 떨어뜨리지는 못한다. 그만큼 별난 음식들이 이들의 호기심을 자극하고 있기 때문이다.

상상을 초월한 요리들

2차 세계대전 이후 계속돼 온 미국과 중국의 냉전은 1970년 대의 '핑퐁(탁구)외교'가 기폭제가 돼 양국의 관계를 화해 분위기로 반전시켰고, 이것을 계기로 미국 대통령은 중국을 방문하기에 이른다. 최고의 국빈을 맞아 중국 요리사들이 내놓은 음식은 세계 최강국인 미국 대통령의 눈을 휘둥그렇게 만들기에 충분했다. 듣도 보도 못한 음식 중에는 바로 '모기 눈알'로 만든 수프도 있었다. 그냥 모기도 아닌 '모기 눈알'로 만든 수프, 일반인들은 상상하기도 벅차다.

나중에 요리사들이 밝힌 비법은 사람들을 더 경악시켰다. 재료(모기 눈)를 구하는 방법이 기발했기 때문이다. 요리사들은 모래보다 훨씬 작은 모기 눈을 모으기 위해 박쥐가 사는 동굴을 찾았고, 거기서 박쥐 똥을 모두 긁어 모았다. 그리고 박쥐 똥을 물에 불린 다음 가는 체로 소화되지 않은 모기 눈알과 박쥐 똥을 분리하여 그것으로 수프 재료로 삼았다. 물론 박쥐는 모기를 주식으로 하는 종(種)을 택했다.

'모기 눈알 수프'는 요리사들의 기발한 아이디어와 재료의 희귀성, 대통령 접대용 음식으로 만들어졌다는 점 등이 높이 평가돼 혐오 식품으로 취급되지 않은 것은 당연한 일이었다. 그러나 이 정도의 음식은 세상 사람들에게 화제가 될지언정 유별난 요리 축에는 끼지 못한다. 그만큼 다양한 요리가 우리의 상식을 깨뜨리고 있기 때문이다.

먹는 곤충만 5백 종 넘어

송충이의 번데기, 바퀴벌레, 땅강아지, 굼벵이, 물방개, 날개빈대, 밤나방 애벌레… 지금까지 나열한 것들은 곤충 채집용 목록이 아니다. 오히려 '신성한' 식탁에 오를 음식 메뉴이다.

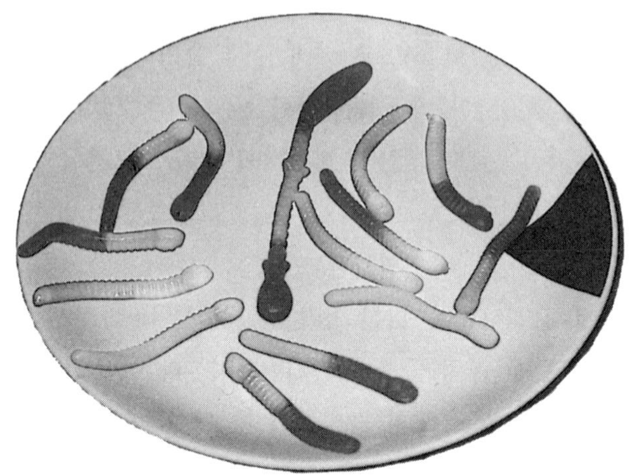

▲ 벌레가 고급 요리의 재료로 쓰이고 있는 가운데 어린이 과자 종류도 벌레
모양이 등장해 관심을 끌고 있다.

우선 밤나방 애벌레로 '바나나벌레빵'을 만드는 방법부터 알아
보자. 필요한 재료는 밤나방 애벌레 반 컵과 으깬 바나나 두
개, 소다와 소금 한 스푼씩, 그리고 잘게 빻은 호도 반 컵, 약
간의 기름과 계란 두 개다. 재료가 모아지면 이를 잘 섞어 달
궈진 오븐에 한 시간 가량 굽기만 하면 된다. 이렇게 하면 맛
있는 바나나벌레빵이 만들어진다.

'나비 날개 술안주'도 쉽게 만들 수 있다. 나비의 몸체에서
떼어낸 한 쌍의 날개를 캐러멜이나 땅콩 버터를 바른 다음 그
위에 초코 가루를 뿌린다. 그런 후 깨끗한 접시에 올려놓고 먹
으면 된다. 물론 요리하기가 귀찮다고 생각되면 날것으로 그냥
먹어도 괜찮다. 이처럼 날것으로나 요리를 해 먹을 수 있는 벌
레(곤충)의 종류는 지구상에 5백 종이 넘는다.

아프리카 부족 중에는 사냥이 힘든 우기(雨期)에는 고목이나 숲 속을 뒤져 굼벵이를 잡아 구워 먹거나 날것으로 먹는 집단이 있다. 단백질 보충을 위한 가장 이상적이고 손쉬운 방법 중 하나로 평가받고 있다. 또 고산지대에 사는 원주민 중에는 단백질을 얻기 위해 정기적으로 박쥐 사냥을 벌여 그 고기로 양식과 영양을 한번에 해결하는 경우도 있다.

반면 우리 나라 사람들이 즐겨 먹는 곤충도 적지 않다. 우선 술안주에 빠지지 않는 메뚜기가 그렇고 서양 요리에 한몫 끼는 달팽이도 미식가들의 입맛을 다시게 한다. 어린아이나 젊은 여자들 사이에 인기 있는 번데기 볶음도 곤충 요리 중 하나이며, 요즘 약재로 크게 부각되고 있는 동충하초(冬蟲夏草)는 날것이든 익힌 것이든 없어서 못 먹을 정도로 고가에 팔리고 있다. 개구리 뒷다리나 뱀 구이, 도마뱀 튀김 등은 곤충이 아닌 육류(?)로 구분되는 까닭에 별난 요리로 열거할 필요조차 없다.

벌레와 인간과의 별난 인연

인간과 곤충의 관계는 상생(相生·서로 도움)보다는 상극(相剋·상호 반대)에 가깝다. 여름 밤 잠을 설치게 하는 모기와 파리가 그렇고, 곡식의 뿌리나 줄기를 잘라 먹는 굼벵이들의 횡포도 짜증을 내게 한다. 그래서 인간들이 생각해 낸 것이 '벌레를 먹어서 없애 버리자'였다면 그것은 한 편의 코미디에 지나지 않을 것이다. 인간과 곤충(벌레) 사이의 인연은 의외로 드라마틱하다.

호주 원주민들 사이에 전해 오는 전설을 한번 보자.

수백 년 전 원주민이 아들과 함께 황량한 사막을 지나야 하는 여행길에 올랐다. 고된 시간이 계속되자 아들은 그만 사막 가운데서 쓰러지고 말았다. 심한 열병에 걸린 것이다. 아버지는 여행을 중단하고 급한 대로 나뭇가지를 주워다 임시로 움막을 만들었다. 그리고는 그 안에 아들을 눕히고 먹을 것을 찾아 나섰다.

사막 한가운데서 먹을 것을 찾기는 쉽지 않았다. 며칠을 헤맨 뒤 겨우 먹을 것을 구한 아버지가 움막으로 돌아왔을 때는 이미 아들은 보이지 않았다. 주위를 아무리 찾아보아도 아들의 모습을 발견할 수가 없었다. 그는 절망에 빠져 나무에 기대어 울기 시작했다.

그렇게 한나절을 울다 고개를 쳐들었을 때 앙상한 가지에 붙어 있는 고치를 보게 됐다. 순간 그는 크게 깨닫게 됐다. 신께서 갈증과 배고픔으로 심한 고통을 당하고 있던 아들을 보호하기 위해 벌레로 만들어 고치 안에 넣어 두었다고 생각한 것이다. 그래서 아버지는 안심하고 길을 떠날 수가 있었다. 그때부터 이곳 원주민들은 벌레를 신이 준 선물로 믿게 됐을 뿐만 아니라 이를 먹음으로써 죽은 자와의 영적 교환이 이뤄진다고 믿기 시작했다.

반면 유럽인들 사이에서는 곤충 요리가 혐오 식품으로 취급되고 있는데, 이 과정에서도 일부는 벌레(곤충) 요리를 즐긴 이들도 적지 않았던 것으로 보인다. 가령 아리스토텔레스가 남긴 기록 중에는 매미 요리를 두고 '매미는 마지막 허물을 벗기 전 애벌레일 때가 가장 맛이 좋으며 성체 매미 중에는 수컷이, 짝

짓기 후에는 하얀 알이 가득 찬 암컷이 맛있다'는 내용이 전할 정도다.

벌레, 음식 가치로 따진다

벌레를 이용해 만든 요리는 선·후진국을 막론하고 많이 활용되고 있다. 일본에서는 '물장구 애벌레'를 잡아 설탕과 된장을 넣고 끓여 먹고 있으며, 멕시코시티 폰다돈촌 식당에서는 빵 위에 '날개빈대'를 얹어 예쁘게 장식해 판매하는데 인기가 높다. 이 식당에서는 벌레 요리가 유명한데 이 중에는 알에서 갓 부화된 악어 새끼도 포함돼 있을 정도다.

그렇다면 벌레가 음식으로서 가치가 얼마나 될까 따져 보지 않을 수 없다. 우리는 보통 쇠고기나 돼지고기 등 짐승을 도축한 후 고기를 이용해 만드는 것을 음식(식물성 포함)으로 여긴다. 그러나 곤충 예찬론자들은 대다수 사람들의 이 같은 이원론적 사고방식을 맹렬히 비난한다. 결국 전통적인 관습에 빠져 있기 때문이라는 것이다.

이들은 무슬림(이슬람교 신도)들이 돼지고기를 혐오 식품으로 분류하고, 힌두교 신자들이 쇠고기를 먹지 않는다고 일반인들까지 돼지나 소를 식탁에서 멀리할 아무런 이유가 없는 것처럼, 곤충도 음식으로 보면 아무런 문제가 없다고 강변한다. 1996년 몬타나 주립대학에서 발표한 자료에 의하면 메뚜기 100그램 속에는 단백질이 20.6그램이나 포함돼 있는데 이 수치는 돼지나 쇠고기의 평균적인 단백질 함유량보다 높은 것으로 나타났다.

벌레는 또 요리하는 데 많은 연료를 소모하지도 않고 시간도 짧게 걸린다. 가령 쇠고기를 끓이거나 볶을 때보다 벌레를 요리하는 것이 경제적이라는 것이다. 혹자는 벌레 속이나 그 몸에 붙어 있는 병균을 염려하지만 이것 역시 문제가 없다. 오히려 소나 돼지, 양의 몸 속에 있는 치명적인 기생충이 인간을 더 위협하고 있기 때문이다.

최근 문제가 되고 있는 O-157균과 살모넬라균 등이 고기를 충분히 익혀 먹을 때 문제가 되지 않는 것처럼, 벌레도 익히거나 삶아 먹으면 각종 균류로부터 안전을 보장받을 수 있다. 벌레는 키우는 데도 큰 어려움이 없다. 번식력이 강하고 아무거나 잘 먹기 때문이다. 이 밖에도 인간이 벌레를 좋아(?)할 수밖에 없는 이유는 얼마든지 많다.

전갈 가루를 뿌린 초콜릿, 벌레로 만든 사탕, 귀뚜라미 볶음, 벌로 요리된 수프, 바퀴벌레 튀김, 지렁이탕, 개미를 넣은 과자, 하늘소 애벌레 고치, 풍뎅이 구이 등등….

이 같은 곤충 요리가 식탁을 지배하는 때, 인간들 사이엔 이런 기도도 나옴직하다.

'우리에게 일용할 벌레를 주시고, 또 이것을 먹고 마심으로써 신을 위해 더 열심히 봉사하게 해 주시기를 비나이다.'

개를 신으로 섬긴다

보신탕, 영양탕, 개장국, 멍멍탕 등 개고기를 이용한 먹거리 문화가 잘 발달(?)된 우리 나라에서 개를 신으로 모신다는 것은 한마디로 어불성설(語不成說)이다. 신(神) 운운하다가는 자칫 개망신을 당하기 십상이기 때문이다. 오히려 '오뉴월에 개 패듯 한다'든가 '개구멍에 망건 치기', '개 눈에는 똥만 보인다'는 등의 비속어를 사용하는 데 더 익숙해 있다.

그러나 인간과 가장 오랜 인연을 갖고 있는 동물로 개를 빼놓을 수 없다. 덕분에 개는 때에 따라 사람보다 더 귀한 대접은 물론, 높은 충성심 때문에 사후에 묘비까지 챙겨 받는 경우도 적지 않았다.

이승을 안내하는 개

저승에서 이승으로 길을 안내하는 짐승은 하얀 강아지다.

차사 본풀이에 보면 이런 대화가 나온다.

저승에 있던 강님이 염라대왕에게 이승으로 가는 길을 안내해 달라고 말하자, 염라대왕은 흰 강아지 한 마리와 돌래 떡 세 덩어리를 내준다. 그러면서 이 떡을 조금씩 떼어 강아지를 달래며 뒤따라 가면 알 도리가 있으리라고 했다. 강님은 이 강아지를 앞세워 가다 강아지가 지친 듯싶으면 떡을 조금씩 떼어 주었다. 앞서가던 흰 강아지는 행기못에 이르자 풍덩 빠졌다. 깜짝 놀라 눈을 뜬 강님은 어느새 이승에 도착해 있었다.

원래 개는 집을 지키거나 사냥, 맹인 안내, 호신 등의 역할을 담당해 왔다. 이 중 흰 개는 잡귀와 병, 도깨비 등을 물리치고 집안의 행복을 지키는 능력이 있다고 믿어 왔다. 불자(佛子), 특히 스님들이 개고기를 금기하고 있는 것도 이와 무관치 않다. 일부에서는 산중에서 활동하는 스님들이 개고기를 먹을 경우 그 냄새로 인해서 호환(虎患)을 당할 수 있기 때문에 금했다는 속설이 있지만 이보다는 개의 전생, 즉 개로 환생한 부모 이야기가 더 설득력이 있다. '해인사 유진 팔만대장경 개간 인유(海印寺 留鎭 八萬大藏經 開刊 因由)'에 기록된 설화가 그것이다.

이거인(李居仁)이라는 사람이 있었다. 그는 어느 날 길에서 눈이 세 개나 달린 강아지를 주워서 길렀는데 3년이 지나니 아무런 이유 없이 개가 죽었다. 얼마 후 이거인도 죽어 저승을 가는데 첫째 관문에서 눈이 셋 달린 삼목대왕(三目大王)을 만났다. 이 삼목대왕은 자신이 죄를 지어 개의 형상으로 이승에 태어났을 때 보살펴 주었던 주인을 알아보고 그 동안의 사정을 이야기해 주었다. 그리고는 염라대왕 앞에 가서 '법보(法寶)의 고귀함을 판에 새겨 세상에 널리 알리지 못하고 온 것이 후회스럽다'고 말하라고 귀띔해 주었다. 이거인이 똑같이 전하자 염라대왕은 귀록(鬼錄)에서 이거인의 이름을 지워 주었고 이거인은 마침내 다시 이승으로 돌아올 수 있었다.

이 설화가 불자들로 하여금 개고기를 금하게 했고, 또 개는 조상이 환생한 동물이라는 믿음도 갖게 한 계기가 되었다.
알타이 샤먼의 경우는 인간이 저승에 갈 때 지옥문에서 개를 만나게 된다고 믿고 있다. 이것은 개가 인간의 영혼을 저승으로 인도한다는 사유 형태의 한 변형으로 보인다. 또 고대 중국에서는 개를 잡아 신에게 바치는 제물로 이용했다. 《예기(禮記)》에는 주나라 때 여름 제사 음식으로 개고기를 썼다는 기록이 전하며, 진나라 때는 개를 잡아 읍문(邑門)에 걸어 놓고 제사를 지냈는데 이는 충해(蟲害)를 방지하기 위해서였다고 한다. 한편 민가에서는 개가 집에 들어오는 것을 미래의 부(富)로 인식하였다. 또 낯선 개가 어떤 사람에게 머무르면 그것은 그의 가족에게 중요한 징조로, 더욱 부자가 될 것으로 믿었다.
그리스 신화에서 달과 밤의 여신 헤카테(Hekate)는 지옥의 개들을 데리고 땅 위의 묘지를 배회하며 망자(亡者)들을 찾아 다닌다. 또 고대 로마에서는 가족의 수호신에게 개를 제물로

바쳤고 기독교에서는 개가 신자들의 안내자인 사제(司祭)의 상
징이 되기도 했다.

개는 오륜(五倫) 지닌 동물

김경탁(金敬琢)은 그의 저서《견공의 윤리》에서 개를 인간
의 오륜에 비유했다. 내용은 이렇다.

첫째, 개라는 놈은 빈지기자(頻舐基子)하니 부자유친입니다.
제 새끼가 귀엽다고 자주 혓바닥으로 핥아 주니 아비와 새끼
사이에 친(親)이라는 윤리가 있는 것이요, 둘째, 개가 불폐기주
(不吠基主)하니 군신유의입니다. 자기를 길러 준 은혜를 고맙게
생각하여 제 주인을 보고 짖지 아니하니 이것은 임금과 신하
사이의 의(義)의 윤리가 있는 것이요, 셋째, 개가 교미유시(交尾
有時)하니 부부유별입니다. 언제나 함부로 달려들지 않고 일정
한 시기에만 교미를 하니 이것은 암·수놈 사이에 별(別)이라
는 윤리가 있는 것이요, 넷째, 개가 소부적대(小不敵大)하니 장
유유서입니다. 젊은 개는 늙은 개를 상대해 싸우지 아니하니
이것은 큰놈과 작은놈 사이에 서(序)의 윤리가 있는 것이요,
다섯째, 개가 일폐군응(一吠群應)하니 붕우유신입니다. 한 놈이
멍멍 짖으면 온 동네 개들이 다 따라 하니 이것은 동무와 동
무 사이에 신(信)의 윤리가 있는 것입니다.

개를 섬기는 종교단체

전북 김제군 만경면 만경리에 있는 천일교(天一敎) 본부에는
신도수보다 개가 더 많다. 교주인 이필례 씨는 아예 개 20여

▲ 목에 염주를 건 견공

마리와 함께 먹고 잔다. 한마디로 개들이 안방까지 차지하고 하고 있는 셈이다.

이곳에서는 기르던 개가 죽으면 신도들이 동원되어 개를 장사 지낸다. 그리고 나면 곧바로 다른 개가 들어온다.

그렇다고 이곳에 있는 개들이 족보 있는 명견이나 애완견으로 호칭될 만큼 특별난 개는 한 마리도 없다. 소위 '똥개'라 불리는 흔한 개들이 전부다. 그러나 이 개들이 칙사 대접을 받는 데는 이유가 있다. 개 속에 8충신(忠臣)들의 영혼이 들어 있기 때문이다.

이필례 교주가 키우는 개는 고려말 이태조에게 억울하게 죽은 고려왕족과 충신들의 원혼이 담겨져 있다는 것이다. 따라서 이교주의 사명은 이들의 원혼을 달래 극락세계로 천도시켜 주는 것이다. 이 때문에 천일교 교주는 물론 이곳의 신도들은 개고기 먹는 것을 금기하고 있을 뿐더러 개를 때리거나 팔고 사지도 않는다.

주인의 지극한 정성을 아는지 이곳에 있는 개들 중에는 이교주가 화장실에 들르면 볼일이 끝날 때까지 문앞을 지키고 있는 충견(?)도 있고, 외출을 할 때면 앞뒤로 개들이 서로 호위해 줘 장관을 이루기도 한다. 또 천일교에서는 매년 축생공사(畜生公事)를 펴 오고 있는데 이는 짐승, 특히 개를 위한 발원이 포함돼 있다.

천일교 신도들은 새벽 4시 반에 일어나 '음아어이우'라는 주문을 외우며 북쪽을 향해 큰절 네 번과 작은절 칠 배를 올리는 것으로 하루를 시작한다. 이 같은 특별한 의식과 주문, 그리고 개들과 함께 하는 까닭에 천일교는 한동안 기행종단으로 여겨지기도 했다. 이필례 교주 사후엔 친척이 종맥을 잇고 있으나 현재는 유명무실한 상태를 벗어나지 못하고 있다.

전북 임실에서 전해 오는 이야기다. 김개인이라는 사람이 개 한 마리를 기르고 있었다. 하루는 이웃 마을의 잔칫집에 갔다가 밤늦게 돌아오던 중 술김에 그만 둑에서 잠이 들고 말았다. 그런데 입에 물고 있던 담뱃불이 떨어져 잔디에 불이 붙었다. 이를 본 개가 주인을 깨우기 위해 큰소리로 짖고 흔들어 봤지만 깊게 잠든 주인은 꿈쩍도 하지 않았다.

불길이 거세지자 개는 하천물에 뛰어들어 온몸에 물을 적셔 와 주인의 주변에 뿌리기 시작했다. 이튿날 새벽에 주인이 잠에서 깨어 보니 잔디가 모두 타 있고 개도 죽어 있었다. 그때서야 상황을 판단한 주인은 개의 충성에 감동해 크게 통곡했다. 그는 집에 돌아오자마자 개의 무덤을 만들어 준 뒤 비석까지 세워 줬다.

이 밖에도 개와 인간에 관한 전설은 우리 나라 곳곳에서 전한다. 그 유형은 호랑이나 다른 맹수를 물리쳐 주인을 구하는 '투호구주형(鬪虎救主形)', 둔갑하여 주인을 해치려는 동물이나 귀신을 물리치고 주인을 구하는 '변신제거형(變身除去形)', 독약이나 독이 든 물건을 주인이 먹거나 만지려 할 때 막아 주는 '방독구주형(防毒救主形)', 위험에 빠진 주인을 구해 주는 '수주해난형(守主解難形)', 눈먼 주인을 인도하는 '맹인인도형(盲人引

導形)' 등이 있다.

개가 어째서 신(?)인가

개를 섬기고 신으로 추앙한다는 것은 억지일 수도 있다. 이 같은 주장은 자칫 이 세상을 '개판'으로 만들 소지도 없지 않다. 다만 인간과 개가 오랜 역사 동안 공존해 오면서 숱한 전설을 남기고 또 친밀감을 더하다 보니 개가 신의 지위까지 올라가게 됐는지도 모른다.

그러나 혈통(족보) 있는 강아지 한 마리가 십수만 원에서 많게는 수백만 원까지 하다 보니 자연히 그 개를 섬기지(?) 않을 수 없게 된 것은 오늘날 자본주의가 만든 현실이다. 특히 서양인들 중에는 개를 먹이고 미용시키는 데 사용하는 비용이 우리 나라의 웬만한 월급장이 봉급보다 많다고 하니 우리로서는 개가 신처럼 보일 수도 있다.

그러나 어쩌랴. 외국인들이 아무리 개의 무덤을 만들고 비석을 새기는 등 온갖 정성을 다한다 해도 우리는 삼복 더위를 기다리며 황구(黃狗) 생각에 입맛을 다시는 이들이 적지 않으니, 아마도 우리 나라에 태어난 개들은 전생에 죄를 많이 지었나 보다.

단순한 '현세'는 싫다
내세(來世)를 꿈꾸는 이들

1996년 4월 21일 북아프리카 해안 카나리아 제도 상공에는 '페가수스 로켓'을 실은 백색 록히드 L-1011기가 날아 올랐다. 지구 상공 480km에 쏘아 올려진 이 로켓에는 인류 최초로 치러질 '우주장(宇宙葬)'용 미니관 24개가 탑재돼 있었다. 립스틱 크기의 알루미늄 캡슐 속에 뼛가루를 담아 우주에 발사되는 것으로 끝난 '우주장'은 번거로운 절차에 비해 속전속결로 마무리돼 오히려 싱거웠다(?)는 평이 많았다.

'우주장' 희망자들을 모집하여 로켓을 알선한 미국의 세레스티스사는 5.7g의 유해가루를 캡슐에 담아 우주에 쏘아 올리는데 1인당 4천7백 달러를 받았는데, 희망자가 쇄도해 사업을 계속 확장해 나갈 계획이라고 밝혔다.

어쨌든 이제 인류는 우주 속에 자신의 유해를 장례하는 새로운 시대를 열게 된 것이다.

다양하고 특이한 장례 풍습

유교의 영향을 많이 받은 우리 나라의 경우 사람이 죽으면 망자(亡者)와 가장 가까운 친척이 지붕에 올라가 초혼(招魂) 의식을 갖는다. 즉 죽은 이의 옷가지를 들고 지붕 위에서 북쪽을 향해 망자의 이름을 크게 세 번 부르며 옷을 흔드는 것이다. 죽은 이의 혼백이 자신을 부르는 소리와 옷에서 풍겨나는 살 냄새를 맡고 육신으로 되돌아오기를 바라는 염원이 담긴 의식이다.

이어 습염(염습)을 하고 나서 망자의 입 속에 쌀과 엽전을 물려 주는데 이것은 저승길에 사용할 식량과 노자다. 쌀 한 수저에 '천석이요' 엽전 한 냥에 '천 냥이요'라고 소리치는 상주의 목소리에 저승길을 혼자 떠나는 망인에 대한 애틋한 정이 배어난다.

소렴과 대렴으로 구분되는 입관 절차를 마치면 혼백을 모시게 되는데, 이때 상자는 명주나 종이로 만들되 사통오달이 되도록 접어야 하며, 그 속에 망인의 때묻은 동정을 넣고 삼색 실로 만든 동심결(同心結)을 끼워 넣어 모신다. 이때 혼백 상자를 만들다 그 방법을 잊어버려 실수를 하게 되면 만들던 사람도 죽게 된다는 속설이 전해질 만큼 정성을 요했다. 또 장례터를 잡고 토지신에게 고하는 사토제(祠土祭) 등의 치장(治葬) 의식을 갖는다.

관이 방에서 나올 때는 방 네 귀퉁이에 시신의 머리를 맞추거나 바가지를 엎어 놓고 깨뜨리기도 하는데 이것은 잡귀를 쫓는 의미가 담겨져 있다. 비슷한 방식으로는 망인의 부인이

관 머리에 서서 부엌칼을 들고 휘젓거나 문지방을 세 번 칼로 치는 경우도 있다. 또 상여가 집을 떠날 때는 향도가(香徒歌)를 부르고 묘지까지 가는 동안 친척이나 친구 집 앞을 지날 때는 노제(路祭)를 지내기도 한다. 하관은 지역에 따라 관을 빼거나 아니면 그대로 묻는 방식이 다소간 차이가 있지만 서쪽에 검은 색을, 동쪽에 붉은 색을 넣는 것은 똑같다. 이때 현(玄)은 하늘을, 훈(纁)은 땅을 상징하는데 이는 이곳이 고인의 만년 유택(幽宅)의 별천지가 되라는 뜻이 담겨져 있다.

하관이 끝나면 산신제를 지내고 일부는 성분(成墳) 작업을 마무리한다. 이어 상주는 초우·재우·삼우를 지내는 한편 소상(사망 후 1년째), 대상(사망 후 25개월이 되는 기일), 담제(대상 후 1개월이 지난 다음 달에 드리는 제사)와 길제까지 마쳐야 비로소 장례 절차가 끝나게 된다.

별난 장례, 별난 의식

조선시대까지만 해도 부모가 돌아가시면 자식은 묘 옆에 움막을 짓고 3년간 시묘(侍墓)하는 것이 도리였다. 부모의 묘를 돌보는 효자에 금수(禽獸)도 감동하여 호랑이가 보호해 주고 산신령이 집안을 일으켜 주었다는 전설이 전국 각도에서 수집되는 이유도 우리 나라의 독특한 장례 풍습에서 비롯되고 있다. 동방예의지국답게 망자에 대한 예우도 깍듯했던 조상들의 효심은 세계 어느 곳에서도 찾아볼 수 없는 사례들이다. 그러나 21세기에 서 있는 우리로서는 상상할 수 없는 장례 풍습이 지금도 지구촌 곳곳에서 펼쳐지고 있어 사람들을 놀라게 하고 있다.

티베트 민족인 장족(藏族)은 천장(天葬)을 가장 신성한 장례로 여긴다. 장족의 전통적 장례는 천장 외에 수장, 화장, 토장이 있으나 죽은 자의 신분에 따라 장례 방식이 결정된다. 이 중 가장 대표적인 방법이 천장이다.

천장을 할 경우에는 사람이 죽게 되면 일단 시신을 방에 3~4일 모신 뒤에 좋은 날을 택해 장례식을 갖게 되는데 대개는 동이 트기 전에 의식을 시작한다. 우리의 염습과 비슷한 각종 의식을 치르고 시신이 집을 떠나고 나서부터는 시신 운반자나 가족, 친지 등 누구를 막론하고 되돌아서 집을 쳐다보아서는 안 된다. 또 2~3일간 그 집에 들어가서도 안 된다. 이것은 죽은 자의 영혼이 자기 집으로 되돌아가는 것을 막고 동시에 가족에게 액운이 오는 것을 방지하기 위해서다.

천장터에 도착하면 장례 의식을 알리고 이때부터 천장 집행자는 시신을 늑골에서부터 절개해서 뼈와 살을 발라낸다. 또 두개골은 망치로 내리쳐 박살을 낸 뒤 깜바와 함께 반죽해 동그란 공 모양을 만들어 독수리에게 던져 준다. 독수리가 먹고 남은 뼈 조각은 전부 태워 재로 만들어 허공에 뿌림으로써 천장의 모든 의식이 마무리된다.

수난받는 시신들

네팔 산악 지대에서 사는 세르파족들은 사람이 죽으면 시신과 며칠을 함께 지낸 다음 이를 산 속 동굴로 옮긴다. 이곳에서 이들은 시신의 다리를 꺾어 발뒤꿈치가 뒤통수에 붙도록 해 놓은 뒤 동굴을 빠져 나온다. 이같이 하는 이유는 죽은 사람이 밤중에 걸어 나와서 마을을 배회하지 못하도록 하기 위해서다.

또 남 술라웨시의 수도 우중판당에서 3백km나 떨어져 있는 자자마을에서는 사람이 죽으면 장례 비용이 마련될 때까지 시신을 미이라로 만들어 2~3년 동안 집 밖 숲 속에 방치해 두며, 상알라 왕가의 묘지가 있는 수아야에서는 바위동굴에 관을 걸어 놓고 아이들의 시체는 수액이 풍부한 나무를 베어 그 안에다 둔다. 죽어서나마 우윳빛이 도는 흰색 수액을 많이 먹으라는 기원에서 비롯된 풍습이다.

뉴기니아의 원시사회에서는 시신을 나뭇가지 위에 올려놓고 2~3개월 방치해 둔다. 그러면 시신은 곧 부패하고 앙상한 백골만 남게 된다. 이 백골은 몇 년이 지난 후 바위동굴에 안치된다. 그런가 하면 알래스카의 에스키모인 중에는 노동력을 상실한 노인을 죽기 전에 장례하는 풍습이 있다. 동토인 땅을 파는 수고를 줄이고 시신이 썩지 않는 추운 날씨를 감안한 이곳만의 특별난 의식이다. 우리 나라의 고려장과 비슷한 이 풍습은 늙은 부모를 백곰한테 바치는 것으로 장례를 대신하는 것이다. 영혼 불멸설을 믿는 이들은 철저하게 자연의 순리에 따르는 것이다. 다시 말하면 일할 능력이 없는 육신을 백곰에게 바치고 그 곰을 후손들이 다시 잡아 먹음으로써 부모의 영혼이 계승된다고 확신하는 것이다.

중국의 서부 지역에 사는 푸이족은 부모가 죽으면 아위(무당)를 초청하여 주문을 외운 다음 동그란 막대기로 시신을 세

번씩 아홉 번 때린 뒤 '쌀래(빨리 떠나라는 뜻)'라고 외친다. 쌀래 의식이 끝나면 남자일 경우 흰 포대로 시신을 싸서 모자를 씌우고, 여자는 머리를 여러 겹으로 싼 뒤 타부치라는 나무관에 넣는다. 이때 친구나 가족들은 예쁜 조약돌이나 나무젓가락 등을 관 속에 던져 넣는다.

빠이족은 사람이 죽으면 3백일 동안 방에다 방치해 둔 뒤 10일마다 흰 천으로 시신을 한 번씩 감고 집 마당을 동서남북으로 나누어 판자를 박은 다음 그곳에 싸사까린(영혼이 하늘에 도착했다는 뜻)이라는 글귀를 새겨 넣는다. 운남성의 푸꽁 지방의 누족은 남자가 죽으면 손발을 펴 하늘을 향하도록 누이고, 여자가 죽으면 가매장을 했다가 남편이 죽은 뒤 합장한다.

더 좋은 내세를 위하여

이집트 사람들이 만든 미이라나 북한 김일성 주석의 시신을 방부 처리한 것은, 정도의 차이는 있으나 영원 불멸의 삶을 추구하려는 인간의 욕심에서 비롯된 장례 풍습의 하나다. 또 자신의 몸이 불치의 병에 걸린 사람들이 가(假)죽음 상태로 캡슐 속에 담겨져 병 치료가 가능한 시대에 소생하도록 프로그램시킨 것도 과학이 낳은 새로운 장례에 속한다.

그러나 이러한 일련의 노력에도 불구하고 불로초를 구하려 했던 진시황 이래 그 어떤 인간도 불사의 경험을 가지지는 못했다. 미와 권력을 한손에 쥐고 있던 클레오파트라도 영원한 삶과는 거리가 멀었다.

매년 호화 분묘가 늘어나 사회문제가 되고, 여의도 면적만큼의 강토가 묘지로 잠식당해도 장례에 대한 인심은 여전히 후하다. 얼마 후 닥칠 자신의 순서를 의식해서일까.

아무튼 장례문화는 세계 곳곳마다 그 특성을 유지한 채 여전히 존재한다.

과학이 발달하고 생활이 윤택해질수록 장례 풍습은 그에 비례해 똑같이 발전한다. 죽은 사람을 땅에 묻고, 태우고, 짐승에게 먹이고, 물 속에 집어넣기도 하지만 그 의식 속에는 극락(천국)에 이르도록 하는 최고의 염원이 담겨져 있는 게 장례 모습이다. 또 살아 있는 이들은 여전히 더 나은(?) 장례 양식을 개발해 내고 있고, 그 심리는 이제 상술에까지 이용되어 가난한 이들은 평생에 한 번 타 볼까말까 한 벤츠 승용차가 장례용으로 사용되기까지 한다.

어디 이뿐이랴. 유해를 로켓에 실어 우주에다 발사하는 우주장까지 생겨났으니 더 이상 무슨 이야기가 필요하겠는가.

신(神)과 같은 숫자들

동양, 특히 우리나라 병원에서는 4호 병실을 찾아볼 수 없다. 빌딩에서도 4층을 비워 둬 3층 다음에 5층으로 이어지는 경우가 다반사다. 숫자 4가 죽을사(死)와 발음이 같아 터부시하기 때문에 생긴 현상들이다. 반면 3자와 7자는 행운의 숫자로 일컬을 만큼 좋아한다.

이 같은 풍습은 서양에서도 잘 나타나고 있는데, 가령 '13일의 금요일'이나 '마귀표'로 불리는 666 등은 우리 나라의 숫자 4와 같이 불길한 수로 취급돼 오고 있다.

행운을 가져다 주는 숫자들

동양에서는 3을, 서양에서는 7을 행운의 수로 여긴다. 따라서 3과 7을 곱한 수 21은 세계 최고의 행운수로 손꼽힌다. 국가 최고 통치자가 외국을 방문할 때 의장대 12명이 도열하고

▲ 인간의 신체 비율과 숨겨진 숫자.

축포 21발을 쏘는 것도 이와 무관치 않다. 신혼여행을 3일로 잡고, 또 결혼 3일 만에 신행길에 오르는 것도, 여럿이 물건을 들어 올릴 때 하나, 둘 다음인 셋(3)에서 함께 힘을 쓰는 것도 3이 행운의 수이기 때문이다. 음력 3월 3일이 삼짇날이고, 7월 7일을 칠석으로 기념하는 것에도 비슷한 이치가 담겨 있다.

숫자 3은 고대로부터 완전무결함의 상징이 돼 왔다. 이는 선(善)을 상징하는 1과 악(惡)을 나타내는 2의 합인 3을 완전한 수로 표기했고(이때는 도형 삼각형을 소중히 생각함) 또한 신성하게 여겼다.

종교계에서도 3은 항상 완전하고 신성한 숫자로 등장하고 있다. 기독교의 '성부 성자 성신'의 삼위일체 사상은 물론 아기 예수가 태어났을 때 동방박사 3인이 황금과 유황, 몰약 등 세

가지 보물을 갖고 와 경배한 것이나 십자가에 매달려 죽은 뒤 3일 만에 부활한 것도 숫자 3과 관계가 깊다. 불교에서도 3이라는 숫자는 자주 등장하고 있는데 법당에 모시는 불상 중 '석가, 약사, 미타' 삼존 등을 비롯해 중생들이 참고 견디어야 할 3욕(식욕, 수면욕, 성욕)과 3독(탐, 진, 치), 그리고 교단의 근간을 이루는 불, 법, 승도 모두 3으로 이뤄져 있음을 알 수가 있다.

도교에서의 3은 '모든 것을 둘로 나누면 평형의 중심이 되는 최초의 강한 숫자'로 여기고 있다. 특히 한자 삼(三)은 일(一)과 이(二)를 합한 것으로, '하늘, 인간, 땅'을 의미하는 것으로 보고 있다. 우리 나라 민간신앙에서도 아들과 딸을 점지해 주는 삼신할매가 등장하고 있는데, 이때 첫째 신은 뼈를(혹은 아이를 갖게 하는), 둘째 신은 살을(혹은 아이를 낳게 하는), 셋째 신은 영혼을(혹은 아이를 키워 주는) 갖게 해 준다고 믿고 있다. 반면 우리 나라 창조 설화에 나타나는 환인, 환웅, 환검도 3이라는 완전수와 행운수의 의미를 담고 있기는 마찬가지다.

숫자 7에 대한 신앙 형태는 고대 천문학의 영향을 받은 것으로 알려졌다. 초기 천문학자들은 우주를 태양·달·수성·금성·화성·목성·토성 등 7개만 존재하는 것으로 여겼다. 그래서 바빌로니아인들은 그들의 신전을 계단식 피라미드 7층으로 지었고, 히브리인들도 솔로몬 신전을 7년에 걸쳐 마무리했다. 또 과거 종교 지도자들이 하늘의 최고 단계인 제7천을 동경한 것도 7이 행운의 숫자이기 때문이다.

이 밖에도 사람이 죽으면 우선 칠(7)성판에 눕힌 뒤 7번을 묶어서 입관하는 것도, 또 칠성님께 극락왕생을 기원하는 것에도 모두 행운의 뜻이 담겨 있다. 동명왕 신화에서 새로운 성(姓)이 7일 만에 생겨나고, 석탈해가 살 만한 새 땅을 찾아 7일간 산에 머물렀다는 기록은 7이 행운을 가져다 주는 숫자로 생각했기 때문이다.

징크스가 있는 숫자들

동양인은 숫자 4를, 서양인은 13을 싫어한다. 앞서 언급했듯이 4(死)는 죽음을, 13은 불길함을 의미하기 때문이다. 유럽(특히 기독교 문화권)에서 13을 기피하는 것은 예수의 최후 만찬 때 유다가 초대받지 않은 열세번째 손님이었다는 데 그 이유를 두고 있다. 따라서 서양인들 사이에는 '13일의 금요일'을 최고로 불길한 날로 여기고 있는데, 실제로 이날에는 컴퓨터 바이러스가 기승을 부리고 각종 범죄와 자살율도 높아지는 것으로 집계되고 있다.

우리 나라 민간 신앙에서는 '손 없는 날'이 있다. 손 없는 날은 살(煞-독하고 모진 기운으로 사람을 갑자기 죽게 한다)을 피하기 위해 정한 날로 이때는 이사와 결혼을 하고 집을 고쳐도 아무런 화가 미치지 않는다고 믿었다. 손은 매달 1일과 2일에는 동쪽에 있고, 3일과 4일에는 남쪽, 그리고 5일과 6일에는 서쪽, 7일과 8일에는 북쪽에 있으며 9일과 10일에는 하늘로 올라가 있다. 따라서 손 없는 날은 9일과 10일, 19일과 20일, 29일과 30일이 된다. 물론 손은 윤달에는 한 달 내내 하늘에 가 있다.

중국인들은 숫자 8을 좋아한다. 그러나 윤 8월은 어머니가 딸에게 재앙을 가져다 준다는 속신이 전하는데 이를 피하려면 어머니가 딸에게 달걀을 손수 삶아 먹여야 한다고 해서 이곳 처녀들은 8월 내내 달걀을 먹어야 하는 고통을 겪는다.

한편 기원전 18세기 함무라비 대왕 때 상용된 바빌로니아 책력은 7일, 14일, 21일, 28일을 액이 있는 날로 간주해 특정한 활동이 금지되기도 했다.

수에 관한 또 다른 사실들

소나무에서 나온 진(송진)이 우연한 기회에 땅 속에 스며들어 1천 년이 지나면 보석의 하나인 호박(琥珀)이 되고, 소가 1천 년을 살면 신선이 타고 다니는 청우(靑牛)가 된다고 한다. 용의 피가 땅 속에 묻혀 천 년간 응고된 것이 루비라는 이야기도 전한다. 물론 어디까지가 사실이고 거짓인지는 아무도 모른다. 호사꾼들이 꾸며낸 이야기로만 치부할 수도 없고 진실로 받아들이기도 곤란하다는 말이다.

그러나 확실한 것은 숫자가 인간사에서 차지하는 비중이 엄청나다는 것이다. 하루 생활만 보더라도 몇 시에 일어나고 몇 시에 식사하고 출근하는 것들이 다 그렇다. 월급을 타도 숫자로 계산되며 국가 신용도와 개인의 자산 가치도 수치가 높을수록 선진국이 되고 상류층이 된다. 반면 수는 민중의 한을 담기도 하며 때로는 분노의 표징이 되기도 한다.

우리 나라 민요 중에는 '수요(數謠)'가 전한다. 수를 셀 때 노래를 부르며 세는 것이 바로 '수요'다. 이 수요는 단순히 고된 작업에 흥을 돋우고 단결을 강조하는 측면도 있지만 때로

는 무서운 저항의식을 반복해 주입시키는 효과도 있다. 타령조
의 수요는 다음과 같다.

1 – 일도 없는 할머니
2 – 이 집 저 집 다니면서
3 – 삼 년이면 다 된다고
4 – 사살질만 하더니
5 – 오사리 잡탕놈이
6 – 육혈포를 들고
7 – 칠려고 할 때
8 – 팔도강산이 제해라고
9 – 구석구석 다니면서
10 – 시뻘건 거짓말을 한다

일제 침략 때 조선 아이들이 불렀던 이 수요 속에는 강한 항
일정신이 담겨져 있음을 알 수 있다. 이 같은 정신은 다음의
수요에서 더 잘 나타나 있다.

일 – 일본 놈의
이 – 이등박문(伊藤博文)이가
삼 – 삼천리 강산에
사 – 사주(四柱)가 나빠
오 – 오대산을 넘다가
육 – 육혈포를 맞고

칠 - 칠십 먹은 늙은이가

팔 - 팔자가 사나워서

구 - 구둣발로 채여

십 - 십자가리(十字街里)가 났다

새로운 천년 시대를 맞아

지금 우리는 새천년인 21세기의 벽두에 서 있다. 그러나 한편으로는 새로 시작된 1천 년 시대를 맞아 기대와 걱정이 교차되는 시점에 살고 있는 셈이 된다. 이미 미국을 비롯해 유럽의 일부 국가에서는 '밀레니엄 이브닝'(천년의 밤) 행사를 갖는 등 새로운 천 년을 맞아 성대한 잔치를 벌인 바 있다. 모두가 숫자로 인해 생기는 일들이다.

종말론은 특정 단위의 숫자가 끝나 갈 때 기승을 부려 왔다. 특히 1천 년을 단위로 한 말세론은 지구상 곳곳을 휩쓸 정도로 심각했었다. 노스트라다무스가 1999년을 지구의 종말로 잡은 것도 비슷한 이치에서 비롯됐다.

숫자가 지니고 있는 마력(?)은 때에 따라 무서울 정도로 많은 이들에게 영향을 끼친다. 주가가 오르내리고, 환율과 은행 금리에 민감한 것도 사실은 숫자 때문에 발생되는 일들이다. 우리 일상생활에서 한 순간도 뗄래야 뗄 수 없는 숫자들. 우리가 수를 신처럼 생각할 수밖에 없는 이유가 충분하다.

묘를 잘 써야 대통령도 된다
다음 세상을 믿는 사람들

만남이 있으면 반드시 헤어짐이 따르고(會者定離), 탄생 후에
는 죽음이 따르는 게(生老病死) 어길 수 없는 인생의 법칙이다.
그래서 무명씨(無名氏)는 '낙양성 십리 밖에 울퉁불퉁 저 무덤
에/ 만고영웅이 누구누구 묻혔는고/ 우리도 저리 될 인생이니
그를 슬허하노라'고 노래했는지 모른다.

한 해 동안 여의도 크기의 두세 배에 이르는 국토가 묘지로
잠식당하고 있는 우리 나라의 현실에서, 망자(亡者)에 대한 대
접이 소홀해지는 것은 어쩌면 당연한 일이다. 그러나 죽은 자
들을 아무렇게나 취급하다가는 자칫 큰코다칠 수 있다. 망자의
원혼을 피할 수 있는 사람은 흔치 않기 때문이다. 그것은 누구
나 마찬가지다.

묘 잘못 쓰면 패가망신

서울 삼청동에 살고 있는 이 아무개 씨. 그는 여름 밤이면 악몽에 시달리곤 한다. '목이 조이고 가슴이 답답해 더 이상 못 누워 있겠다'는 아버지의 음성이 밤마다 들려 오기 때문이었다. 그러나 이씨는 아버지를 위해 어떻게 손을 쓸 수가 없어 죄송스런 마음만 갖고 있을 뿐이었다. 왜냐하면 그의 부친은 벌써 여러 해 전에 돌아가셨기 때문이었다. 그러나 잊을 만하면 아버지가 꿈속에 나타나 자리를 옮겨 달라고 호소했다. 그런데 더 놀랄 일은 아버지 꿈을 꾸고 나면 다음날 자신의 목과 가슴도 이상하게 뻣뻣해져 오는 것이었다.

인근의 무당을 찾아가 상담해 보니 조상의 묘를 잘못 쓴 것 같다고 했다. 용하다는 지관을 소개받아 아버지의 묘를 파묘해 보니 목근(木根·나무 뿌리)이 유골의 가슴과 목을 죄고 있었다. 그래서 바로 이물질을 제거하고 흩어진 뼈를 다시 맞춰 이장하고 나니 더 이상 악몽이 일어나지 않았다. 오히려 이씨는 직장에서 승진하고 아들 딸의 학업 성적이 쑥쑥 오르는 등 조상을 잘 모신 보답을 톡톡히 받고 있다.

반면 충청도 서해안의 한 마을에 사는 K씨는 조부 장례를 치른 뒤 18세의 손녀딸이 정신분열 증세를 보이더니 며칠 후 완전히 미쳐 버린 사건이 발생해 온 동네가 발칵 뒤집혔다. 부랴부랴 지관을 불러 묘를 파헤쳐 보니, 아뿔싸 유골이 흔적도 없이 사라지고 없었다. 상주들이 혼비백산하고 동네 사람들은 쉬쉬하며 어쩔 줄을 몰라할 때 한 노인이 일꾼들을 독려하며 묘 주변을 더 파헤치게 하자 얼마 후 유골 일부가 나타나기 시작했다.

　나중에야 안 일이지만 이날 사건은 시신을 '도시혈(盜屍穴)'에 묻은 데서 비롯됐던 것이다. 풍수지리로 볼 때 묘를 잘못 써 시신이 도망(?)간 것을 말한다. 이 같은 현상은 가끔 발생하는데, 이를 과학적으로 분석하면 지반(지층)이 움직이거나 모래땅일 경우와 큰 수맥이 흐를 때 일어날 수 있다고 한다. 그러나 풍수학적으로는 시신이 안산(安山)을 찾지 못했거나 맞은편(앞산)의 산세가 너무 크거나 거칠 때 사자(死者)가 자리를 돌아눕는 현상으로 보고 있다.

　이때는 조상의 유택을 다시 마련해 드려야 하는데 시신의 형태가 알아볼 수 없을 정도로 삭거나 녹아 없어졌을 때는 초혼장을 치르는 게 보통이다. 조상의 혼을 불러들여 치르는 초혼장은 고인의 유품이나 사주 성명을 갖고 하거나 아니면 고향의 황토 흙을 가져다 인체 모양으로 빚어 수의를 입히고 염을 해서 안장한다.

　이때 조심해야 할 것은 유골의 왼팔과 오른팔, 혹은 좌우 다리가 바뀌지 않도록 해야 한다는 것이다. 때로는 유골의 치아 일부를 잊어버리거나 팔다리가 꺾인 채 매장을 하게 되는데, 이렇게 되면 당사자나 후손의 꿈속에 나타나 이를 찾아 달라고 애원하거나 팔 좀 펴 달라고 하소연한다고 한다. 이때는 다시 파묘, 유골을 바로잡아 놓아야 한다. 그렇지 않으면 후손이 화를 당하고 만다. 충청도 서해안의 K씨도 조상의 묘를 다시 쓴 뒤 정신분열 증세를 보이던 딸이 안정을 되찾고 집안이 평안해졌다.

내세를 위한 집-유택

지난 1993년 러시아 우코크 평원의 아크아라하 3호분에서는 2천5백 년 동안 얼음 무덤 속에 잠긴 채 완벽하게 보존된 시신이 발견돼 전 세계적으로 화제가 됐다. 이 시신의 주인공은 파지리크 여사제(女司祭)이다. 얼음 공주로 명명된 시신은 팔과 손가락에 이르기까지 정교한 문신을 하고 있었으며 각종 장식품도 다양하게 출토됐다. 이처럼 영생을 바라는 염원이 담긴 무덤은 세계 곳곳에서 발견된다.

가장 많이 알려진 것은 역시 중국 대륙에 있는 진시황 무덤이다. 중국 상서성 여산 북쪽에 있는 진나라 시황제의 묘는 높이가 약 50미터, 둘레 약 350미터의 방분(方墳)으로 조성돼 있는데 시황제가 생전에 만든 것이라서 더 유명하다. 특히 이 무덤은 왕비를 비롯해 신하와 말까지도 순장해서 죽어서까지 지하 세계를 평정하려 했던 진시황의 끝없는 욕심이 엿보이는 작품(?)이 됐다.

우리 나라에서도 무덤에 대한 관심은 왕이나 귀족, 평민에 이르기까지 지대했던 것을 알 수 있다. 선사시대의 돌무덤을 비롯해 토장, 석관, 옹관, 지석, 봉분묘에 이르기까지 그 다양성에도 불구하고 조성에 담긴 염원은 하나같이 영웅과 선현 숭배 사상이 배어 있음을 보게 된다. 고구려의 장군총이나 통일신라의 왕릉도 영원불멸의 세계를 향하는 입구로 보면 큰 무리가 없을 것이다. 그러나 자신의 의지와 관계없이 억울하게 죽은 이들과 전쟁이나 사고로 제 명을 다 살지 못하고 이승을 떠난 자들은 그 영혼조차도 무덤 곁을 떠나지 못하는 경우가

▲ 대구 비슬산 기슭에 있는 사형수 묘지. 삼중 스님이 볼품없는 묘지를 손질하고 있다.

많다. 대구에 있는 사형수 묘지나 파주의 적군 묘지, 사천의 이총과 비총, 소록도의 나환자촌 무덤 등이 그 대표적인 예가 된다.

잘 묻혀야 다시 산다

우리의 근세사에도 무덤과 관련된 이야기가 많다. 계룡산 신도안은 한때 조선의 도읍지가 될 뻔했을 정도로 지세와 풍수가 범상치 않았던 곳이다. 그런가 하면 각종 영험도 뛰어나 1백여 종파가 이곳에 거점을 두고 개벽 시대의 도래를 점쳐 오기도 했다.

그러나 정부가 지난 1983년 6·20 사업이라는 명분 아래 이 땅을 징발하다시피 강제로 매입해 지금은 교단도 교주도 없는 정신적 공허 지대로 전락하고 말았다. 6·20 사업은 이 일대에

▲ 서울 망우리 공동 묘원의 모습.

살고 있던 수많은 주민과 신앙인들을 다 떠나도록 했는데, 이 때 무연고 묘만도 3천 기 정도를 이장하게 됐다고 한다. 이 묘 들은 2인 1조로 구성된 인부들에 의해 파헤쳐져 대전 인근의 국유림에 재매장시켰다. 그런데 새 이장지가 악토(惡土)여서 물 이 나고 자갈이 많아 묘를 쓰기에 부적당한 곳이 많았는데, 담 당 회사는 경비 절감을 위해 무리하게 공사를 강행했다. 특히 이장 당시 부패되지 않은 상태로 발견된 20여 기의 시신도 별 다른 절차 없이 그대로 재매장한 경우가 많았는데, 웬일인지 이 일이 끝나자마자 공사를 맡았던 회사에 어려움이 닥치기 시작하더니 얼마 되지 않아 망해 버리고 말았다고 한다.(대전 최승희 씨 증언. 6·20 사업 당시 주민측 대표 중 1인.)

반면 〈장화홍련전〉 등 우리 나라 고전 중에는 억울하게 죽

134

어 시신이 제대로 묻히지 못한 한을 풀어 주면 그 영혼이 은혜를 갚는 이야기가 수없이 전한다. 충청남도 예산 지역에 내려오는 산소에 관한 한 이야기가 이를 잘 증명(?)해 주고 있다.

　어떤 농부가 어렵게 돈을 모아 마침내 산비탈에 있는 밭 몇백 평을 장만했다. 그런데 이 밭 한가운데에 묘가 한 기 있었다. 그래서 쟁기질을 하기도 불편했고, 곡식을 재배하는 데도 어려움이 따랐지만 아무런 내색 없이 잘 보살폈다. 명절 때면 벌초도 하고, 밭에서 참을 먹을 때면 막걸리도 한두 잔 묘 앞에 부어 주며 고인의 극락 왕생을 기원했다.

　그러길 10여 년 가까이 했을 때다. 어느 날 자가용 한 대가 산비탈 아래까지 오더니 노신사 한 분이 자신이 김을 매고 있는 밭으로 오는 게 아닌가. 그러더니 이번엔 밭 한가운데에 있는 무덤을 찾아 절을 올리고 나서 하는 말이, '노인장, 혹시 이 무덤의 주인을 아시오' 하는 것이었다. 그래서 모른다고 하자 이번에는 또, '그러면 누가 이 무덤을 이렇게 돌보고 있는지는 아시겠지요' 하고 되물어 이 농부가 얼떨결에 '그거야 내가 매년 돌보아 왔소' 하고 대답했다.

　그러자 노신사가 농부의 두 손을 꼭 부여잡더니 자신이 객지에서 고생하며 돈을 버느라 부모님의 묘를 돌볼 수가 없어 방치해 놓다시피 했는데 이렇게 돌봐줘서 불효를 면하게 됐다며, 그 보답으로 논을 수십 마지기나 사 줘 농부가 금방 부자가 됐다고 한다.

묘 잘 써야 대통령 돼(?)

김대중 대통령이 국민회의 총재로 있을 때의 일화다.

당시 김총재는 전남 신안군 하의도에 있던 부모의 묘를 경기도 용인군 이동면 묘봉리 산 156의 1에 마련한 가족 묘원으로 이장했는데, 이 터는 지관으로 유명한 육관 손석우 씨가 골라 준 곳이다. 손씨는 이 터를 일컬어 천선하강(天仙下降·신선이 내려오는 곳)으로 불렀다. 그는 이런 곳은 흩어졌던 인물들이 복구되는 특성이 있다며 이 터에 묘를 쓰면 자손 중에 반드시 큰 인물이 나며 대통령이 될 가능성도 있는 자리라고 밝힌 바 있다.

이 때문이었을까. 김대중 총재는 부모 묘를 이장한 지 얼마 되지 않아 대통령에 당선됐다. 제대로 묻히지 못하면 내생도 없다는 우리의 장례문화, 이제 깊이 생각해 볼 때가 되지 않았을까.

술을 신으로 받든다

블루데블(푸른 악마), 채플힐(교회 언덕), 뉴-월드(신세계), 랑데뷰, 르네상스…. 신비스럽기까지 한 이 단어들은 성경에 나오는 것들이 아니다. 오히려 그 반대에 속할 수 있는 '칵테일' 이름들이다. 그러나 사람들은 짓궂게도 각종 술의 명칭에 종교적인 용어들을 사용하길 좋아한다. 로마신화에 등장하는 주신(酒神·바쿠스 Bacchus)의 영향이라면 좀 과장된 추측일까.

신은 술을 더 좋아(?)한다

교회나 성당에서 갖는 의식 중 성만찬 예식에는 반드시 포도주가 등장한다. 이때의 포도주는 '예수의 피'(이것은 죄사함을 얻게 하려고 많은 사람들을 위하여 흘리는 바 나의 피, 곧 언약의 피니라. 〈마태복음 28장〉)를 상징하고 있다.

공자 역시 술을 사양하지 않고 마셨지만 난(亂)의 정도에 미치지는 않게 하였다(《논어》)는 기록이 있으며, 무속인들도 동신제나 영등굿 등에 반드시 술을 제물로 올리고 있는데 이는 강신(降神)을 위해서다. 이처럼 술을 좋아하는(?) 신들 때문에 천주교 신부가 샴페인과 술병 마개인 코르크를 발명한 일화는 유명하다.

동부 프랑스의 오트빌리예에 있는 성베드로 사원의 포도주 관리인이었던 페리뇽 신부는 여러 종류의 포도주를 섞어 발효 시험을 하다가 물방울처럼 톡톡 튀는 별난 포도주를 발견하게 됐다. 이때가 1690년경이었고 그 새로운 액체는 오늘날까지 축하 파티에 반드시 등장하는 샴페인의 원조가 됐다. 이 술병 마개로 사용하는 코르크도 페리뇽 신부의 작품이었던 것은 물론이다.

그렇다면 신이 좋아하는 술은 누가 만들었을까. 신(神), 아니면 인간. 이에 관한 신화나 전설로 전해 오는 이야기는 다양하다. 우선 성서에 기록된 것을 보면 방주를 만들어 동물의 원종(原種)과 함께 대홍수를 피했던 노아 가족이 아라랏산에 도착한 이후 농사를 짓기 시작하면서 포도를 재배하고 그것으로 술을 담가 마셨다고 한다. 반면 포도주의 신으로 잘 알려진 그리스 신화에 나오는 '바쿠스'는 그의 숙모로부터 포도 재배법과 주조법을 배웠다고 전하며, 이집트 성직자들은 '오시리스'라는 태양신이 지상의 열매를 상징하는 그의 아내 '이시스'의 내조를 받아 맥주를 발명했다고 한다.

한편 내세를 믿었던 이집트인들은 죽은 이의 무덤에 떡과 빵, 과일을 비롯해 반드시 포도주를 부장물로 넣었다는 기록도 전한다.

▲ BC 2300년경에 제작된 고대 이집트 벽화에도 술을 빚는 과정이 나올 만큼 술과 인간과의 인연(?)이 깊다.

종교인이 술을 더 잘 빚는다

현재 중국에서 생산, 판매 중인 '삼공(三孔)맥주'는 이미 '마오타이'를 추월할 정도로 인기를 끌고 있는데 그 비결은 공자를 상표로 내걸었기 때문이다. 맥주병에 대성전 사진까지 붙이는 등 파격적인 판촉 공세도 이 술에 대한 인지도를 높이는 계기가 됐지만, 신심(信心)으로 빚어내는 술맛이 현지인들의 입맛을 사로잡아 빠르게 성장하고 있다.

우리 나라 유교의 본산지인 성균관도 매년 봄·가을에 갖는 석전제(釋奠祭·공자 및 역대 성인께 제사를 드리는 일)와 공자 탄강일에 사용하는 술을 직접 빚는데, 제(祭)가 끝나면 이를 음복하기 위해 줄을 설 정도로 맛과 향이 유별나다. 일반 참석자들은 맛을 볼 수 없을 만큼 귀해 일부에서는 석전제 당일만이라도 이 술을 공식 판매할 것을 요구해 올 정도다.

반면 술 빚는 솜씨(?)는 스님들이 단연 1위다. 석가불의 화

신이라는 칭호까지 들을 정도로 큰 이적을 남긴 진묵선사(156
2~1633)는,

하늘을 이불로, 땅을 자리로, 산을 베개로 삼아
달을 촛불로, 구름을 병풍으로, 바다를 술통으로 만들어
크게 일어나 춤을 추니
긴 소맷자락이 곤륜산에 걸릴까 하노라.

하고 노래할 만큼 특별한 음식을 즐겼다. 특히 술을 술이라고
하면 절대로 마시지 않고 '곡차'라고 해야만 마셨던 진묵대사
의 유별난 행동은 결국 '송죽 오곡주'를 주조해 내기에 이르렀
다. 조선 명종 때 모악산 정상 부근에 위치한 수왕사에서의 일
이다.

이 술은 현재 벽암 조영기 스님이 그 제조법을 계승, 지방
전통주로 제조해 내고 있는데, 열두 가지의 한약을 재료로 만
들어져 수행자의 기(氣)를 보호해 주는 데 그만이라고 한다.
스님이 빚어내는 이 술은 몇 해 전 농림수산부가 제정한 '전통
식품의 명인 1호'로 지정될 만큼 인기가 대단하다.

술 문제는 천주교나 개신교에서도 예외가 없다. 천주교의
경우 호주에서 미사주를 수입해 사용했는데, 1977년부터는 마
주앙을 공식 미사주로 사용하기로 결정했다. 그러나 각 교구회
서 깨끗한 포도로 술을 빚어 미사주로 사용하는 것은 그대로
시행하고 있다.

개신교도 성만찬 예식 때 빼놓을 수 없는 게 누룩을 사용하

지 않고 만든 빵(떡)과 포도주(즙)이다. 대개는 교회에서 담근 발효되지 않은 포도즙을 사용하는 것을 원칙으로 하고 있지만, 교인수가 늘어나다 보니 포도주로 대치하는 경우도 적지 않다. 따라서 개신교 내에서도 천주교 전례위원회가 OB 맥주측에 특별히 주문한 마주앙을 미사주로 사용한다고 합의한 것처럼 모종의 조치를 내려야 할 때가 됐다는 이야기가 나올 만하다.

약(藥)과 독(毒) 양면성을 지닌 술

술은 잘 마시면 약이 되지만 그렇지 않을 경우 독이 된다. 적당한 음주는 기분 전환은 물론 건강에도 이롭지만 만취 상태에 이른 주정꾼은 개[犬] 취급을 받는 게 보통이다. 영어 스피릿(Spirit)은 술과 정신을 뜻한다. 또 한자에서는 정신(精神)과 주정(酒精)의 정(精)자를 같이 쓸 정도로 술은 생활문화 속에 깊숙이 자리잡고 있다.

서기 8세기경 알콜이 처음 발견됐을 때만 해도 만병통치의 생명수(아쿠아비테, Aqua-vitae)로 불릴 만큼 귀한 약으로 통칭 됐으며, 동양의 한방에서도 '술은 백약의 으뜸이다'라고 평할 정도였다. 이 같은 주장은 근세에 이르러 알콜이 심장병 치료에 이용되면서 '술이 약'이라는 사실이 일부 증명되기도 했다. 현대에 이르러서도 철분이 충분한 포도주는 빈혈 증세에, 맥주는 담석증을 치료하는 이뇨제로, 응급처치에는 위스키가 사용되는 것을 볼 수 있다.

지금도 은나라 고분이 발견되면 술병이 출토되는 것은 기본 이고, 어떤 무덤에서는 술이 담긴 채 발굴되기도 해 세인들을 놀라게 한다. 우리 나라에서도 술을 무척 좋아했던 조선조 성종 때의 정승 손순효(孫舜孝)는, 임종시 소주 한 병을 더불어 묻어 달라고 유언해 후손들이 그대로 했다는 기록이 전할 정도로 술은 인간 사회와 불가분의 관계에 있었음을 알 수 있다.

특히 중국에서는 딸을 낳으면 여아주(女兒酒)라고 하여 술을 빚어 땅에 묻어 놓았다가 시집가는 날 잔치에 교합주(交合酒)로 쓰고, 명주(冥酒)라 하여 장가가는 날 신부가 입으로 씹어 빚은 술을 땅에 묻어 두었다가 죽으면 더불어 갖고 저승길을 떠나게 하는 풍습 속에 술과 인간과의 뗄 수 없는 관계를 잘 보여주고 있다.

그러나 술은 잘못 마시면 폭군이 되고 주정뱅이가 되어 결국은 폐인으로 이승을 마감케 하는 독약이 될 수도 있다. 예컨대 중국 하(夏)나라의 걸왕(傑王)과 은나라의 주왕(紂王)은 폭군으로도 유명하지만 술로 인한 구설수도 많았던 왕들이다. 주지육림(酒池肉林)이라는 말도 이때 생겨난 것이니 그 방탕함이 상상이 가고도 남는다. 못을 파 술을 담가 놓고 둘레에 벌거벗은 여인들로 숲을 이루게 한 뒤 그 사이를 누비며 술을 마셨다니 그 위력(술? 권력?)을 짐작케 한다.

이태백은 술을 마시다 물에 비치는 달을 잡으려고 연못에 뛰어들었다가 익사해 죽었으며, 러시아를 비롯해 동구라파인들은 해마다 수천 명이 알콜중독에 걸려 천명(天命)을 다하지 못하고 있다. 우리 나라에서도 해마다 대학 신입생 환영식이나 회사 모임 때 선배들의 강요로 과음한 학생이나 회사원이 숨지는 사례가 점차 늘고 있는 추세다. 이쯤 되면 술은 독약이나 다름없는 셈이다.

술이 약에서 독으로 변하는 과정은 시인이자 당대의 주선으로 통한 조지훈이 적은 '주도 18단계(요약)'에 잘 나타나 있다.

1. 불주(不酒) - 술을 아주 못 먹지는 않으나 안 먹는 사람
2. 외주(畏酒) - 술을 마시기는 하나 겁내는 사람
3. 민주(憫酒) - 마실 줄도 알고 겁내지도 않으나 취하는 것을 민망하게 여기는 사람
6. 색주(色酒) - 성생활을 위해 술을 마시는 사람
7. 반주(飯酒) - 밥맛을 돋우기 위해 술을 마시는 사람
10. 애주(愛酒) - 술을 취미로 맛보는 사람
16. 낙주(樂酒) - 마셔도 그만 안 마셔도 그만인 사람
18. 폐주(廢酒) - 술로 인해 다른 술 세상(?)으로 떠나간 사람

술은 신과 인간의 공유물

술은 신과 인간이 만들어 낸 공유물이다. 다시 말하면 신은 인간에게 술을 만들 수 있도록 권능을 부여했으며 인간은 최고의 술을 빚어 신께 바치는 것을 최대의 영광으로 알았다. '바쿠스'로 알려진 '디오니소스'는 그리스 신화에 등장하는 술의 신이다. 디오니소스가 포도를 발견하고 이것으로 술을 담갔다는 전설이 이를 잘 증명하고 있다.

이 때문에 그리스의 아티키주에서는 '디오니소스 소제(小祭)' 혹은 시골제라 하여 매년 12월에는 신에게 포도주를 바치는 포도주제를 개최하고 있으며, 2월말에는 지난해에 담근 포도주

를 처음 맛보는 꽃놀이 축제를 갖고 있다.

　미국의 뉴욕에서도 술과 관련된 재미있는 이야기가 전한다. 원래 뉴욕은 인디언 말로는 '만하딴' 또는 '마나 하 따'로 불렸는데, 이것은 만취(滿醉)의 땅이라는 뜻이라고 한다.

　1524년 이탈리아 피렌체의 탐험가인 조반니 다베라차노가 지금의 뉴욕의 끝인 낮은 지대에 처음으로 발을 디뎠을 때 그곳에 살던 인디언들이 그에게 술을 권하면서 환대했다. 당시 인디언들은 그와 같이 술을 마시고 기분이 좋아 '마나 하 따'를 외치게 됐는데, 백인 탐험가는 이 소리를 지명으로 착각하여 뉴욕을 '맨해튼(만하탄)'이라 부르게 됐다고 한다. 이처럼 술은 동서양을 막론하고 인간에게 수많은 에피소드를 갖게 했는가 하면 희로애락의 대명사가 되기도 했다. 그것이 때론 신앙보다 더한 힘을 보이기도 하면서 말이다.

심장을 숭배하는 사람들

생명의 근원이자 상징으로 여겨져 온 심장이 인간들의 숭배 대상이 된 것은 당연한 일인지도 모른다. 그러나 숭배 대상이 된 심장이지만 이를 취하는 과정에서는 약탈과 살육이 자행됐고, 때로는 인육을 먹는 잔인함으로까지 이어져 인류사에 적지 않은 비극을 초래하기도 했다.

심장은 또 피의 복수를 상징했는가 하면, 사랑의 화신이요 인간의 양심을 나타내는 바로미터가 되는 등 시대와 환경에 따라 변화무쌍한 모습을 취해 왔다.

신께 바치는 최고의 선물

심장의 역사(?)는 곧 인류사와 일맥 상통한다. 심장이 뛰면서 인류의 활동이 시작됐지만 그보다 더 중요한 사실은 박동수가 빨라질 때는 전쟁을, 그 반대일 경우에는 평화를 지켜왔기 때문이다.

인류의 먼 조상들은 가슴속에서 쉼없이 뛰고 있는 심장을 인간의 중심으로 여기고, 상대방의 심장을 정복할 때 비로소 진정한 승자가 된다고 믿었다. 이 같은 생각은 고대의 전사들에게까지 그대로 비쳐 이들은 적군을 쓰러뜨린 뒤 심장을 꺼내 먹는 잔인함을 보이기도 했다. 그들은 이렇게 함으로써 용기와 전투력을 상징하는 심장의 효능이 자신에게로 모두 전달된다고 믿었다.

이탈리아에서도 피의 복수를 결행했던 몇몇 집단은 17세기 후반에 이르기까지 적의 심장을 먹어치웠으며, 요루바족의 사제들도 적군의 심장을 햇볕에 말려 가루로 만든 다음 술에 타 마셨다. 이렇게 하면 겁쟁이도 용기가 솟아난다고 생각했기 때문이다.

그러나 인류사에서 인간의 심장을 가장 잔인하게 다룬 이들은 아즈텍의 사제들이었다. 이들은 전쟁 포로와 노예들을 대상으로 산 사람의 심장을 도려내 전쟁과 태양의 신(神)인 우이치로포치틀리에게 바쳤다. 16세기 초반에 붙잡혔던 스페인 군사들도 대부분 이렇게 희생됐다.

남미 원주민 중 한 종족인 아즈텍 족은 15세기 중반, 다시 말해 스페인 군에 의해 정복당하기 전까지 피의 제전인 심장 바치기를 계속한 것으로 전해지고 있다. 이들은 흉작이 계속되거나 아니면 대홍수 등 기근과 재앙이 닥치게 되면 세계의 종말이 다가온다고 판단하여 죽어가고 있는 신들에게 가장 고귀한 인간의 심장을 바쳐야 종말을 늦출 수 있다고 믿었다. 따라

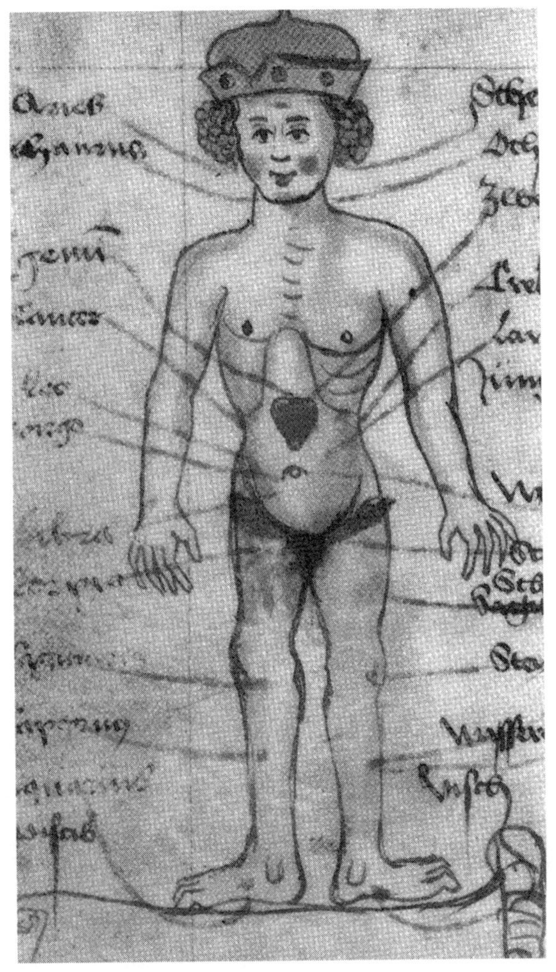

▲ 심장이 선명하게 그려져 있는 십이성좌의 인체 대비도(16세기 그림)

서 사제들은 봉헌 의식으로 우상의 입술에 피를 떨어뜨리고, 심장을 불태우거나 비의 신에게 바치기 위해 호수 속에 던져 넣기도 했다.

이 같은 종교적 도살 행위는 1487년 테노치틀란에서 중앙

사원을 새로 지어 신에게 바칠 때 절정에 이르렀다. 이때는 2만 명이 넘는 노예(전쟁 포로)들의 심장을 도려낸 것으로 전해지고 있다.

심장 숭배 사상은 유럽에서도 나타나고 있다. 권력욕이 대단했던 12세기 영국 왕 리처드 1세는 자신이 죽은 뒤 심장을 떼어내 제국의 중심부인 루앙(Rouen)에 따로 매장할 것을 유언했다. 페르디난드 3세와 왕비의 심장도 그들의 명령에 따라 그라츠 성당의 벽 속에 안치됐다. 이 같은 행위는 곧 자신들이 사후에 신과 함께 있음을 상징하는 것이기도 했다.

현대엔 평화의 상징 마크가 되다

심장은 하트 모양(♡)으로 표시된다. 사랑의 여신인 큐피트 화살이 하트 모양을 관통한 그림은 사랑이 성사됐음을 의미하거나 간절한 애정 표현의 상징이다. 연인들이 주고받는 연서(戀書)의 봉투는 으레 하트 모양의 스티커나 그림이 그려져 있다. 심장이 사랑과 평화의 상징이 되고 있기 때문이다. 따라서 심장을 상징하는 하트 표시는 전 세계적인 공용어로 사용되고 있다.

반면 고대 이집트인들은 심장을 '사고(思考)하는 기관', 즉 이성적인 사리 분별과 사색을 하는 곳으로 인식했다. 이 같은 의식은 사람이 죽은 뒤에 그 심장에 대한 평가를 다시 내리는 경우로 발전했다. 이들의 생각에 의하면 죽은 사람은 저승 세계를 지배하는 신 오시리스(Osiris) 앞에 출두해야 한다. 이 자리에서 망자(亡者)의 심장은 저울대의 한쪽에 올려지고 다른 한쪽엔 정의와 진실을 상징하는 '여신 마트'가 올려진다. 그리고 나서는 생전의 행적을 낱낱이 고하게 한다.

망자가 '저는 생전에 남의 여인을 탐하지도 않았으며 살인도 하지 않았고…, 다만 잘못이 있다면 이웃집의 음식을 약간 훔쳐 먹은 것 외에는 특별히 나쁜 짓을 하지 않았습니다'라고 읊조리고 있노라면 저울대를 감시하는 감독관인 아누비스는 저울이 기울어지는 모습을 세심하게 관찰하게 되는데, 이때 저울이 기울게 되면 죽은 사람이 진실을 말하지 않은 것으로 간주한다. 죄를 짓는 행위는 물리적으로 심장에 부담을 주므로 그만큼 무거워진다고 믿은 데서 비롯된 신화다.

이스라엘인들도 심장은 삶의 중심이자 신의 계시를 받아들이는 매체로 여긴다. 성경에 심장이란 단어가 1천 번 이상 언급된 것만 보아도 이들의 심장에 대한 애틋한 관심을 엿볼 수 있다.

신비주의의 대명사, 신비주의의 대가였던 에카르트는 많은 형제 자매들이 사랑의 불꽃 앞에서 찬란하게 빛을 발하며 피를 흘리고 있는 것을 보았을 때, 심장에 대한 경외감과 함께 황홀경에 빠지게 됐다고 고백하고 있다.

시튼 교단의 수녀였던 메히틸트 폰 하게보른(Mechthild von hackeborn, 1242~1299)도 비슷한 관능적 체험에 빠졌던 경험이 있다. 그녀의 주장에 의하면 하나님이 그녀에게 심장의 상처를 열어 보였고, 그때 그녀는 하나님의 신성이 격류처럼 자신에게 밀려옴을 느꼈다고 한다. 또 도미니카 태생의 신비주의자인 마르가레테 에브너(1291~1351)도 '예수님은 내게 자신의 열린 심

장에 입 맞추기를 허락하셨고 그의 피로 나를 적시며 마시도
록 하셨다'고 주장한다.

17세기에 들어서는 살레지오 회의 예비 수녀 마르가레테 마
리아 알라코퀘(1647~1690)에 의해 무수히 복제된 예수에 대한
상상들로 '심장과 예수에 대한 의식'은 완전히 대중화되기에
이르렀다. 예수는 수차에 걸쳐 그녀에게 나타났고 그때마다 예
수는 가슴을 열어 심장을 보여줬다. 그녀는 이를 펜화로 표현
했는데 그 중 하나에는 활활 타오르는 불꽃 속에 가시 면류관
과 점점 형상되어 가는 십자가가 나타나 있다. 이러한 주제는
그 후 무수한 성화와 성찬대의 본보기가 되었다. 이 같은 영향
을 받아 1765년경부터는 심장 예수를 숭배하는 교회가 세계 곳
곳에 건립됐다. 이 중 가장 유명한 것은 1919년 프랑스 파리에
세워진 사크레쾨르이고 뒤를 이어 1932년 밀라노에서는 심장
예수 대학까지 건립, 봉헌되기에 이르렀다.

생명의 원동력을 상징하기도

심장은 오행(五行)으로 풀이하면 불(火)에 해당된다. 또 생명
의 원동력으로서 마음을 표상하며 전체를 통제하는 중심의 의
미를 지닌다. 이 밖에 관념적인 측면에서 정열과 격렬함을 상
징한다. 역동적이면서도 정열과 격렬함을 지닌 남성적인 이미
지가 강하다.

박종화는 자신이 쓴 《사(死)의 예찬》에서 '격념(激念)에 뛰
는 빨간 염통이 터져/아름다운 피를 뽑고 넘어질 때까지/힘껏
성내어 보아라'라며 허무에 대한 거부를 격렬한 동적 이미지를

통해 표현하고 있다.

심장은 또 인체의 중심에 위치하여 뇌의 의지 기능과 성기의 본능 기능을 중도에 머무르게 견제하고 조율하는 기능을 갖는다. 심장을 영원과 태양, 사랑의 상징으로 표현하는 것도 이 같은 이치 때문이다.

과거 강원도 백운산과 치악산 기슭의 마을에서 서낭제를 지낼 때 돼지를 희생 제물로 바쳤는데, 이때 머리와 간, 심장을 날것으로 올렸다. 이 같은 풍속은 생명의 가장 중요한 상징 부위를 바침으로써 최고의 정성을 나타내고자 하는 데서 비롯된 것이다.

한편 화살이 관통한 심장의 모습은 회개와 참회를 나타낸다. 가시 면류관을 쓰고 있는 심장은 성심(聖心)이라 불리며 예수의 거룩한 마음에 대한 예배의 대상이 된다. 가톨릭(천주교) 교단에서 운영하고 있는 성심 고아원, 성심 대학, 성심 병원 등은 모두 이를 기리는 명칭들이다.

생명을 나타내는 단어 혹은 그 원동력이 되는 심장은 이제 의술의 발달로 인해 타인의 것을 이식받을 수 있는 경지에 이르고 있다. 과거에 심장을 신께 바치는 최고의 제물로 여겼던 이들에게는 기상천외한 사건이 될 수 있겠지만 여전히 그 가치는 변하지 않고 있다. 다만 심장의 가치가 인간의 존엄성으로 승화될 때 인류는 또 큰 변화를 갖게 될 것이지만…

뱀을 숭배하는 사람들

‘악업이 깊은 짐승’ 혹은 ‘혐오’와 ‘징그러움의 상징’, ‘저주의 대명사’…. 뱀을 일컬을 때 흔히 사용하는 용어들이다. 에덴동산의 하와를 꾀어 선악과(善惡果)를 따 먹게 해 인류 최초로 죄를 짓게 한 것이 뱀이었다.

역대 성인(聖人)들도 뱀을 사악한 동물로 묘사하고 있는데, 불교 경전인 《법화경(法華經)》에는 ‘뱀은 악업이 깊은 짐승이라. 그의 일생이 대단히 괴롭다’고 기록돼 있다. 또 성경은 ‘나는 너를 여자의 원수가 되게 하리라. 너는 그 발꿈치를 물려고 하다가 도리어 여자의 후손에게 머리를 밟히리라’(창세기 3장 15절)고 적고 있다.

그런데 세월이 많이 변해서일까. 사람들이 뱀을 보는 시각도 무척 다양해지고 있다. 서구에서는 뱀을 애완용 동물로 길들여 집안에서 함께 생활하고 있는가 하면, 우리 나라에서는 보신용(?) 음식으로 자리잡은 지 이미 오래다. 반면 인도나 네팔 등지에서는 뱀(코브라)을 신으로 숭배하며 성스러운 동물로 섬기고 있다.

영생 · 불사(不死)의 상징

뱀은 혐오스런 외형에 비해 아이러니컬하게도 영생과 불사(不死)의 상징이 되고 있다. 뱀은 성장할 때마다 허물을 벗는 습성이 있는데, 사람들은 이를 죽음으로부터의 재생과 나아가 영생을 누리는 것으로 해석하고 있다.

제주도에 전하는 서사무가(敍事巫歌)인 차사 본풀이 내용 중에는 '담 구멍에 있던 뱀이 저승 차사인 까마귀의 적패지(籍牌旨)를 받아 옴찍 삼키고 들어가 버렸다. 그래서 뱀은 죽는 법이 없어 아홉 번 죽었다가도 열 번 다시 살아나는 법이다'는 사설이 나온다.

또 뱀은 많은 알이나 새끼를 낳기 때문에 풍요와 다산을 상징하기도 한다. '부잣집 업 나가듯이 한다'는 속담은 재물을 늘게 해 준다는 업(業) 구렁이가 빠져 나간다는 소리다. 부자가 까닭없이 몰락해 갈 때 쓰는 말인데, 이는 집안에 업이 나가면 망하고 들어오면 흥한다는 이야기로 귀결된다.

고대 근동 지방의 풍요의 신 이슈타르(Ishtar) 의식에서 뱀은 나무와 함께 지구의 재생(녹화)을 상징한다. 그리스 신화에서는 뱀이 '영생의 사과나무'를 지키는 수호신으로 등장하고 있으며, 사랑의 신인 애로스는 원래 땅 속에 살았던 뱀으로 명부(저승)의 주신(主神)이었다는 설도 있다.

반면 뱀은 달의 에피파니(神顯)이기 때문에 달과 동일한 기능을 수행한다고 믿었으며, 고대 의식 중 풍요를 기원할 때는 뱀을 남근(男根)의 상징으로 숭배하기도 했다.

신(神)으로 숭배한 뱀

공포 때문일까. 아니면 혐오감이 지나쳐서일까. 언제부터인지 뱀이 인간보다 한 수 위에서 군림하는 동물이 됐다. 부족의 상징물로, 때로는 수호신으로 숭배하는 경우가 적지 않기 때문이다.

중국의 인류 창조 신화에서는 뱀(여와)이 등장하고, 그리스 신화에서도 최초의 인간은 뱀(Kekrops)이다. 뱀은 흙에서 나와 흙으로 돌아가는 '흙으로 빚은 인간'의 원형을 상징하고 있다. 뱀의 형상을 한 바빌론의 대지의 신 에아(Ea)는 인간에게 세계의 질서에 관한 지식을 주었으며, 고대 그리스의 뱀은 지혜의 신 아테네의 상징물이 되었다.

고구려 고분인 천왕 지신총 북벽에는 인두사신상(人頭蛇身像)의 지신(地神)이 그려져 있는데, 그 모습은 한 몸체에 두 얼굴과 네 다리로 돼 있다. 언뜻 보면 현무(玄武)와 유사하나 인면(人面)의 남녀상을 표현한 것은 중국 창조신화에 나타나는 복희여와상(伏犧女臥像)과 유사하다.

이 지신은 천왕도(天王圖)와 같이 그려져 있어서 천지에 대한 원시신앙의 한 표현임을 알 수 있다. 구약성서에는 백성들이 애급을 탈출하여 젖과 꿀이 흐르는 약속의 땅인 가나안으로 가는 40년 노정 중에 사막에서 불뱀에게 물려 죽는 사건이 잇따라 발생한 기록이 전한다. 이때 대중을 이끌던 모세가 여호와의 지시에 따라 구리뱀을 만들어 장대에 높이 달아 놓으니 백성들이 이를 쳐다보기만 해도 뱀에 물린 상처가 아물었

▲ 양손에 뱀을 쥐고 있는 여신. 1600년경 크노소스 신전에서 출토됨.

다고 한다. 이 영향을 받아서인지는 몰라도, 서양에서 의술의 상징은 두 마리의 뱀이 얽혀 있는 헤르메스(Hermes · 길 가는 사람을 보호하고 안내하는 신)의 지팡이다.

일본의 건국신화에도 뱀이 등장한다. 아마테라스 오오미카미

천조대신(天照大神)의 남동생 스사노 오노미코토는 머리가 여덟 개 달린 구렁이를 죽였는데 그 몸에서 보검이 나왔다. 아메노무라쿠모 노쓰루기(天叢雲劍)라 불리는 이 보검은 일본의 3대 국보중 하나가 되었다. 여기서는 뱀이 신체(身體)로 등장하고 있는 셈인데, 어쨌거나 고대 일본인은 뱀을 조상으로 섬겼다는 기록이 전한다.

아프리카에서는 뱀이 왕의 표상이며 죽은 자의 혼을 받은 육체에 해당한다. 아메리카 인디언은 뱀이 벼락에 해당하는 동물로 번개와 비를 가져오며 인간과 하계의 중간자로 여기고 있다.

안데스 산맥에 사는 주민들은 머리가 두 개인 뱀이나 흑·백 두 마리의 뱀이 한 쌍이 되어 가뭄과 홍수를 조절하는 것으로 믿고 있으며, 오스트레일리아 원주민은 뱀이 여성을 임신케 하는 데 관계가 있다고 여긴다.

인도에서는 뱀이 문지방이나 입구의 수호자로, 또는 생명의 샘을 지키는 파수꾼으로 등장하고 있다. 특히 이곳에서는 코브라를 주신으로 모시는 사원이 마을 곳곳에 세워져 있는가 하면, 가정이나 개인 차원에서도 뱀을 신성한 동물로 여기고 있다.

귀신으로 나오는 뱀

옛날 홍아무개라는 재상이 젊었을 때 겪은 일이다. 어느 날 길을 가다가 소나기를 만났다. 갑자기 만난 비를 피하기 위해 그는 길 옆의 작은 암자로 들어갔다. 그곳에는 비구니 세 명이 살고 있었는데 두 스님은 아랫마을로 탁발을 나가고 아리따운 젊은 비구니 혼자서 암자를 지키고 있었다.

두 사람은 비가 그치기를 기다리며 이런저런 이야기를 하다가 마침내 남녀의 정을 나누게 되었다. 얼마 뒤 비가 개어 자리에서 일어난 홍아무개는 비구니에게 몇 년 몇 월 며칠에 이곳으로 돌아와 아내로 삼겠노라는 서약을 남기고 집으로 돌아왔다.

남자의 정을 처음으로 안 비구니는 천추의 그리움으로 그 약속 날짜를 손꼽아 기다렸다. 그러나 약속한 날이 돌아오고 또 며칠이 지났음에도 불구하고 아무런 소식이 없었다. 불쌍하게도 그 가련한 비구니는 홍아무개를 그리워하는 정과 약속을 어긴 원망만 더해 갔고, 마침내 병을 얻어 불귀의 객이 되고 말았다.

홍아무개는 그 후에 출세를 해서 남방의 절도사가 되어 임지인 진영에서 살게 되었다. 그러던 어느 날 작은 도마뱀 한 마리가 홍아무개의 깔개 위를 기어다니자 역인(役人)을 시켜 죽여 버리게 했다. 그런데 다음날이 되자 또 한 마리의 작은 뱀이 나타났다. 역인이 이를 또 죽여 버렸다. 그런데 이 같은 현상이 매일 밤 계속되었다. 그제야 홍아무개는 이상스럽게 생각한 뒤 과거를 회고해 보니 언젠가 젊은 비구니를 희롱한 일이 떠올랐다.

혹 이번 일이 그 저주가 아닌가 싶기도 했으나 자신의 위세를 믿고 뱀이 나타나는 대로 모두 죽여 없애 버렸다. 그러나 매일 밤 뱀은 계속 나타났고 그 크기도 덩달아 커져 마침내는 대사(大蛇)가 되어 버렸다. 겁에 질린 홍아무개는 병사를 풀어 자신의 처소를 지키게 했으나 뱀은 여전히 이 호위망을 뚫고 용케도 방안에 들어왔다.

온갖 방법을 다 동원해 보아도 어쩔 수 없게 되자 이번에는 할 수 없이 뱀을 자기의 낡은 속 하의에 싸서 상자에 넣고 침소에 두기로 했다. 그리고 낮에는 뚜껑을 덮고 밤에는 뚜껑을 열어 놓자 이때부터 뱀이 나오지 않았다. 홍아무개는 순행 때도 이 상자를 꼭 가지고 다녔는데, 그렇지 않으면 어김없이 뱀이 나와 괴롭혔다. 그 후 홍아무개는 정신이 자꾸 흐려지고 안색이 초췌해져 마침내 병이 들어 죽고 말았다.(용재총화 수록)

풍수(風水)에도 등장하는 뱀

경남 거제도 사등면 사곡리는 뱀이 개구리를 잡는 장사추가형이다. 사곡리 북쪽 능선은 마치 긴 뱀이 기어가는 모습을 하고 있다. 그 뱀 머리 부분에서 바다 건너 조그만 섬이 보이는데 이 섬이 바로 사두도(蛇頭島)라 불리는 뱀섬이다.

앞서 언급했듯이 뱀은 다산과 풍요를 상징한다. 때문에 지명이나 지형의 생김에 따라, 혹은 마을이 번창하기를 기원하는 마음을 담아 뱀과 관련된 이름이 전국에 걸쳐 많이 등장한다. 김해시 진례면 담안리에는 '깐치정'이 있다. 마을 모양이 뱀을 닮았다 하여 정자를 세우고 그 이름을 깐치정이라 한 것이다. 깐치는 까치를 일컫는 지방 사투리인데 뱀을 잡아먹는 새이기도 하다.

반면 전북 남원군 산내면 반선리의 지리산 계곡에는 '뱀사골'이라는 골짜기가 있다. 이곳의 지명 유래는 옛날에 '배암사'라는 절이 있어 그렇게 불리게 됐다는 설과, 지금도 전국에서 뱀이 제일 많이 생산(?)되는 만큼 자연스럽게 불리게 된 것이라는 주장이 함께 나오고 있다.

저주와 혐오, 경멸의 대상인 뱀. 그러나 묘하게도 인간은 뱀의 유혹에 빠져 죄를 짓고 만다.(에덴동산에서 하와가 뱀이 건네준 선악과를 먹으면서.) 이후에도 비슷한 역사는 되풀이되고 있다. 인간의 이중성이 드러나는 대목이기도 하다. 뱀을 신성한 동물로 묘사하며 수호신으로 받드는가 하면, 때로는 자신의 몸 보신을 위해 잡아먹는 이도 있기 때문이다. 백사(흰 뱀)를 잡으면 횡재를 한 것이고, 구렁이나 독사를 돈과 연관시켜 버리는 데서 신(神)에 대한 권위는 여실히 무너지지만 그 신비함은 여전한 것이 사실이다.

신보다 더 대접받는 돈

'돈만 있으면 귀신도 부릴 수 있다'는 속담은 그 위력이 신(神)보다 낫다는 이야기다. 그런 까닭에 전신(錢神·돈신)이란 신까지 등장하게 됐다. 이는 돈의 위력을 신에 비유한 것이다.

반면 인간들은 얻기 힘든 돈을 비하(卑下)하는 경우도 많았는데, '황금 보기를 돌같이 하라'에서부터 '세상에서 가장 더러운 것이 돈'이라며, 이를 멀리하는 것이 선비의 덕목이 되기도 했다. 최근에는 유행가 가사에까지 이 같은 경향이 반영되고 있다. 모(某) 탤런트가 부른 이 노래는 '돈이라는 글자에 받침 하나 고치면, 돌이 되는 세상사…'로 시작된다.

부적보다 더 큰 힘 발휘

몇 년 전 우리 나라에는 컬러 복사기로 1만 원권과 5천 원권을 확대 복사해 비닐 코팅을 한 뒤 길거리에서 판매하는 것이 유행한 적이 있었다. 소위 '복돈(福錢)'으로 명명되면서 서민들로부터 선풍적인 인기를 끌었던 이 복사판 돈은 집안이나 가게에 걸어 두고, 큰돈이 들어오기를 기원하는 풍습으로 발전했었다.

복돈을 파는 잡상인들조차 '1만 원짜리 복돈이 단돈 1천 원'이라며 큰소리쳐 행인들의 입가에 미소를 머금게 했다. 그러나 '돈 받고 돈을 파는 행위'와 '돈을 복사해 유통시키면 처벌 받는다'는 현행법에 저촉돼 이 유행도 금세 꺾이고 말았다. 그러나 지금도 이 복돈에 대한 미련을 떨치지 못한 이들이 우리 주위에는 아직도 많다. 강제적 규제에 의해 복돈의 열기가 수그러졌기 때문일까. 최근에는 미화 1달러 지폐가 재수와 행운을 가져다 준다는 속설이 퍼지기 시작해 젊은이들 사이엔 1달러 지폐 소지가 붐을 이루기도 했다. 유학파 학생들을 친구로 둔 젊은이들 사이에 급속도로 확산되던 1달러 지폐 소동은 급기야 자동차 내부 천정에 지폐를 매달고 다니는 유행으로까지 번져, 은행 환전 창구가 북새통을 이루기도 했다.

이 같은 현상은 한마디로 돈이 부적(符籍)보다 더 큰 힘을 발휘하는 시대에 우리가 살고 있음을 대변하는 것으로 볼 수 있다. 현대인들의 가장 확실한 부적, 그것은 바로 지갑 속에 들어 있는 빳빳한 고액권 지폐뿐이다.

신보다 더 인기 있다

신자들이 교회나 사찰의 종교 집회 외에 일상생활에서 신을 많이 찾게 될까, 아니면 돈을 더 찾게 될까. 대답은 돈을 훨씬 더 찾게 된다는 것이다. 당장 아이들과 남편의 교통비와 점심값을 챙겨 줘야 하고, 시장에서 장거리를 봐 와야 하며, 밀린

공과금에 각종 할부금을 따지다 보면 정작 내가 믿는 신은 하루 종일 잊고 지낼 때가 더 많다. 결국 주일이나 법회 때 한꺼번에(?) 신을 찾는 것으로 그나마 위안을 받게 되겠지만….

그러나 교회와 절에서도 돈과의 관계는 여전히 계속된다. 부처님의 제일 앞에 놓여 있는 것이 바로 보시함(불전함)이요, 교회 문 앞에서 만나게 되는 것이 헌금통이기 때문이다. 교회 헌금 종류가 십일조를 비롯해 투자·감사·월정 헌금 등 총 40여 가지가 넘는 것만 보아도 신보다는 돈이 더 가깝다는 사실이 잘 증명된다.

목사가 개척교회 건축 자금을 마련하기 위해 강도짓을 저지르고, 승려가 자기 절의 문화재를 빼돌려 주머니를 채우는 것도 신보다는 돈을 더 좋아하기 때문이다. 얼마 전 개봉돼 장안에 화재가 됐던 영화 〈할렐루야〉(감독 신승우)도 믿음·소망·사기(?)를 외치는 가짜 목사의 이야기를 담고 있다. 이 영화는 주인공으로 나오는 인기 배우 박중훈이 1억 원이라는 거금을 챙기기 위해 교회 안에서 벌이는 코미디가 돈의 위력을 실감케 하고 있다.

화폐 속에 등장하는 신들

1878년 우리 나라에서 근대식 은행 업무가 개시된 이래 지금까지 발행된 은행권은 줄잡아 1백여 종이며 이 중 대부분의 화폐에는 인물상이 들어 있다. 인물상이 화폐 도안의 주요 소재로 사용되는 이유는 풍경화나 건물 등에 비해 개성이 뚜렷해 재현해 내기가 어려워 위조 방지에 한몫을 하기 때문이다.

우리 나라 은행권에 등장한 주요 인물상은 수로인상(壽老人

像)과 대흑천상(大黑天像)을 비롯해 초대 대통령 이승만, 세종 대왕, 이순신 장군, 조선조의 대학자인 율곡과 퇴계 등 7명에 이른다. 그러나 이 중 수로인상과 대흑천상은 생전의 인물이 아닌 동양 민속에 등장하는 신들이다.

▲ 머지않아 화폐 속에는 예수·석가·공자의 초상화가 실리게 될지도 모른다.

일제 때 조선은행권의 주 모델로 등장한 수로인상은 1914년부터 46년간 26권종에 사용된 초상화다. 이 노인상은 구한말 대신을 지낸 김윤식(金允植)의 초상으로 알려진 바도 있으나 이것은 속설에 불과하다.

수로인상은 동양 민속에 나오는 7복신(七福神·大黑天, 惠祿須, 混沙門天, 辯才天, 福祿壽, 壽老人, 布袋和當) 중 한 사람이다. 수로인은 중국 송나라 때 수성(壽星)의 화신(化神)으로 백발에 지팡이와 부채를 들고, 사슴을 이끌고 다니면서 만물의 수명을 상징하는 가상의 신으로 알려져 있다. 대흑천상도 칠복신의 하나로 재물을 관장한다.

이 밖에 남아메리카나 불교 국가의 돈에서는 신의 모습을 발견하는 것이 아주 쉽다. 돈과 신이 둘이 아님(錢神不二)이 증명되고 있는 셈이다.

우리 나라의 경우 현행 화폐 도안과 관련해 종교색 논란이 계속되어 신의 대리전 양상까지 띠고 있다. 문제의 발단은 개신교단에서 '돈 도안 변경을 위한 범국민운동협의회'(위원장 최훈목사)를 발족하면서부터 시작됐다.

이들의 주장에 의하면 현재 1만 원짜리 돈 도안에 사용된 용 문양과 연꽃은 요한계시록 12장 9절과 20장 2절의 '마귀 사탄'을 상징하고, 5천 원짜리 돈에 사용된 봉황 문양은 같은 성경 18장 2절에 표현된 '더럽고 가증스러운 새'를 나타낸다는 것이다. 또 1천 원권 오른쪽 상단에 새겨진 사슴 문양과 연꽃 문양, 5백 원짜리 동전에 나온 학 문양과 10원짜리 동전의 다보탑도 특정 종교를 상징하는 것이라며 돈 도안 변경을 강력히 주장하고 나섰다.

저승 가는 데도 돈 필요

망자(亡者)의 영혼이 극락 왕생하도록 올리는 굿이 씻김굿이다. 이때 유가족들은 인정(人情)을 쓰게 되는데, 이는 신에게 돈을 바치는 행위를 말한다. 인정은 죽은 이가 저승에 가는 데 드는 비용이다.

또 시집 못 간 처녀가 죽어서 된 귀신(손각시 왕신)의 피해를 막기 위해서는 대청이나 안방의 선반에 왕신단지를 모신다. 이 단지 안에는 돈이나 옷감을 넣어 손각시의 신체가 되도록 한 뒤 집안의 재물이 축나지 않기를 소원한다.

제주도 무가인 차사 본풀이에는 '강님이 저승에서 염라대왕을 잡아 밧줄로 묶자, 염라대왕이 인정을 많이 줄 테니 밧줄을 좀 느슨하게 해 달라'고 사정하는 대목이 나온다.

또 재수굿을 하는 무당이 돈이나 돈 모양의 지전을 태워 올리는 것도 망자가 저승 가는 길에 노잣돈으로 사용토록 배려한 행위다.

그러나 더 적극적인 모양새는 망자, 다시 말해 죽은 이의 입에 돈을 물리거나 관 속에 돈을 집어넣는 것이다.

고려시대에는 무덤 속의 부장품으로 무문전(無文錢)이 필수품으로 등장하는데, 이것 역시 저승길 노잣돈 역할을 하고 있다. 또 돈은 혼을 부르는 도구로도 사용된다.

허난설헌이 쓴 《곡자(哭子)》에는 '지난해에는 사랑하는 딸을 잃고 올해에는 사랑하는 아들을 잃었네…. 지전(紙錢)으로 너의 혼을 부르고 너의 무덤에 술잔을 붓노라'고 적고 있다.

유전무죄 무전유죄

비슷한 죄목으로 법정에 나선 사람이 돈이 없어 감옥에 가고, 돈 많은 사람은 보석금을 내고 풀려나는 경우가 많아지자 시중에는 돈이 있으면 무죄(有錢無罪), 없으면 유죄(無錢有罪)라는 말이 유행한 적이 있었다. 물론 이 말은 지금도 자주 인용되고 있다.

1997년부터 우리가 겪고 있는 IMF(국제통화기금)도 돈을 함부로 쓴 결과에서 비롯된 것이다. 회사가 부도나고, 개인이 파산하며, 국가 경제가 휘청거리는 것은 돈이 없기 때문이다. '귀신보다 더 무서운 게 돈'이라는 사실을 알게 되면 누구든지 돈을 함부로 하지 않았을 것이지만.

'돈이 있으면 어디에 있어도 안락하다(有錢在處樂)', '돈이 있으면 신과도 통한다(錢可通神)', '돈이 있으면 귀신도 부릴 수 있다(有錢可使鬼)'는 속담을 통해서도 돈이 무섭다는 사실을 잘 알 수 있다.

돈이 있으면 죄가 없고 돈이 없으면 죄가 있다(有錢無罪 無錢有罪)는 근래의 유행어를 볼 때도 결국 돈이 모든 것을 해결해 준다는 황금만능주의를 벗어나지 못하고 있음을 알 수 있다. 돈이 신보다 낫다는 구호가 거짓이 아님을 알 수 있는 대목이기도 하다.

따라서 돈만 있으면 처녀 불알도 사고, 돈을 보면 장님도 눈을 뜨며, 돈만 있으면 '개도 멍첨지'라는 속담은 현대를 살아가는 우리들에게 시사하는 바가 크다.

보시나 헌금을 많이 하는 신도가 부처나 예수보다 더 큰 대접을 받는 세상에, 돈이 신보다 낫다는 범부들의 주장은 이제

당연시돼 가고 있다.

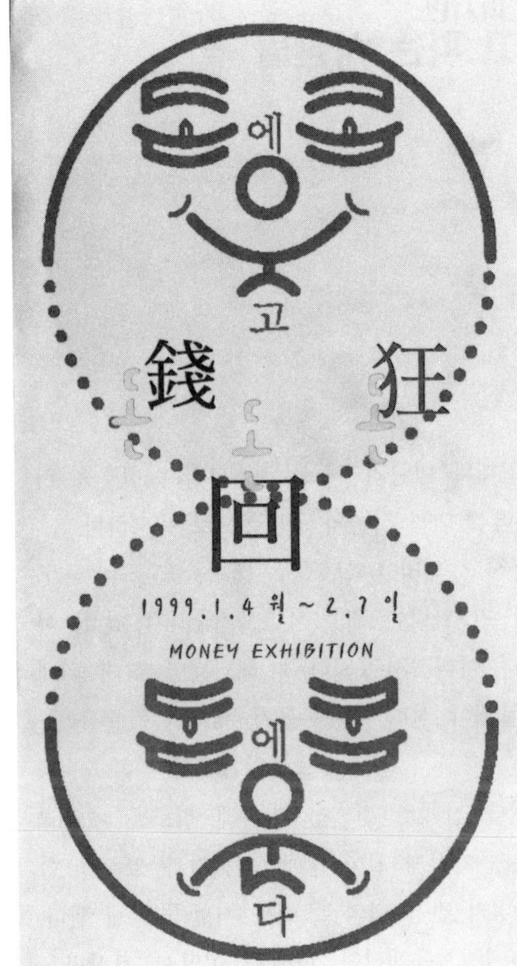

▲ 돈을 소재로 한 그림전 포스터

돈(錢), 돈(回), 돈(狂)

이번 전시는 IMF라는 경제적 위기상황에서 그 어느때보다도 중요한 화두가 되고 있는 '돈(화폐 : 유가증권을 포함한 각종 신용단위)'의 의미를 현대미술의 다양한 눈을 통해서 짚어봄으로써 현 상황에 처한 경제현실의 맥을 짚어보고 그 가치기준에 대한 새로운 해석과 환기를 유도하자는 취지에서 준비된 전시다.

'돈'은 생활의 수단으로서 중요하게 여겨져오면서도 실 속 깊이 밀착되온 이유로 그 근본적인 의미에 대해서 깊이있게 다루어진 일이 드문 현실이다. 이러한 문제의식에서 출발한 이번 전시는 다양한 미술작품 속에 나타난 '돈과 삶'의 카테고리를 짚어봄으로써 현대인들의 삶에 대한 입장과 의미를 재인식해 보자는 의도를 담고 있다. 특히 예술에 있어서 일반인들에게 크게 오해되고 있는 '예술=비경제'라는 인식상황에서 당사자인 작가들로하여금 경제활동의 가장 중요한 매개가 되는 돈에 대한 다양한 해석과 그 접근방식의 다양한 측면을 알아보자는 실험적인 의도를 내포하고 있는 전시이기도 하다.

'돈'이라는 명제는 생활의 수단으로서의 화폐인 돈(錢), 경제흐름의 맥락으로서 순환의 의미를 말해주는 돈(回), 물질만능의 현 사회적 폐단을 이끌어온 돈(狂), 이렇게 세가지 개념으로 풀이할 수 있다. 앞의 두 의미는 긍정적인 의미로서 그리고 나머지는 부정적인 측면에서 설명되고 있는 것이다. 이러한 해석을 기초로 돈과 인간이 맺고 있는 다양한 관계와 그 개념의 새로운 시대적 정의를 이끌고자하는 이번 전시는 인간의 자아 발전과 자기 인식을 추구하기 위한 수단으로서의 돈의 사회·문화적 개념을 재확인해주는 계기가 될 것이다.

미술영역에서 '돈'을 주제로 한 전시로는 최초의 의미를 띤 이번 전시는 현 사회적 가치의 중요한 쟁점이 되고 있는 경제 현안을 다룬다는 점에서 시대적 요구에 부응하는 기획가 될 것이며, 또한 미술사적으로도 예술의 사회적 의무를 충실히 반영할 것으로 기대되는 의미 있는 전시가 될 것이다.

갤러리사비나 큐레이터 윤심진

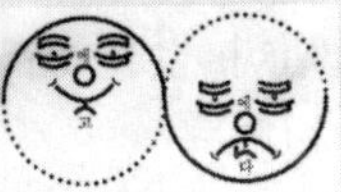

김 석 「돈에 웃고, 돈에 운다」
120×90cm 캔버스 위에 프린팅, 1998

「돈에 웃고, 돈에 운다」라는 글자를 무지적 환호에 찬 표정과 반자비 고뇌에 찬 표정을 그려보았다. 실선과 점선으로 이루어진 두원대 기호(×)는 돈은 있다가도 없을 수 있고 없다가도 있을 수 있다는 뜻으로 돈고 또한 돈의 의미 속에서 무의 모습은 결국 부자도 빈자도 아니라는 메시지를 담고 있다.

초야권을 사고 파는 사람들

청량리 588번지 일대와 미아리 텍사스촌, 그리고 천호동 사거리 인근과 영등포역 일대는 서울의 창녀촌으로 유명하다.

이곳에서 술을 마시고 외박을 할 경우 대부분의 화대(꽃값)는 5만 원에서 20만 원 안팎이 되는 것으로 알려져 있다. 이 중 소위 영계(소녀)나 아다라시(숫처녀)에 해당되면 화대 외에 특별히 값을 더 지불해야 한다. 이는 음지 세계의 불문율 중 하나다.

반면 총각이 처녀를 상대로 결혼을 빙자해 정조를 빼앗고 '나 몰라라' 했을 때는 어떻게 될까. 물론 피해자가 고소를 할 경우 가해자는 '혼인빙자 간음 혐의'로 형사 처벌을 받게 된다. 그러나 여자측의 정신적·육체적인 피해는 어떻게 보상받을 수 있을까. 이때 말하는 소위 정조값은 당시의 상황과 여자측의 입장에 따라 다소의 차이가 있겠지만, 최근 법원의 판결 사례를 보면 수백만 원에서 수천만 원에 이르는 것으로 알려져 있다. 그러나 처녀의 순결성은 어떠한 물질이나 돈으로 가늠할 수 없다는 게 공통적인 견해다.

초야권은 영주·승려의 몫

서구의 중세·근세 시대의 초야권은 영주들의 몫이었다. 1538년 취리히 주의회가 포고한 공문서에는 '농지를 소유하는 영주는 영지 내의 농민(소작인)이 결혼할 때 그 신부와 초야를 보낼 권리가 있다. 신랑은 영주에게 신부를 제공할 의무가 있다. 만약 이를 거부하면 신랑은 영주에게 범칙금을 지불해야 한다'고 명시돼 있다.

따라서 예비 신랑과 신부는 영주의 집요한 손길을 피할 수 없었다. 이들은 농작물 혹은 농토와 같은 영주 개인의 사유재산 중 하나에 불과했기 때문이다. 따라서 영주의 요구를 거부할 수도 없었을 뿐더러 이 의무(?)를 이행하지 않는 한 공증인 사무소로부터도 결혼 승인을 얻을 수가 없었다.

다만 영주가 늙었거나 신부의 초야권에 대한 욕심이 없을 경우 신부는 자신의 엉덩이 무게만큼의 치즈를 만들어 바치고 신랑은 모포를 짜서 바쳐야 했다.(독일) 반면 프랑스에서는 초야권을 '넓적 다리로 들어갈 수 있는 권리'로 호칭했는데, 13세기에서 16세기까지 존속됐다.

그런데 이 과정에서 특이한 것은 신부들이 초야권 행사를 무조건 혐오하지는 않았다는 것이다. 그 이유 중에 하나는 처녀가 영주에게 초야권을 바치면 가족들의 부역이 경감되고 또 다른 특혜가 주어지기 때문이었다. 독일에서는 이 보상금을 일컬어 공수전(孔守錢)·신상전(新床錢)·여금(女金)·제대 등으로 부르기도 했다.

아프리카에서도 비슷한 풍습이 전한다. 남아프리카의 로앙고 해안(앙골라 연안)에 사는 종족은 적령기 여자의 첫날밤이 희망자에게 주어진다. 이때 처녀는 옷으로 온몸을 감싸고 젊은이들의 어깨에 들려 마을을 돌다가 공터에 내려놓는다. 이때 처녀를 사고 싶은 사람은 적당한 대가를 지불하면 된다. 이렇게 받은 돈은 처녀가 시집갈 때 지참금으로 지불된다.

또 대개의 아프리카 소수민족 중에는 처녀의 첫날밤(초야권)은 결혼 전 신랑이 아닌 다른 사람에게 바치는 것이 불문율처럼 돼 있다. 이때의 주 대상은 마을의 촌장이나 추장이 되며 이들은 처녀막을 파열해야 하는 의무(?)가 따른다. 그러나 직접적인 성행위는 금기되거나 아니면 성교는 하되 사정은 금하는 것이 이들의 관습이다.

반면 마사이 족은 신부의 처녀성을 친한 친구나 전우에게 제공하는 것이 보통이었고, 일부는 처녀와 비처녀 여부를 판단하기 위해 처녀성을 친척이나 무당에게 증명하게 하기도 했다. 한편 옛날 티베트와 캄보디아 왕국에서는 딸을 가진 부모가 결혼 전에 승려에게 부탁하여 처녀막을 깨뜨리는 파화(破花) 관습이 있었다. 이처럼 처녀성을 빼앗는 의식을 '친단'이라 불렀는데 1년에 한 번씩 특정한 날을 잡아 거행됐다. 이곳 처녀들은 승려에 의해 파화하지 않으면 결혼생활이 악귀에게 시달린다고 믿었기 때문에 아무리 늦더라도 의식을 치른 뒤 결혼식을 올렸다고 한다.

양반가의 소녀 동침

우리나라에서도 초야권 행사와 비슷한 풍습이 전한다. 중세 유럽에서의 처녀성 유린과는 비교할 수 없지만 처녀와의 '동침' 그 자체는 다를 바 없다. 과거 양반들은 장수와 회춘법으로 이칠소음(二七少陰)을 최고로 쳤다. 즉 열네 살 전후의 소녀와 육체적 마찰을 하는 양기법이 그것이다. 물론 소녀와의 동침 과정에서 성교는 금지됐다. 정(情)을 낭비하지 않기 위해서였다.

동정남과 동정녀의 배꼽 부분을 생기가 가장 많은 곳으로 여긴 양반들은 접촉과 마찰을 통해 그 기를 자신의 몸으로 끌어들였던 셈이다.

그런 까닭에 《본초강목》에서는 '이칠이전소음동 침적기훈증 최위유익(二七以前少陰同 寢籍基薰蒸最爲有益)'이라 하였다. 다시 말하면 14세 이전의 소녀와 동침하는 것이 인기(人氣)를 먹는 가장 좋은 방법이라는 것이다.

이 같은 이론을 뒷받침해 주는 것 중에 하나가 '종 딸년 윗방에 들이듯'이란 속담이다. 종의 딸이 나이가 차면 으레 상전이 거하는 윗방에 들여보내, 그 배꼽 주위에 서려 있는 '젊은 묘약(氣)'을 바치는 것이 종으로서의 최고 의리요 의무였던 것이다.

경기도 포천에 살았던 참봉 백인웅은 평생 동안 14세 정도 되는 여종만을 골라 동침했는데 여종의 나이가 쇠면 다른 사람으로 바꾸길 2~3년마다 되풀이했다. 이 때문인지 백참봉은 90이 넘도록 깨끗한 동안(童顔)을 유지했는데 임진왜란 때 피살돼 천수를 누리지는 못했다고 한다.

최고의 정조대-음부 봉쇄

십자군 전쟁 때 기사들은 전쟁터로 나가기 전에 아내에게 정조대를 채웠다. 자물쇠가 달린 이 기구는 음부에 차도록 고안됐는데 그 목적은 성교를 못하게 하는 것이었다. 11세기 말부터는 유럽 전역에 퍼져 남편들이 길을 떠날 때는 으레껏 이 정조대를 채움으로써 부인이 바람을 피우지 못하도록 했다. 그러나 당초의 의도와는 달리 영악한 부인들이 스피아 열쇠(보조열쇠)를 찾는 바람에 이를 만드는 장인들만 떼돈을 벌게 했다는 우스개 소리가 나올 만큼 정조대의 효능은 형편이 없었던 것으로 전한다.

이에 비하면 할례는 확실한 정조대 구실을 한 것으로 보인다. 원래 할례는 유대교의 종교적인 전통, 즉 신과의 계약 때문에 실시하는 것으로 알려져 왔으나 미개 부족 사이에서는 성인식의 통과 의례, 혹은 성기의 숭배, 집단간 결속력 다지기, 연대감 형성, 위생문제 해결 등에 사용되는 등 그 설명이 다양해지고 있다.

이 중 아프리카 수단과 소말리아에서는 할례 때 여성의 음부를 봉쇄했다가 결혼 후 첫날밤에 개봉함으로써 남편에게 처녀성을 증명하기도 했다. 음부 봉쇄의 할례는 음핵과 소음순을, 그리고 대음순의 3분의 2를 자르고 난 뒤 대음순의 나머지 부분을 질구 위로 연결시켜 꿰매는 것으로 끝을 낸다. 이 과정에서 음핵만 절제하는 할례를 순나형(순나는 이슬람권에서 통용되는 전통 규범)과 음핵·소음순·대음순을 자른 뒤 환부를 봉합하는 파라오형(고대 이집트 왕의 호칭), 또 이를 상호 보완한 절충형 등이 있다.

아프리카의 카라부샤족은 첫날밤 신부의 처녀성을 상징하는 붉은 핏자국이 보이지 않으면 신부는 친정으로 쫓겨가고 그대로 파혼이 된다. 음부를 봉하는 할례가 통용되는 이유를 알 수 있는 대목이다.

초야권, 다시 말해 처녀성을 중요시하는 민족 중에 중동 사람들을 빼놓을 수 없다. 이들은 결혼식을 올리게 되면 신혼여행 대신 곧장 침실로 직행하게 되는데, 첫날밤 신부가 비(非)처녀이면 부정한 여자로 간주한다.

첫날밤을 지냈는데도 불구하고 침실 시트에 붉은 자욱(?)이 보이지 않게 되면 신부 아버지나 오빠가 신부를 살해해도 문제가 되지 않을 만큼 '초야권'의 비중이 컸다. 신부의 처녀성은 남편에 대한 명예이며 남편이 독점할 수 있는 권한이었기 때문이다.

따라서 이탈리아에서는 '처녀가 중요한 것이 아니라 처녀성 (처녀막)이 더 중요하다'는 이론이 나오기까지 했다. 반면 첫날밤에 초야권으로 문제를 일으키지 않은 신부는 1주일 동안 침실에서 한 발자욱도 밖에 나오지 않고 신랑과 사랑을 나눌 수 있는 특권을 누리게 된다. 물론 이때 음식은 밖에서 모두 날라다 준다.

초야권은 돼지 2마리 값

중국 서남 지역에 거주하는 두룽족은 초야권을 맞는 데 돼지 두 마리나 소 한 마리 값만 있으면 충분하다. 이들은 여자를 사 온다는 표현으로 '푸마'라는 용어를 쓰는데, 이때 여자(신부) 값은 소나 돼지 값으로 계산해 처가집에 주면 된다. 티베트 자치구의 와족 남자들도 소만 있으면 여자를 얼마든지 살 수가 있다. 소는 곧 초야권과 바꿀 수 있는 재산이기 때문이다.

반면 1885년경 영국에서는 숫처녀 사기와 처녀 능욕이 한동안 유행했었다. 대부분 귀족 출신들이 저지른 이 행위는 우선 도시나 시골에서 어린 처녀들을 유혹해 와서 각종 물건을 사주며 환심을 산 뒤 처녀가 잠든 사이에 겁탈하는 것이었다. 이때 처녀가 놀라 울부짖으며 반항하면 상대방은 이것을 더 즐겼다.

이때 처녀의 가격은 창녀에 비해 10배 이상의 요금을 지불해야 했으며 반드시 숫처녀라야 한다는 단서가 붙기도 했다.

우리 나라에서는 일제 때 한동안 성행했던 백백교 사건에서 교주에게 숫처녀를 바치는 사례가 수집되고 있다. 교주인 전용해의 염색 행각이 절정을 이룰 때, 그는 자신을 절대적으로 신봉하는 제자들의 집을 방문하여 그들의 딸과 동침하는 의식을 가졌는데, 일부에서는 신도들이 과잉 충성으로 딸을 바치기까지 했다. 당시 교주가 능욕한 여인 수가 2백여 명을 넘는다는 기록이 전할 정도이다.

처녀성을 유린한 교주가 이들에게 내놓은 것은 옷감 두어 필이나 곡식 몇 말이 전부였다. 초야권치고는 형편없는 가격(?)이 아닐 수 없다.

반면 서양문화의 영향 아래 성개방 풍조가 확산되고 있는 이때 초야권 행사는 어떤 의미를 지닐까. 과거 가난한 농노들이 영주에게 판 초야권이나 악귀를 물리치기 위해 족장과 혹은 승려에게 맡겼던 초야권이 이제는 신부(처녀) 자신의 선택

권으로 돌아온 셈이다. 따라서 이제부터는 '성(聖)스러운 첫날
밤' 여부도 신부 자신의 몫으로 남아 있을 뿐이다.

▲ 지구상에는 첫날밤(초야권) 행사를 독특하게 치르는 부족이 많이 있다.

성석(性石)을 믿는 사람들

1997년 서울 신촌을 비롯해 용산과 강남 일대에 섹스숍이 등장해 장안의 화제가 된 적이 있다. 또 이태원에는 세계 각국의 콘돔을 판매하는 가게까지 들어서 성(性) 상품화가 노골화되고 있다.

어디 이뿐인가. 성균관대학 입구에는 인도 물품을 판매하는 가게가 있는데 이곳에서는 나무나 가죽으로 만든 남근(男根)이 즐비하게 전시돼 있다.

손님이면 누구나 둘러보고 만져(?) 볼 수 있는데, 진열대 위에 써져 있는 '이것은 어디에 쓰는 물건인고'라는 글귀를 보고는 웃지 않는 사람이 없다. 때로는 얼굴을 붉히는 사람도 있겠지만.

룸살롱과 티켓 다방, 미성년자 매춘으로 대변되고 있는 우리 사회의 성(性)문화와 비교해 볼 때, 그래도 유머틱한 단면이 보여 입가에 미소를 자아내게 한다. 그러나 좀더 거슬러 올라가 보면 성(性)이 훌륭한 신앙이었다는 사실을 알 수 있다.

풍요와 다산의 상징

성(性) 숭배 사상은 고대로부터 현대에 이르고 있으며, 미래에도 여전할 전망이다. 원초적인 종교 형태의 하나로 자리매김한 성(性)신앙은 우리 나라뿐만 아니라 세계 곳곳에서 그 형식과 전통이 오늘까지 계승돼 가장 긴 종교 역사를 갖고 있다.

이 중 풍요와 생식, 다산을 상징하는 남근 숭배 사상은 동서고금에도 잘 나타나 있다. 유대교의 《세페르 예치라》(Sefer Yetzira)에서도 남근은 생식력의 기능을 가질 뿐만 아니라 인간의 구조와 세계의 질서를 균형잡는 기능을 가진다고 믿었다. 또 성서 주석본 《세페르 바히르》(Sefer Bahir)에서는 남근을 의인(義人)으로 상징했으며, 유대인들은 신(神)에 대한 맹세를 할 때 반드시 남근을 잡곤 했다. 이들이 남근을 잡고 맹세하는 것은 자손 대대에 걸친 맹세이므로 그 약속이 영원하다고 믿었다.

반면 그리스에서는 남근을 본뜬 헤르메스(Hermes) 주상(柱像)이 집안의 수호신 역할을 했는데, 여성들의 숭배 대상이 되었다.

남근 숭배 사상은 고대뿐만 아니라 현대에도 그 위력(?)을 유감없이 발휘한다. 타이의 요트아누 사원에는 직경 50cm, 높이 2m에 이르는 구리로 만든 대형 남근이 세워져 있다. 이 지역에 사는 부인들은 이곳에 와서 과일과 꽃 공양을 올리며 득남과 행운을 빈다. 또 타이 남자들은 배를 타고 바다에 나갈 때 반드시 나무로 만든 남근을 허리에 차는 풍습이 있는데, 이

것 역시 배가 난파됐을 때 상어로부터 몸을 보호할 수 있다고 믿기 때문이다.

일본에서도 상황은 비슷하다. 이곳에서는 나무나 돌로 만든 남근이 성신(性神)의 신체가 되는데, 장정들이 이것을 둘러메고 시가지를 행진하는 신사(神社)의 행사를 갖는다.

한편 성(性)신앙의 대표적인 메카로는 인도를 빼놓을 수 없다. 인도의 국교인 힌두교의 삼신관 중 두번째인 시바신은 남자의 성기, 즉 남근을 상징하기도 한다. 아리안족 이전 시대부터 남근 숭배 사상을 받아들인 이곳 사람들은 남녀의 생식기를 나타내는 링가(남자의 생식기)와 요니(여자의 생식기)로서 시바신을 표상했다.

더군다나 링가와 요니는 수많은 사원에서 본존으로 모시고 있으며, 심지어는 구멍가게에서조차 판매될 만큼 흔하고 값도 무척 싸다.

남근은 능동적 원칙으로서 생식력을 과시하며 힘과 풍요, 그리고 다산을 의미한다. 고대 농경사회에서 다산은 풍요를 위한 시작 행위이고, 그러기 위해서는 생식력이 좋아야 한다는 선제 조건이 따랐다.

더구나 남존여비와 남아선호사상이 지배적인 봉건국가에서 남자는 신(神) 다음으로 필요한 존재였다. 따라서 자연히 남자의 상징인 남근이 부각될 수밖에 없었다.

왜 남근 숭배인가

고대 그리스의 의사인 갈레노스(Galenos)가 '정자는 뇌에서 나와 척수를 따라 내려간다. 그래서 남근은 생명과 열기와 빛

의 근원인 동쪽을 가리킨다'고 정의한 것은 남근 숭배의 이론
이 되기에 충분하다.

또 남성은 위대함과 특수 권력을 상징하기도 한다. 신라 제
22대 지증왕은 남근의 길이가 1척 5촌이나 돼서 보통 여자와는
결혼을 할 수 없는 지경이었다. 신하들이 배필을 구하기 위해
전국을 돌아다니던 중, 북 크기만한 똥을 발견하고 주인을 찾
으니 그 마을의 제상댁 딸이었다. 그녀는 키가 7척 5촌이나 돼
왕후로 뽑혔다는 기록이 전하기도 한다.

가락국 시조인 김수로왕의 남근도 유별났는데 백성들이 낙
동강 왕래에 불편을 겪자 자신의 남근을 강 양쪽에 걸쳐 놓고
다리로 삼게 했다.

그런데 하루는 어떤 사람이 중간에서 쉬면서 담뱃재를 털어
놓는 바람에 검은 점이 생기게 됐다. 이후 김해 김씨 성을 가
진 남자들의 남근에는 검은 점이 유전적으로 남게 됐다고 한
다. 《삼국유사》에 나오는 두 이야기 모두가 남근의 위대함과
특수 계층(신분)을 나타내는 표본이 된다.

우리 나라에는 전국에 걸쳐 약 120개소에 이르는 성기 신앙
유적이 확인되고 있다. 성기 신앙의 역사 또한 장구해 경상남
도 울주에서 발견된 청동기 시대의 암각에서부터 신라 토우(土
偶), 조선시대의 남근석에 이르기까지 2천여 년 동안 그 맥이
이어져 오고 있다. 과학의 시대인 현대에도 남근 숭배 사상이
곳곳에서 진행되고 있는데, 변한 것이 있다면 명칭이 고상(?)
해졌다는 것뿐이다.

득남 기원 풍습서 유래돼

가령 과거에는 좆바위·씹바위·소좆바위·자지방구 등으로 불리던 것이 여근과 남근으로 바뀌었다. 또 성기바위·처녀바위는 옥문바위를 거쳐 영석(靈石)이란 호칭까지 얻게 됐다. 현재 서울 시내에만도 미륵, 즉 남근석을 모셔 놓고 신앙생활을 하는 종교단체가 적지 않다. 이 중 대표적인 곳이 홍은동에 있는 남근석이다.

영석(靈石)으로 불리는 이 미륵불은 남자의 생식기를 빼닮은 것 외에 이곳에서 기도하면 생리가 터지고 곧이어 아이를 잉태하는 기적이 일어나 유명세를 더했다. 그러나 개발에 밀려 자연석이 헐리고 인공으로 조성한 남근석을 봉안한 뒤부터는 효험도 절반으로 줄기 시작해 이제는 일부 신도들만의 집회장으로 변해 버렸다.

반면 우리 나라에서 가장 대표적인 남근 숭배가 이뤄지는 곳은 강원도 명주군 강동면 안인진리 바닷가에 있는 애랑당(愛娘堂)을 손꼽을 수가 있다. 이곳에서는 1년에 두 번 마을제를 올리는데, 이때 당신(堂神)인 처녀신에게 해난 사고를 방지하고 풍어를 기원하는 뜻에서 나무를 깎아 만든 남근을 바친다. 그것도 한두 개가 아닌 줄줄이 엮어서 말이다. 이곳에 얽힌 사연 또한 재미있다.

아주 오랜 옛날, 이곳에 살던 젊은이들이 어울려 인근의 백섬으로 놀러갔다. 그런데 갑자기 풍랑이 일기 시작하여 젊은이들이 서둘러 뭍으로 나왔다. 그런데 이 와중에 처녀 한 명이 빠져 죽게 됐는데 이후부터 마을 남정네들이 하나 둘씩 액운을 당하기 시작했다.

▲ 서울 홍은동 법성사에서 모셨던 남근석. 이곳에서는 미륵불로 호칭했다.

동네 사람들이 무당을 불러 점을 치니 '처녀의 초상을 성황당에 모시고 남근을 바쳐야 된다'는 공수가 나왔다. 이때부터 동네 사람들은 예쁜 처녀 영정을 성황당에 봉안한 뒤 향나무로 남근을 깎아 바치니 그 뒤로부터는 아무런 탈이 일어나지 않았다고 한다.

지금도 이곳에서는 해마다 남근이 바쳐지는데 마을 사람들의 솜씨도 늘어 남근이 점점 우람해지고 여기에다 황토흙물까지 들여 실감을 더하게 한다. 시원찮은 고추(?)를 지니고 있는 남정네는 콤플렉스에 빠지게 될 정도로 말이다.

올라타고, 갈아 마시고

남근석 숭배는 그 목적이 생식일 경우 아기를 못 갖는 여인들이 몰려들게 마련이다. 이들은 남근석 앞에서 제사를 올리고 자신의 소원을 말하기도 하지만 대부분은 '성행위 모의 동작'을 취하거나 때로는 남근석을 갈아 물에 타 마시는 극성으로까지 이어진다.

더군다나 은밀하게 진행돼야 하는 까닭에 많은 여인들이 한밤중에 남근석을 찾게 되는데 이 과정에서는 으레 남근석을 쓰다듬고 배로 문지르고 때로는 올라타기도 한다. 이때는 반드시 속옷을 벗어야 효험이 있다고 믿고 있다. 때문에 남근 숭배로 가장 큰 피해를 입은 것은 석불(石佛)의 코다. 남근과 비슷하다는 죄(?) 때문에 아이를 못 낳는 여인들이 밤에 올라와서 코를 갈아 가서 물에 타 마시는 바람에 아예 코가 없는 석불이 즐비했다. 감시가 심한 곳은 코 수난이 덜했지만, 이때는 코라도 한번 만져 보자는 욕심이 발동해 석불의 코가 반질반질하게 달아 있는 경우가 많게 됐다. 모두가 기자(祈子)신앙 형태에서 비롯된 것이다.

대부분은 혼인 뒤 여러 해가 지나도록 아이를 갖지 못하게 되면 아낙네들은 치성을 드리게 된다. 대개 정월 대보름과 삼월 삼짇날, 사월 초파일, 오월 단오, 유월 유두, 칠월 칠석에 치성을 드리게 되며, 기간도 짧게는 3일에서 7일, 21일, 길게는 백일에 이르기도 한다.

치성 행위 때는 특정 약물이나 음식을 먹게 되는데 이때 가장 효험이 있다고 믿는 게 바로 석불이나 망부석, 미륵의 코를 갈아서 만든 가루다. 남자에게는 강신제 구실을 하고 여성에게는 보음의 효과가 있다고 해서 조선시대까지만 해도 크게 유행했었다.

이 밖에도 남성을 상징하거나 생산을 상징하는 주물을 몸에 지니고 다니거나 은밀한 장소에 숨겨 두기도 한다. 즉 아들을 많이 낳은 집의 식칼을 훔쳐다가 작은 도끼를 만들어 여자의 베개 밑에 놓거나 속옷에 차고 다니게 하는 것이다. 또 다산한 여인의 속옷이나 월경대를 훔쳐다가 몸에 두르고, 씨름하는 남자가 사용한 수건이나 띠를 가져다가 요 밑에 깔기도 했는데 가장 보편적인 것은 남근석을 깎아서 차고 다니는 것이었다.

금기 · 숭배서 타락으로

우리 나라에서 남근석은 풍요와 다산, 그리고 기자신앙의 상징물로서 사랑을 받아 왔다. 그러나 유럽을 비롯한 서양 문화권에서는 어른들의 장난감으로 여겨져 왔다. 인공 페니스의 역할까지 한 이 장난감은 고대 그리스 시대에까지 거슬러 올라가는데 그 용도가 매우 불순한 편이었다. 말리섬의 여인들은 밀랍으로 페니스를 만들었고, 인도에서는 나무로 만든 페니스에 가죽을 씌워 어른 장난감으로 사용한 기록이 전하기 때문이다.

또 12세기경에는 수녀들 사이에서도 '수녀의 보석'이란 애칭

▲ 성석 사진 전시회에 등장한 남근석 모습들.

으로 인공 페니스가 등장하더니 18세기 이후부터는 창녀촌의 필수품이 됐고 이에 따른 다양한 은어도 생겨나게 됐다. 이 어른들의 장난감은 프랑스에서는 '비쥬 안디스크레'(무분별한 보석), '파라 피라'(두 구슬), '쥬에 안디스크레'(무분별한 장난)로 불렸고, 독일에서는 '비토반 토로스데르'(과부의 위안), 영국에서는 '레이디 프랜드'(여성의 도구), '콘슬리춰'(위안 도구)로 호칭됐다. 창녀들 사이에서는 '지르드'라고 하면 알아듣는 물건이 됐다.

미국 뉴욕의 42번가와 네덜란드의 암스테르담 뒷골목의 섹스숍에서는 어른들의 각종 장난감을 판매하고 있을 뿐만 아니

184

라 즉석 섹스도 가능하다. 그리고 서구에서는 남근석이 더 이
상 다산이나 풍요의 대상이 되지 못하고 있다.
　옛 사람들이 풍요를 빌고 아들 낳기를 소원해 남근석을 깎
고 그것을 동구 밖에 세운 뒤 숭배했던 것과는 비교할 수 없
을 만큼 타락해 버린 것이다.

주문을 최고로 여기는 사람들

'주여 저로 하여금 당신의 평화를 위한 도구로 만드소서…' 는 세계적으로 유명한 성(聖) 프란시스의 기도문 서두이다. 그러나 놀랍게도 한국 종교계에는 성 프란시스의 평화의 기도문보다 더 함축된 뜻을 갖고 있는 주문(呪文)이 3천5백여 종이나 된다.

짧게는 1자 주문에서부터 길게는 1천 자가 넘는 이 주문들은 민족의 애환시, 또는 가정의 길흉화복 때마다 구송(口誦)돼 왔으며, 회중의 응집력을 위한 촉매 구실도 톡톡히 해내고 있다. 그런 반면 일본 종교인 일연정종(日蓮正宗) 주문(나무묘호렝게쿄)의 경우 배일감정 때문에 한동안 지하에서 암송돼 왔으며, 현재는 외래 주문의 우리말화, 한문 주문의 한글화 작업도 꾸준히 추진되고 있다.

주문은 영적 통신문

인간이 신(神)에게 전하는 영적(靈的) 통신문으로 일컬어지고 있는 주문(呪文)은 크게 기본 주문과 일반 주문으로 분류된다. 또 이를 세분하면, 숫자로 나타낸 수리 주문, 점자 형식의 점 주문, 그림 주문, 문자 주문으로 분류되며 이것은 토흡주와 흡 입주 중에 모두 포함된다.

▲ 예로부터 주문은 도통이나 치병의 수단으로 많이 이용돼 왔다.

토흡주는 일반(신흥 교단) 종교에서 신도들간의 결집용으로 많이 사용되는 주문이며, 흡입주는 정신 집중을 위한 기도 형 식으로 돼 있는데 기성종교에서 찾아볼 수 있다. 따라서 일부 신흥 교단에서는 내용을 알 수 없는 토흡주를 남발하여 신도들에게 이기심과 배타심을 부추기고 있다.

이 과정에서 자신들만의 구원(?)을 위해 식구들 몰래 가산(家産)을 정리해 입산했다가 결국 사회에 물의를 일으키는 사건을 일으키기도 한다.

서양 종교, 즉 가톨릭이나 개신교의 경우는 주문이 없는 반면 '전능하신 천주 성부 천지의 창조주를 믿나이다. 그 외아들 우리 주 예수 그리스도 성신으로 동정녀 마리아께 잉태되어 나시고…. 성신을 믿으며 거룩하고 공번된 교회와 모든 성인의 통공을 믿으며 죄의 사함과 육신의 부활을 믿으며 영원한 삶을 믿나이다'의 사도신경, 그리고 '하늘에 계신 우리 아버지, 아버지의 이름이 거룩히 빛나시며 그 나라가 임하시며 아버지의 뜻이 하늘에서와 같이 땅에서도 이루어지소서…. 우리를 유혹에 빠지게 말게 하시고 악에서 구하소서'라는 내용의 주기도문을 사용하고 있다.

그러나 불교, 민족종교 등 동양 종교는 1종단에서 1개 또는 5백 개까지의 주문이 있어 그때그때 상황에 따라 이를 암송한다. 따라서 우리 나라 종교계에서 사용하고 있는 주문은 3천 5백 종류가 넘으며 상용 주문만 7백여 종에 이르는 것으로 집계되고 있다.

이 중에는 갱정유도와 같이 '해인경'을 주문과 경전으로 사용하는 곳도 있으며, 불교 미륵종의 경우 필요에 따라 주문을 만들어 현재 5백여 종이 넘는 것으로 알려지고 있다.

정역계(正易系)는 오음주(五音呪)를 기본 주문으로 사용하고 있는데 5음, 즉 음(吟)·아(哦)·어(唹)·이(咿)·우(吁)는 궁(宮)·

상(商)·각(角)·치(徵)·우(羽)의 5성과 토(土)·금(金)·목(木)·
수(水)·화(火)의 5행, 간장·심장·비장·폐장·신장의 5장을
다스리는 음률이기 때문에 이를 주송하면 자연히 심신의 질병
이 사라지고 정(精)·기(氣)·신(神)이 조화된다고 믿고 있다.
또 이 5음주는 음률의 고저 청탁이 자연 이치에 맞기 때문에
이를 영가(詠歌)로 하면 저절로 손발이 움직여져 무(舞)의 형태
가 된다는 것이다.

증산계(甑山系)의 기본 주문으로는 운장주(雲長呪)·오주(五
呪)·태을주(太乙呪)·시천주(侍天呪)가 있으며, 이 중 태을주가
가장 많이 주송되고 있다. '훔치훔치 태을천상군 훔리치야도래
훔리함리 사바아(吽哆吽哆 太乙天上元君 吽哩哆𠸄都來 吽哩 喊哩
裟婆啊)'의 23자로 된 태을주는 충남 비인 사람 김경흔이 50년
공부 끝에 '많은 사람을 살리라'는 명령과 함께 신명으로 얻은
주문이다.

증산 선생은 이 주문을 내리기 전에 앞서 세금을 거두는 관
직에 있던 김병욱의 액을 풀어 줬으며 종도들에게는 잠을 적
게 자면서 스물한 번씩 읽게 했다. 그러나 이 주문은 종단 입
장에서 해독본을 내놓지 않고 있으며 일부 종교계 학자들에
의해 음역되고 있다.

운장주(雲長呪;천하영웅관운장 의막처/근청천지팔위제장 육정육
갑육병육을 소솔제장/일별병영사귀/음음급급 여률령 사바아)와 오
주(五呪;신천지 가가장세 일월일월 만사지 시천주 조화정 영세불망
만사지… 삼계해마대제신위 원진천존관성제군) 역시 교인들 사이
에 많이 봉송되는 주문이다.

이 밖에 증산계의 각 종단들은 기본 주문 외에 각각 별도의

주문을 사용하고 있다. 법종교(法宗教)는 삼천주(三天呪)·도통주(道通呪)·진주주(眞主呪)를, 미륵 불교는 영생주(永生呪)·길성주(吉星呪)·인생해마주(人生解魔呪), 태극도는 심경진통주(心經眞通呪)·오방주(五方呪)·명이주(明耳呪), 보화교는 환생주·방위주(方位呪) 등을 많이 사용하고 있다.

단군계 종단의 기본 주문은 각사(覺辭)와 밀고(密誥)를 들 수 있다. 성령재상 천시천청 생아활아 만만세강애(聖靈在上 天規天聽 生我活我 萬萬世降哀;성령이 위에 계시사 한으로 보내고 들으시며 우리를 낳아 살리시고 늘 내려 주소서)의 각사(覺辭)는 대종교를 중광한 홍암 나철(羅喆)이 1908년 동경청광관(東京淸光館)에서 두일백(杜一白)으로부터 받은 주문이며, 밀고(密誥)는 1916년 구월산 삼성사에서 순명하기 전 계시로 받은 것이다. 따라서 밀고는 신어(神語)이기 때문에 뜻을 알려고 하지 않으며, 다만 주송함으로써 재앙과 환난을 물리칠 수 있다고 믿고 있다.

동학계 교단인 천도교(天道教)의 기본 주문은 시천주(侍天呪)이다. 천도교인들은 주문이 한울님을 위한 글이며 한울님과 내가 하나가 되는 것에 이르는 발원문으로 여기고 있다. 또 기본 주문에는 21자, 13자 주문과 신사 주문 등이 포함돼 있다.

지기금지 원위대강 시천주 조화정 영세불망 만사지(至氣今至願爲大降 侍天主 造化定 永世不忘 萬事知)의 21자 주문 중 앞의 8자는 강령 주문이고 뒤의 13자는 본 주문으로 불리는데, 이를 통칭 3·7자 주문이라고도 한다. 이 주문은 청수봉전과 수련 때 현송 또는 묵송으로 하고 있다.

신사(神師) 주문(신사영기 아심정 무궁조화 금일지)은 매 시일 때나 밤 9시 기도할 때 105회를 묵송으로 한다.

불교계 역시 각종 주문이 많기로 유명하다. 진언(眞言) 또는 다라니로 분류되고 있는 불교의 주문은 가장 짧은 1자 주문 '옴'에서부터 '옴마니반메훔' 등이 있으며,《천수경》과《반야심경》등도 주문과 구별 없이 사용하기도 한다.

불교에서는 또 짧은 주문은 진언(眞言), 긴 주문은 다라니로 대별하기도 하며, 각 종단별로 '불자수지독송경'을 공동 주문으로 사용하되 일부에서는 필요에 따라 종단 입장서 새로운 주문을 계속 만들어 사용하고 있다. 특히 불교에서는 진언과 다라니를 염송할 때 원음을 중요시하고 있으며 해석문을 읽는 것은 이단시하기도 했다.

각세도천지원리교(대표·이성재)의 경우 원각주(圓覺呪)를 기본 주문으로 하되 대보송(大寶頌)과 강신(降神) 기도를 함께 사용하고 있다. 16자로 된 원각주(圓覺天地 無窮造化 解脫死滅 永歸靈界; 천지의 무궁한 조화의 진리를 두루 원만하게 깨닫게 하여 주시고 사멸의 죄를 해탈하여 주시며 靈門을 열어 영원한 밝은 세계로 돌아가게 하소서)는 도주(道主) 이선평(李仙坪) 선생이 1915년 비봉산서 수련 도중 하늘로부터 받은 것으로 기록되고 있다.

대구 성덕도(聖德道)의 기본 주문은 청심주(淸心呪;無量淸靜正方心)이나 김옥재(金沃載) 선생이 창도를 선포하기 이전에는 아미타불과 태상노군(太上老君)을 대표적인 주문으로 사용했다. 그러나 교단이 6·25 혼란기 등을 넘기면서 안정 단계에 이르자 '청심주'를 계속 사용해 오고 있다.

이 밖에 일본 종교 중 일련정종 계열은 나무묘호렝게쿄(南無妙法蓮華經)만 암송하면 치병·불화 등 모든 것이 만사 형통된

다고 믿어 하루 수천 회씩 독송하고 있으며, '생장(生長)의 가
(家)'는 성귀 '실상(實相) 원만 완전(完全)'을 송행하며 영신가를
세 번이나 암송하고 있다. 영신가는 '생장의 가' 창신자인 다니
구치 선생이 시작한 것으로 '일체의 생명을 살리시는 성신이시
여'로 시작해서 '진리를 전하려 강심하신 광명의 대천사여 수
호하소서'로 끝맺는다. 또 일부 종단에서는 우리들의 생활용어
중 하나인 '감사합니다', '하겠습니다 하겠습니다 하겠습니다'를
주문처럼 사용하고 있는 곳도 있으며 〈애국가〉, 〈선구자〉 등
잘 알려진 노래를 편곡, 주문으로 사용하기도 한다.

한편 한국 종교계의 이 같은 주문 양태에 대해 종교 연구가
허영수 씨는 '주문은 사람이 신(神)에게 소원 등을 전할 수 있
는 유일한 영적 통신문'이라고 전제하고 호소성이 강한 것이
특징이라고 강조한다. 허씨는 또 '주문(기도문)을 사람이 하느
님께 올리는 것이라고 볼 때, 경(經)은 반대로 하느님이 인간
에게 내려준 것으로 볼 수 있다'며 따라서 '주문과 경은 구분
돼야 한다'고 피력한다.

이어 우리 나라 종교계의 경우 주문 자체가 △그 종교의 핵
심이 되고 있으며 △엑스터시, 즉 무아도취 상태에서의 영적
체험과 △치병에 이용되고 있다고 설명한다. 또 각 종파의 주
문은 창교자의 계시나 영감 혹은 인위적 형태로 나올 때가 많
으며, 대부분 인간적인 해석을 버린 채 원문을 그대로 사용한
다고 밝혔다.

천도교의 한 관계자도 '주문을 외워서 증험을 얻어 확고한
신앙을 가지고 이치를 밝게 살펴 깨달아야 견성각심의 최상정
각에 도달할 수 있다'고 피력하고 있으며, 대순종교문화연구소

의 장병길 교수는 '주문을 외우는 목적은 질병의 쾌유, 강우, 무사식재(無事息災), 풍작 등을 빌어서 사람들에게 행복을 가져오는 데 있으나 간혹 적에게 화를 끼치기 위해서 주문이 쓰이기도 한다'고 강조한 바 있다. 장교수는 또 '주문은 그 소리에 신명들의 응감(應感)이 있도록 하는 데도 목적이 있다'며, 따라서 주문은 곡조가 담긴 송(頌)이 대부분이라고 밝히고 있다.

불교의 김무득(金無得) 씨도 주문에 대한 견해에서 △주문은 밀주(密呪)라 하여 글자가 나타내는 뜻보다 그 속의 비밀을 중요시하고 있으며 △진언이나 다라니의 존엄성을 견지하기 위해 원음(原音)을 중요시하고 있다고 강조한다. 이어 김씨는 이 과정에서 '원음 고수'와 '우리말 번역문' 사용에 대한 알력도 많았다며, 그러나 원음 역시 번역 과정에서 오역·변형된 것도 없지 않아 이에 대한 재고가 있어야 한다는 주장을 편다.

아무튼 다종교 상황 속의 한국 종교계는 교파수만큼이나 주문도 많다. 그러나 아무리 훌륭한 주문일지라도 암송하는 자들의 마음과 몸이 바르지 못할 경우 신(神)으로부터의 응감(應感) 또는 신과의 교감(交感)은 성사되기 힘들 것이다. 먼저 마음을 비우고 나 자신보다는 이웃·사회·국가·세계를 위해 주문을 봉송할 때 그것이 바로 신어(神語)가 되고 평화의 기도가 될 것이다.

과학시대의 새로운 신
UFO를 믿는 사람들

‘UFO(미확인 비행물체)도 종교다’라고 한다면 많은 사람들로부터 비난 아닌 비난을 받을 것이다. 그러나 신출귀몰(神出鬼沒)하는 이 물체를 두고 인간이 부를 수 있는 가장 진보(?)된 표현일지 모른다. UFO를 제3의 종교 등장을 알리는 서곡으로 보는 것도 이 때문이다.

현재 우리나라에는 4백여 개가 넘는 각종 종교단체가 군웅할거(群雄割據)하고 있다. 모두가 불확실한 미래에 대한 불안을 떨쳐 버리고, 내세의 안위를 소원하는 바람이 종교계의 다양화를 부채질하고 있다. 그러나 초과학·최첨단 시대인 21세기에는 기복신앙은 더 이상 민중을 이끄는 매력을 유지할 수 없다. 당연히 새 형태의 종교가 태동하게 될 것으로 전망하는데, 그것이 바로 UFO와 같은 신비감을 간직한 소재가 될 것이라는 것이다.

종교 기반 갖춘 UFO 단체

1996년 11월 17일 오전 10시쯤 서울 동대문구 장안평의 한 무용학원 연습실에 각계 각인 50여 명이 모였다. 이들은 물론 무용을 배우러 온 게 아니다. 참가자들은 명상을 끝낸 뒤 편한 자세로 둘러앉아 대화 시간을 갖고 흩어졌다. 멀리서 보면 단전호흡이나 명상수련원을 연상시킬 만한 풍경이었다.

같은 시간에 대전에서는 3백여 명이 참석한 똑같은 모임이 열렸다. 증산도사상연구회가 정례적인 논문 발표회를 ‘개벽대회’로 개명하고 연 첫 행사였다. 한날 한시에 열린 이 두 모임, 그 사이를 이어주는 끈은 신도 명상도 수련도 아닌 미확인 비행물체(UFO)였다.

대전에서 열린 세미나의 주제는 〈UFO와 우주 문명〉이었다. 증산 사상과 우주 문명에 관한 메시지의 접목을 탐색하는 자리였다. 서울 장안동의 모임은 우주인의 메시지를 전하는 운동을 벌여 온 ‘라엘리안 무브먼트’ 한국 지부가 마련한 정기 집회였다. 이 두 모임은 막 불기 시작한 한국의 UFO 열풍을 상징적으로 보여줬다.

UFO는 지금까지 국내에서 140여 건에 이르는 목격 사례가 보고됐고 그 중 15건 정도가 사진으로 촬영됐다. 그럼에도 여기에 대한 관심은 일시적인 호기심에 그쳤다. 그러나 1995년 9월 문화일보 사진 기자가 UFO를 선명하게 포착해 대대적으로 보도하면서 UFO에 대한 관심에 불을 붙였다. 지금까지 20여 종이 출간된 UFO 관련 서적의 절반 이상이 1996년에 출간됐고 패닉의 2집 앨범 ‘밑’에는 타이틀 곡으로 ‘UFO’가 뜨기도

▲ 라엘리안 무브먼트의 창시자인 클로드 브리롱 라엘.

했다. 또 다큐멘터리 채널인 센추리 TV는 1996년 9월말 5부작 비디오 〈UFO 그 숨겨진 실체〉를 내놓았다.

그러나 이보다 더 흥미로운 것은 관심의 질이다. 과거의 SF 적 호기심이 과학적 관심으로 깊어지고, 일부에서는 종교적 믿음으로까지 심화돼 가는 게 요즘의 추세다. 라엘리안 무브먼트 회원들의 경우가 그 대표적인 사례다. 이 운동은 UFO의 존재를 믿는 것은 물론 '우주인의 메시지를 수용해 지구를 구원해야 한다'는 종교적 색채가 짙은 운동이다.

창시자인 프랑스의 클로드 브리롱 라엘은 1973년 우주인을 만나 인류의 기원과 미래에 관한 진실을 들었고 그들의 혹성까지 다녀왔다는 인물이다. 그가 듣고 본 바를 요약하면, 인류는 2만5천 년 앞선 문명을 가진 혹성 과학자들이 창조해 냈다는 것이다. 그 혹성에서는 전쟁 등 모든 종류의 폭력이 사라졌으며 이들의 앞선 과학을 지구에 전해 주고 싶어한다는 것이다. 그러나 현재의 지구는 반목과 폭력이 난무해 기술을 전해 줄 수 없기 때문에 우주인의 메시지를 지구인에게 전해 평화가 올 수 있도록 한다는 것이다.

1996년 여름에 선보인 영화 〈인디펜던스 데이〉에서 옥상에 올라가 지구를 침공한 우주인을 열렬히 환영하던 사람들이 바로 라엘리안들이다. 현재 이 운동의 회원은 전 세계적으로 6만여 명에 이른다. 한국에는 1983년 10여 명 안팎이던 것이 지금은 1천여 명으로 늘어났다.

이들이 주장하는 UFO는 한마디로 '외계에서 온 구원자'이다. 이들의 주장에 따르면 그들은 오래 전에 지구에 도착하여 놀랄 만한 과학의 힘으로 유전자 DNA를 조작해 인류를 창조했다고 한다. 또한 그들은 이후에도 모세와 석가·예수·마호메트와 같은 선지자를 파견해서 인류에게 자신들의 메시지를 전달하려고 노력했다는 것이다.

전혀 대외 홍보를 하지 않고 《진실의 서》, 《천재 정치》 등 출판물을 보고 찾아오는 사람만 가입시킨 점을 고려하면 급신장한 셈이다. 이 회원들은 70% 이상이 대졸자로 알려지고 있으며, 이들은 '이 세상엔 신도 영혼도 없으며 과학기술의 발전이 인류의 미래를 좌우하기 때문에 외계로부터 그 기술을 전

▲ 라엘리안 무브먼트의 선전물인 진실의 서(書).

수받아야 한다'고 주장한다.

이들은 인터넷에서도 홈페이지(http://www. iWorld. net/~rael ian)를 만들어서 자신들과 뜻을 같이하는 사람들을 규합하고 있는 실정이다.

증산도도 UFO에 큰 관심

증산도가 UFO에 손짓을 보내고 있다. 민족종교 중 하나인 증산도는 최근 종단 차원에서 UFO 연구회를 꾸리거나 관련 세미나와 행사를 마련하는 등 UFO와 외계문명에 대한 관심을 적극적으로 나타내고 있다.

증산도 사상연구회는 〈수행의 세계〉, 〈미래학〉 등 다양한 주제로 강연회를 하거나 학술지 발간, 대외 홍보활동 등을 하고 있는데, 최근에는 분과나 소그룹별로 UFO에 대한 연구에 큰 비중을 두고 있다.

이런 변화에 대해 증산도의 한 관계자는 '외계문명에 대한 관심이 높아가고 있지만 체계적 설명이 없다. 장차 다가올지도 모를 엄청난 격변기에 대처하기 위해 외계문명을 연구하는 것'이라고 말한다.

이 관계자는 또 '증산도의 교리에는 격변기를 맞아 우주와 지상·지하에 살고 있는 문명의 세 주체가 하나로 통합되는 개벽 사상이 있다'며, '외계문명을 해석할 수 있는 종교는 전 세계에서 증산도뿐'이라고 주장하고 있다.

증산도 관계자는 그러나 증산도를 UFO나 외계문명에 대한 신앙과 직접 연결짓지는 말아달라고 주문한다. 이 관계자는 '외계문명의 존재에 대한 확신과 사상적 이해는 도전(교리)을 현대적으로 해석하면서 구체성을 띠게 된 것'이라고 밝혔다. 증산도를 창시한 강증산(1871~1909) 도조는 이미 '하늘마다 나라가 있고 고을마다 장수가 있다', '하늘 위에 하늘이 있는지 모르고, 땅 아래 땅이 있는 것을 모른다'라는 어록을 남겼는데,

이는 외계문명에 대한 암시가 아니냐는 게 이들의 견해이다.

증산도는 다달이 발행하는 <증산도 문화 소식>('96년 4월호)에 UFO 사진을 실어 관심을 모으기도 했다. 이 사진에는 '증산 상제님은 이미 20세기 벽두에 다양한 천상 외계문명이 존재한다는 것을 명확히 말씀하셨다. 근래 세계 도처에서 빈번하게 출현하는 UFO는 미래 우주촌 통일문명의 비전이 가시화돼 나타나는 것'이라는 설명이 붙어 있다.

외계문명과 UFO 관련 서적들이 잇따라 나오고 있는 것도 증산도와 무관하지 않다. 대원출판사는 1995년부터 《포톤벨트》, 《빛의 시대 빛의 인간》 등 외계문명과 UFO에 관련된 책들을 9권이나 펴냈다.

과학자들도 UFO 주목

DNA의 나선형 구조를 밝혀 노벨상을 수상한 생물학자 프랜시스 크릭이 지난 1981년 '생명의 외계 기원설'을 주장했을 때 동료 과학자들은 귀를 의심했고, 1995년 여름에 번역되어 출간된 그레이엄 핸콕의 《신의 지문》(이경덕 옮김, 까치)은 고고학적 연구 성과를 바탕으로 '사라진 초(超)고대 문명설'을 주장해 화제를 모은 바 있다.

이런 주장들의 바탕에는 '지구의 현대문명에 버금가는 또 다른 문명이 외계 또는 고대에 있었다'는 가설이 깔려 있는데, 신화학자들은 이를 '과학시대의 신화'라고 부르고 있다.

최근 미국에서 발생한 '헤븐스 게이트' 집단 자살 사건은 외계문명에 거는 기대가 '생명의 기원'이나 '문명의 기원' 수준을 넘어 ‘구원의 방주’로까지 고양되고 있음을 보여주고 있다.

국내 서점가에도 ‘외계문명’을 다룬 책들이 쏟아져 나왔는데, 이런 책들은 대체로 외계문명의 존재를 기정사실로 하고, 그들과 영적으로 접촉한 사람들의 이야기를 주로 다루고 있다. 그 내용은 △지구 문명의 외계 기원설(《충격의 고대 문명》)에서부터 △외계인과 채널링(《영감으로 대화하는 것》)의 경험을 기록한 것(《프레아데스-북두칠성의 사람들》) △무의식의 영역에 존재한다는 ‘아카식 레코드’에서 보고 들은 내용을 기록한 것(《보병궁의 성약》) △지구 안에 지하 문명이 존재한다는 주장(《지구 속 문명》) 등에 이르기까지 다양하다. 지은이들은 한결같이 책의 내용이 ‘실화’라고 주장하는 공통점을 갖고 있다.

외계인과 영감으로 대화하는 사람들을 ‘채널러’라고 하는데, 채널러들이 가장 많이 만난 외계인은 ‘플레이아데스 성단’에서 온 사람들이다. 얼마 전 번역되어 출간된 아모라 콴인(관음)의 《빛의 시대 빛의 인간》(서민수 옮김, 대원출판)도 플레이아데스 성단 사람들과의 채널링 내용을 담고 있다.

미국 캘리포니아에서 명상 수련 교사로 일하는 ‘아모라 콴인’의 체험담과 수련 방법을 기록한 이 책은, 그가 플레이아데스 성단에서 온 형제들의 이야기를 전해 주는 형식을 취하고 있다. 그 외계인들은 지구인들의 ‘영적 진화’의 수준을 높이는 방법으로 인체 내부에 흐르는 ‘카’라는 에너지를 활성화시키는 명상 수련법을 소개하고 있다.

외계인이 지구인의 영적 진화 도와

미국 노스 캐롤라이나에서 활동하는 '채널러'인 바버라 마시니액의 《어머니·지구·땅》(김대환 옮김, 금비문화)도 플레이아데스 성단의 형제들이 지구인들에게 '영적 진화의 방향을 제시'해 주기 위해 찾아온다고 설명한다. 이에 따르면 이들이 지구인을 돕는 이유는 상당히 복잡하다.

옛날 그들의 조상이 지구를 지배하면서 통치를 공고히 하기 위해 지구인들의 진화를 유전자 조작으로 막았다. 그 카르마(업)로 인해 그들도 더 이상 진화를 하지 못하게 됐다. 지구인의 카르마를 풀어야 플레이아데스인들도 진화가 가능하다는 것이다.

이런 주장들은 특정인들의 '신비 체험'에 근거한 것이기에 상식적으로 받아들이기는 어렵다. 그럼에도 불구하고 이런 '현대의 신화'들이 계속 등장하는 까닭은 어디에 있을까.

외계문명을 지구인보다 영적으로 진화한 문명으로 간주하고 지구인의 '영적 진화'를 촉구하는 이 현대의 신화들은, 근대 세계를 지배해 온 과학문명에 대한 반발로 해석되기도 한다. 지난 1970년대에 미국에서 명상과 수련에 대한 관심이 부쩍 증가했을 때, 미국의 국가안보회의 의장 즈비그뉴 브레진스키는 미국 사회에서 '무언가 정신적인 것에 대한 갈망이 갈수록 커지고 있다'고 말했다.

이후 '정신적인 것에 대한 갈망'은 물질문명을 대신할 정신문명의 도래를 주창하는 이른바 '뉴에이지 운동'으로 이어졌고, 그 속에서 미확인 비행물체(UFO)와 자연과학의 연구 성과를 바탕으로 '외계문명 신화'가 탄생한 셈이다.

　최근 국내에서 일고 있는 뉴에이지 운동 계열이나 외계문명론과 관련된 번역 서적들이 범람하고 있는 현상도 물질문명 일변도의 사회 분위기에 대한 반발로 이해할 수 있다. 이런 책들은 대체로 정신적·내면적인 가치에 눈을 돌리게 한다는 점에서 긍정적인 의미가 없지 않으나, 외계문명과 외계인을 물질문명에 대한 '대안'이라고 주장하거나 숭배의 대상으로 삼을 때는 헤븐스 게이트 사건과 같은 터무니없는 맹신으로 빠질 가능성도 없지 않은 실정이다.

예수는 우주인이었다

　인류 중에는 수많은 영웅 호걸과 성인들이 등장한다. 이들 중에는 지구인이 아닌 혹성에서 온 사람, 즉 우주인이 섞여 있지 않는가 하는 설도 나오고 있다. 여러 위인들의 우주인설 가운데 '예수=우주인'설은 특별히 많은 사람들의 호기심을 불러일으키고 있는 대목이다.

　이 주장을 최초로 제기한 사람은 미국의 천문학자인 모리스 K. 제사브(1900~1959) 박사였다. 《발전적 UFO의 옹호론》과 《천문학과 UFO》 등 수많은 명저를 저술한 바 있는 모리스 박사는 그의 1956년 저서인 《UFO와 성서》에서 '예수=우주인'을 주장했다.

　그는 이 책에서 예수는 초지능체인 위성에서 강림해 온 고도의 진화된 종족의 대표였는지 모른다고 설파했다.

　이후에 영국의 귀족이자 상원의원이며 UFO 연구가인 프린스 레포트렌치 씨와 제8대 크랑카티 백작이 함께 지은 《천궁(天宮)의 사람들》에서 '예수는 우주인이다'라고 주장하고 있다. 그들은 이 책에서 신약성서 중 마가복음 13장 26~27절인 '그때에 인자가 구름을 타고 큰 권능과 영광으로 오는 것을 사람들이 보리라. 또 그때에 저가 천사들을 보내어 자기 택하신 자들을 땅 끝으로부터 하늘 끝까지 사방에서 모으리라'를 인용하면서 예수가 우주인일 가능성이 높다고 주장했다.

1950년대 전후의 제1차 UFO붐과 1960년대 중반의 제2차 UFO붐은 수많은 사람들이 예수의 우주인설과 함께 성서에 대한 우주 고고학적 해석을 시도하기에 이른다. 그러나 이 같은 고찰들은 성서의 부분적 해석이라는 점에서 많은 기독교 신자들의 반감을 샀다.

결국 '예수=우주인'설은 동서양을 막론하고 터부시되고 만다. 그러나 얼마 지나지 않아 그 분위기가 변하게 되는데 그 계기는 미국의 신학자이자 목사인 '하워드 다우닝' 박사가 저술한 《성서와 하늘을 나는 원반》 때문이었다. 다우닝 박사는 이 책에서 '예수=하나님의 아들=우주인'이라는 주장을 본격적으로 펴기 시작했다. 그는 우주인설에 대해 '성서를 가장 잘 믿는 목사들이 이 사실을 믿는 것은 당연한 귀결'이라고 못박았다. 이 주장은 전 세계에 큰 반향을 불러 일으켰었다.

어쨌든 성서를 통해 나타난 예수의 생애는 불가사의 그 자체이며, 특히 '하늘'과 관계된 불가사의가 유난히 많다. 탄생부터 성모(聖母)가 모르는 가운데 수태를 해 이 사실을 천사가 알려준 것이나, 유년 시절의 천재성도 남다르기는 마찬가지다.

세례요한에게 세례를 받을 때 하늘에서 '내 사랑하는 아들이요 내 기뻐하는 자'라는 음성이 들린 부분도 그렇다. 또 제자들 앞에서 갑자기 빛나는 구름에 싸인 가운데 소리가 난 것도 이해하기 어려운 대목이다.

무엇보다 십자가에 매달려 사형된 후 3일 뒤에 그의 시체가 사라졌다가 40일 후 제자들의 목전에서 승천하는 모습은 UFO로 들려 올라가는 장면들을 연상하게 한다. 또 수년 후에는 당시 기독교의 박해자였던 사도 바울에게 강한 빛으로 나타나 그 열로 바울의 눈을 멀게 하고 열렬 제자로 만든 점도 이 주장을 반증하고 있다.

그러나 예수의 수많은 기적 가운데 우주와 직접 연결시키는 가장 중요한 신비는 탄생 당시의 '베들레헴의 별'이다. 점성술사였던 동방의 현인 3명이 예수의 탄생을 별을 발견한 후 알았다는 사실과, 그 별이 앞장서서 그들을 아기 예수가 있는 장소에까지 인도하고 예수 탄생 장소 바로 위에 멈췄다는 내용이다(마태복음 2장 9~10절). 이들을 이끈 별이야말로 UFO가 아니면 어느 혹성의 우주선일지도 모른다는 것이다.

로마 교황청은 누가복음서의 저자(著者) 누가가 그린 것으로 전해지는 그림을 보관 중이다. 그 그림은 마리아와 아기 예수의 그림이다. 그런데 이 그림을 보면 예수를 품에 안은 마리아의 화상(畵像) 위에 동방박사를 베들레헴으로 인도했다는 별이 그려져 있다. 이 별 모양은 마치 달걀 같은 타원형의 윤곽 안에 작은 원형의 밝은 중심부가 있다. 그 별의 주위는 크고 검은 부분이 둘러싸며 빛을 내쏘고 있다. 타원형 속의 밝은 빛을 쏘는 꼬리 부분까지 긴 막대기 같은 것이 밖으로까지 나와 있고 그 양쪽엔 마치 로케트 날개같이 퍼져 있다. 누가는 이 별의 비밀을 알고 있었던 게 아닐까.

UFO는 미국 공군의 조작품(?)

《뉴욕 타임스》지는 미중앙정보국(CIA)의 보고서를 인용하여 미 공군이 냉전시대 당시 잇따른 UFO 목격담들이 첨단 고공 첩보기인 U-2기와 SR-71을 오인한 것임을 알고 있었으나 이를 공개하지 않았다고 폭로하기도 했다.

이 신문은 극비에 제작된 첩보기들이 캘리포니아 네바다주에서 발진한 후 적지 상공에서 항공 촬영과 감청, 적 레이더 교란 등의 임무를 수행하며 영국·서독·대만 등의 해외 기지까지 비행했다고 지적했다. 당시 민간 항공기들은 최고 4만km의 고공을 비행할 수 있었으나 U-2기는 최고 10~8km, 블랙버드로 불리는 SR-71은 12km까지 고도 비행을 했던 것으로 드러났다. 몸체가 은색이었던 U-2기는 일출과 일몰시 마치 불타는 비행물체처럼 비쳐질 수 있었으며, 미 공군 역시 UFO 목격담의 96%에 대해 내부적으로 명확한 해명 자료를 갖고 있었다고 이 신문은 밝히고 있다.

그러나 미 공군은 소련 등 적대 국가를 의식해서 '대기 중 얼음 결정체이거나 대기의 역전 현상으로 인한 자연현상이 UFO로 비쳐질 수 있다'고 줄곧 진상을 왜곡해 온 것으로 밝혀졌다.

아무튼 UFO는 그 진위가 어쨌든 간에 우리 마음속에 '신앙'

으로 굳건히 자리잡아 가고 있다.

'인간의 나약한 면모'로 비하될 수도 있으나 과학으로도 확인할 수 없다는 것은 신앙의 세계에서나 나타날 수 있는 사건들이기 때문이다.

대체 신앙이 더 좋다

현대는 편의주의 추구 시대다. 쇼핑과 각종 표 예약도 전화한 통화로 끝내는 경우가 많으며, 인스턴트 또는 '1회용'이 범람하는 것도 편의주의 추구에서 비롯된 것이다. 이 과정에서 일정한 '틀'과 완벽한 '경건', 신앙으로부터의 '구속'을 탈피하려는 일부 종교인들은 신심 충족은 물론 자신과 가족의 건강 관리와 자유활동을 보장받을 수 있는 대체 종교(代替宗敎)에 큰 관심을 쏟고 있는 것으로 알려지고 있다.

실제로 이들 단체 내에는 상당수의 종교인들이 회원으로 등록돼 활동 중에 있으며, 운영 프로그램 역시 종교적 형태와 기능을 추구하여 일부는 사실상 신앙 모임체와 다를 바 없다는 평을 받고 있기도 하다.

현재 국내에는 대체종교 형식을 띤 단체가 수십 개에 이르고 있으며 그 수와 회원은 매년 증가 추세에 있다.

대체 종교는 어떤 것인가

대체 종교란 한마디로 종교적인 형태를 갖추고 그 기능과 역할까지 간접적으로 수행하면서도 종교에 속하기를 거부하는 조직체를 말한다. 따라서 대체 종교의 발생은 물질만능에 의한 인간 소외와 급변하는 사회 상황 속에서의 가치관 결여 등에 의한 갈등을 충족시켜 줄 수 있는 대답이 기존 종교에 의해 제기되지 못할 때 나타나는 것으로 볼 수 있다.

종교학자들 역시 대체 종교를 신흥종교의 앞 단계로 보는 입장에서부터 종교의 원형적인 모습, 또는 탈(脫)종교화 시대의 흐름 예고, 미래의 신앙 형태로까지 보고 있는 등 아직까지는 판단 기준이 천차만별이다.

대체 종교의 형태는 기성종교, 기독교, 민족신앙, 외래종교의 유형을 띠고 있으며 크게는 동양적인 것과 서양적인 것으로 분류되기도 한다. 이 중 우리 나라의 대체 종교의 특성은 건강과 심신 단련을 목적으로 하나 무(武)수련과 염력·초능력·투시력 등의 능력 배양, 요가·참선·단전호흡 등의 병행에 초점을 두고 있다. 또 일부에서는 무공해 농작물의 재배 공급과 한약방 운영, 건강 홍보 책자 발행 등을 통해 가입 회원들에게 최대한의 편의를 제공하고 있는 경우도 있다.

반면 대체 종교는 신흥·유사 종교와 구분이 뚜렷하며 성격과 특징도 확연히 다르다. 현재 국내에서 활동 중인 대체 종교 또는 유관 단체의 성격을 띠고 있는 곳은 사단법인 한문화원, 구통도가, 수신명가(修身名家), 대한생명학회(大韓生命學會), ESP 과학연구소 한국지도본부, T.M(초월명상), 생장(生長)의 가(家),

순리학회(順理學會), 정령회(正靈會), 라에리안운동협회, 홍역학회(洪易學會), 풍류도원용화도장(風流道源龍華道場), 한국단학회연구원, 한국영가정호회(詠歌正好會), 신선도협회 등을 들 수 있다.

심신 수련으로 결속력 다져

대체 종교의 또 다른 특징은 지도자의 절대적인 카리스마와 '할 수 있다'는 신념 체계의 주입이다. 일부 단체의 경우 최고 책임자를 만날 때 일반 회원은 고개를 똑바로 쳐들거나 함부로 질문도 할 수 없을 뿐더러 배알(?)할 때마다 4배(拜)를 하는 곳도 있다.

▲ 기·참선·요가 수련 단체 중에는 대체 종교의 형태를 띤 곳이 많다. 사진은 기수련 중인 회원들.

호칭 역시 대부분은 선생님으로 통칭되나 대법사·대선사

등 깨달은 자, 대지식인을 연상케 하는 명칭이 많다. 이 같은 현상은 조직과 규모가 큰 단체, 관계 당국으로부터 법인 인가 등을 받은 곳일수록 더 심한 것으로 알려지고 있다. 또 대체 종교를 찾는 이들 중에는 지병이 있거나 새로운 신비주의 체험을 직접 원하는 이들이 많다. 이들은 그 단체에서 추진하는 심신 수련 코스를 경험하게 되며 이때 대부분 수주일 내에 이상 현상을 느끼게 된다고 한다.

따라서 각 단체들은 지도자의 수련 과정을 똑같이 체험하기 위해 요가, 명상, 단전호흡, 선체조, 참선 등을 하게 되며, 때로는 '할 수 있다', '하겠습니다'는 등의 구호도 외치게 된다. 또 이 과정에서 각 단체들마다 회원들의 결속과 신뢰를 다지기 위해 '제1기생, 제2기생…' 또는 명예 회원, 평생 회원이란 칭호를 주기도 한다.

반면 모(某) 단체는 단군을 국조로 모시며 홍익인간·이화세계의 한민족 개국정신을 부각시키고 있어 언뜻 보기에는 민족 종단의 유관 단체로 보기 쉽다. 특히 이들 대체 종교 또는 유관 단체들은 종교적 기능과 역할을 수행하면서도 종교가 안고 있는 단점이나 한계점을 벗어날 수 있어 일반인과 종교인에게 크게 어필되고 있다. 또 일부는 종교단체로부터 음성적으로 보호·육성될 수 있는 장점을 갖고 있기도 하다.

반면 이들 단체에서는 체육관에서 할 수 있는 무술과 각종 수련을 가르치고 있으나 체육으로 분류되지 않는 점도 있다.

유관 단체 매년 증가

기성 종교인들이 그 기능과 역할을 다하지 못하거나 새로운 세계에 대한 가치관과 종교적 질문에 만족한 답변을 주지 못할 때, 대체 종교는 활성화되고 이에 대한 종교인들과 일반인들의 관심도 배가 되는 것으로 나타나고 있다.

미국의 경우 한때 대체 종교 수가 5백여 개로 늘어나 종교계의 비상한 관심을 산 바 있는데, 이 중 40% 이상이 동양의 신비종교 영향을 받은 것으로 알려졌다. 이들의 공통적인 특징은 모든 단체의 군·소도시의 집중과 지적 수준이 높은 중산층 이상의 젊은이들이며, 기성 종교들로부터의 단절을 원하고, 교리적 믿음보다는 즉각적인 경험을 중시하고, 교조주의가 약한 반면 다원·혼합주의 성격이 강하다는 것이다.

우리 나라의 대체 종교들 역시 기성 종교에서 얻지 못한 새로운 것, 또는 편하면서 직접 경험과 유익이 되는 것에 대한 강력한 욕구를 충족시켜 주고 있어 종교인들이 대거 이곳으로 유입되고 있다.

실제로 대체 종교 또는 이들 유사 관련단체 회원 중에는 상당수가 종교인이었거나 아니면 교회·사찰·교당을 나가는 현지 신도들이 상당수를 차지하고 있는 형편이다. 특히 더 놀라운 일은 이들 단체의 지도자들이 성직자 수준에 이를 만큼 상당한 신앙 경력도 갖고 있으며 일부는 지금도 '특정 종교와의 맥'을 계속 유지하고 있기도 하다.

국내에만 수십 개 단체

한문화원은 조직·체계적인 면에서 타의 추종을 불허한다. 서울 본원을 비롯해 전국에 수십 개의 지원을 두고 있는 한문화원은 1985년 이후 지금까지 수만 명의 수련생을 배출했으며, 계간지 《한문화》(1989년 창간)를 비롯해 《단학(丹學)》, 《단학인(丹學人)》, 《천지인(天地人)》, 《기단학(氣丹學)》 등의 단행본과 비디오·카세트 등 단학 수련 교재를 꾸준히 보급해 오고 있다. 또 최근 들어서는 한의원(천화원) 운영과 무공해 곡식 등도 직접 판매함으로써 자립도를 높이고 있다.

이승헌(李承憲) 대선사의 지도로 운영되는 이곳은 수련 정도에 따라 법사(法師), 준선사(準仙師), 선사(仙師)의 자격이 주어지며 민족 고유 사상과 맥을 수련에 접목시켜 오고 있다. 반면 한문화원 관계자들은 대체 종교라는 데 상당한 거부반응을 보이고 있으며, '다만 종교 이상의 가치와 경험이 포함돼 있다'고만 전한다. 그러나 이승헌 대선사가 단기 4320년 9월 26일 서울 세종문화회관 대회의실에서 성조단군숭봉국민대회(聖祖檀君崇奉國民大會)를 주최하는 등 민족정기 회복운동 표방과 함께 은근히 단군을 내세우는 등 대체 종교의 형태를 취해 온 것만큼은 사실이다.

초월명상(T.M·창조지성학회)도 대체 종교로 크게 각광받고 있다. 1975년 우리 나라에 유입된 T.M(Transcendental Meditation)은 통칭 마하리쉬통일장기술로 불리며 기법이 간결하고 습득 시간이 짧아 어느 곳에서나 실천이 가능한 장점을 갖고 있다. 회원 중에는 종교인들이 많으며 신학생들도 많이 찾고 있는 것으로 알려지고 있는데, 국내에는 강남구 대치동과 부산에 지회가 있다. 교육 과정은 소개 강연(초월명상의 과학적 효과), 준비 강연(초월명상 원리와 전통), 개인 면담 순으로 진행된다. 매주 목요일 하오 7시 30분에 무료 공개강연회가 있으며 수료자는 수만 명에 이른다.

'생장(生長)의 가(家)'는 명랑과 조화와 감사의 생활을 하며 세계평화를 기원하는 단체이다. 이곳 회원들은 종파를 초월해 모이며 1970년 9월 일본으로부터 유입됐다.

종로구 효제동에 위치해 있으며, 현 대표는 김현진 회장이다. 특정 종파 또는 신앙 체계를 부인 또는 배격하고 있는 '생장의 가'는 제반 의식 속에 종교 분위기가 흐르고 있어 대체 종교로 분류된다.

실제로 이곳 회원들은 창시자의 친필인 '실상(實相)'을 봉안하고 있으며, 창시자의 말씀인 '감로(甘露)의 법우(法雨)'를 경전처럼 사용한다. 의식 역시 합장 후 자기의 참모습을 내관(꿰뚫어봄)하는 실상(實相)에 몰입하며 성신(聖神)(우주 창조자)을 믿는 등 종교적인 형태를 갖추고 있다. 국내에는 서울과 부산 등 일부에 회원 약간명이 있다.

강동구 천호 2동에 있는 구득도정령협회(救得道正靈協會)는 수련과 강좌 위주로 단체를 운영하며 대체 종교의 기본 형태를 취하고 있다. 반면 이곳은 진경(眞經)과 집회, 정기모임 등 종단적인 조직도 일부 갖추고 있어 신흥종교로 구분하는 경우도 있다. 그러나 대부분 건강과 수련을 위한 회원들이 많고 지도자들이 치병에 힘쓰고 있어 대체 종교에 가깝다.

라에리안운동협회 역시 프랑스 사람 클로드 보리롱 라엘이 1973년 12월 13일 프랑스 중부지방에 있는 크라레르몽 페랑에서 외계로부터 온 우주인(엘로힘)을 만나 메시지를 위탁받아 보급하기 시작한 것이 효시가 됐다. 우리 나라에는 강남구 대치동에 사무실이 있으며 이화여대 출신인 배귀숙(裵貴淑) 씨가 책임자로 있다.

'수신명가(修身名家)'는 불교적 색체가 강한 편이며 서울과 안양, 수원 등에 시민선방을 운영하고 있는 심신 수련단체로 알려져 있다. 현 조직은 지도자 양성방, 사랑방(식이요법·초능력·침·뜸), 체조방(생활체조 개발), 출판방, 예능방, 교육방 등 6방으로 분류되며, 주로 대학생과 졸업생의 봉사활동으로 운영되고 있다. 이곳의 한 관계자는 '기존 종교에 실증이 나거나 실망했을 때 수신명가를 찾는 경우가 많다'고 피력하면서도 종교 또는 그 유관 단체가 아님을 명백히 밝히고 있다.

장병훈 씨가 운영하는 '대한생명학회(大韓生命學會)'는 회원들의 결속을 위해 30여 곡의 노래를 작곡해 부르고 있으며 용어 역시 포덕(布德) 등 종교적인 것을 많이 사용한다. 부산·대구·광주 등지에 연수원을 두고 있으며 수련생도 수백 명에 이른다.

'구통도가(九通道家)'는 전국 20여 개 대학에 '전국대학생연합구도회'를 조직하여 운영하고 있으며, 대표 안중선 씨는 교주 이상의 카리스마를 갖고 있다. 회원들은 대학생 역술인으로 각 매스컴에 많이 소개됐으며 건강한 삶과 가치관 추구에 수련 목적을 두고 있다고 밝힌다.

이 밖에 순리생활 이념을 추구하고 있는 순리학회(順理學會, 회장·김중기, 충남 대전 소재)와 단(丹)의 비밀을 전수한다고 천명하고 있는 한국단학회연정원(서울 광화문 종합청사 뒤편 소재), 화랑도(충남 예산 소재), 신단회(서울 여의도 소재) 등도 비슷한 형태를 취하고 있다.

특히 이 과정에서 일부 외국산 신흥·기존 종교들은 국내 포교를 목적으로 일부러 대체 종교 형식을 취하는 경우도 있는 것으로 알려지고 있다.

삐딱(?)한 신심이 좋다

인간생활에 꼭 필요한 것은 여러 가지가 있다. 의(衣)·식(食)·주(住)도 바로 그 가운데 하나다. 그리고 우리 생활 속에 은어(隱語)·비어(非語)·속어(俗語)·유머가 있어 우리네 삶을 더욱 윤택하게 해 준다.

특히 이 같은 은어·비어·속어 들은 사회가 경직될수록, 또는 상명하달(上命下達)의 조직 구조나 하층 계급에서 급격히 확산돼, 이제는 인간관계에서 빼놓을 수 없는 윤활유 역할을 톡톡히 해내고 있다. 신성과 경건, 그리고 엄숙의 상징이 되고 있는 종교계에서도 은어·비어·속어가 은밀히 사용되기는 마찬가지다.

종교계에서 확산되고 있는 은어·비어·속어는 '신성모독'이라는 강한 반론에도 불구하고, 일부 성직자들의 위선과 체제의 모순 등을 매섭고 재치있게 풍자함으로써 '훌륭한 채찍'으로까지 평가받는 경우도 많다.

시대상 고스란히 반영

풍자와 해학, 가십과 질타가 물씬 배어 있는 이 같은 단어들은 언어소통의 혼란과 종파간의 괴리감 초래는 물론 해종(害宗) 행위와 신성모독으로까지 치부돼 질책을 받고 있다.

그러나 다른 한편으론 경직되고 엄숙한 경내 분위기를 바꿔 주는 유일한 중화제로서 높이 평가받고 있어 결국 '필요악' 쪽으로 자리를 잡아가고 있다.

반면 은어·비어·속어·유머는 때와 장소에 따라 그 사용 방법이 다양하게 나타나 묘미를 더해 주고 있다.

은어의 경우 같은 종교 소속인 신도들이 외부인 앞에서 표현하기 곤란한, 즉 금기 사항이나 계를 어길 때 사용된다. 그런가 하면 비어·속어는 타종파, 또는 타신도들을 비난하거나 멸시할 때 많이 인용되는 반면, 유머는 설교(설법)의 효율을 배가시키고 장내 분위기를 조절하는 데 자주 사용되고 있다.

각 종파에서 많이 사용되는 은어·비어·속어·유머의 형태를 알아보자.

불교계

1천6백여 년이라는 장구한 포교 역사 속에서 우리 문화 전반에 걸쳐 큰 영향을 끼쳐 온 불교인 만큼 그 안에 깔려 있는 각종 은어·비어·속어도 어느 종교보다 다양하다.

대부분 한 귀로 듣고 넘길 수 없는 '해학성'과 엄격한 각종 계율도 밉지 않게 파계(?)하는 재치가 불교계 은어의 특징이다.

예를 들면, 불교에 귀의하는 재가(在家) 남녀는 물론 승려 입문 과정에서 받는 사미계에는 술을 마시지 못하도록 한 불음주가 있음에도 불구하고 곡차·반야탕·OB콜라(OB맥주를 일컬음)라는 은어를 사용하며, 음주를 하는 것을 종종 볼 수 있다.

물론 최근 들어서는 불음주를 시대에 맞지 않는 계(戒)로 취급해 한국불교 태고종의 경우 불취마취물계, 즉 마약 등 약물 남용 금지로 바꾼 예도 있지만, 어찌됐든 술이라는 직설적인 표현보다 곡차·반야탕·OB콜라란 은어가 훨씬 고운 표현(?)으로 들리는 건 사실이다.

이 밖에 스님들이 사용하는 은어로는 도끼버섯(고기), 요철법문(음담패설), 동타지옥(변솟간 지옥), 영산재(담배 피우는 것), 치과 갑시다(고기 먹으러 갑시다), 안과 갑시다(영화나 비디오를 봅시다), 엎어 냉면(냉면 위에 얹는 편육을 사리 밑에 넣는 것), 보리차(맥주), OB콜라(OB맥주), 먹물옷(승복), 향공양(담배 피우기), 육보시(외도) 등이 있다.

이 같은 은어는 절 아래 마을이나 서울 종로 대한불교 조계종단 총무원 근처의 카페와 음식점 등지에서 어렵지 않게 들을 수 있다.

이 중 OB콜라(OB는 동양맥주의 대표적인 술이나 콜라는 생산하지 않고 있다)는 사찰이나 불교회관 인근에 있는 카페·레스토랑에서 술을 주문할 때 스님들이 사용하는 은어이다.

반면 스님들이 OB콜라를 주문했을 때 종업원이 '과자(안주)는 무엇으로 할까요'라고 물어 와 은어의 묘미를 실감케 한다.

그런가 하면 음식점, 특히 여름철 냉면집에서 많이 사용되는 '엎어 냉면'은 스님과 종업원, 주방장의 눈치로 만들어낸 공동 작품(?)이다. 육식이 금기로 돼 있는 스님이 냉면을 시켰을 때 사리 위에 얹어져 있는 편육(고기점)은 당사자뿐만 아니라 주위 사람들까지 민망하게 할 때가 있다. 가끔 육식을 하는 스님일지라도 대중 앞에서 먹기도 곤란할 뿐더러 주인 역시 다른 손님이 볼 경우 음식점 이미지만 나빠져 고안해 낸 것이 바로 '엎어 냉면'이다.

즉 냉면 위에 올려놓은 편육을 그릇 밑바닥에 두툼하게 깔아놓고 그 위에 사리를 담아 고기를 감쪽같이 감춰 놓음으로써 바로 엎어 냉면이라는 이름을 낳게 한 것이다.

결국 '스님은 고기 먹어 좋고, 옆사람들은 보기 좋고, 주인은 돈 벌어 좋은' 그야말로 삼박자가 맞아 떨어지는 은어의 세계가 아닐 수 없다.

반면 불교계에는 속어·비어도 많다. 이 같은 속어·비어는 대부분 타종파 신도들이 불교를 비하하기 위해 만든 경우가 많으며, 유교가 국교로 지정됐던 조선시대에는 극에 달했던 것으로 보인다.

스님을 일컬어 돌중이라고 부르는 것과 걸레승·걸식자 등도 모두 비어에 속한다. 이 밖에 승방에서 여자 가슴을 '복숭아'라고 표현하고 있는 것도 재미있으며, 불탄절(부처님 오신 날, 석가탄신일)이란 함축어가 풍기는 뉘앙스(불에 탄 절)는 생각하는 이에 따라 입가에 미소를 머금게 한다.

원래 불가에서 사용되는 말은 용어 자체가 난해해 일반인들은 그것이 올바른 말인지 은어인지 구분조차 하기 힘들 때도 많다. 가령 부엌일만 하더라도 정재소(밥 짓는 곳), 갱두(국 끓이는 것), 채공(반찬 만드는 것), 부목(나무를 해 나르는 것) 등으로 용어가 다른 만큼 불교계 은어 역시 정확하게 소개하기가 쉽지 않은 실정이다.

기독교계

개신교의 특징은 은어보다는 유머 사용이 훨씬 많다는 점이다. 물론 '예수쟁이', '광신자', '스피커'(부흥목사), '돌팔이 목사'(정규 신학대학을 졸업하지 못했거나 설교 내용 등이 충실하지 못한 목사), '가박'(가짜 박사나 가짜 목사), '말빨 세다'(설교 또는 말 잘하는 목사를 일컫는 말) 등의 비어도 많지만 은어의 사용 범위는 불교계에 미치지 못하고 있다.

이 같은 이유는 개신교 자체에서 사용하는 대부분의 용어들이 한글 위주로 쉽게 돼 있으며, 불교처럼 산중이 아닌 일반 대중의 틈새에서 선교권을 형성하여 특별 용어 자체가 무의미하기 때문인 듯하다.

반면 찬송가 가사 중 일부를 개작(改作)해 부른다거나 교리 해석 차이에서 기인된 '이단' 표현은 용어 자체만으로 항상 시비거리가 되어 물의를 빚고 있다.

기독교계에 널리 퍼져 있는 유머 가운데 신혼부부가 반드시 읽어야 될 성경은 '베드(BED · 침대)로 전서', 임신을 원하는 부인이 읽어야 할 경전은 '에베소서'(아이 배소서), 뚱뚱한 사람을 비유한 것으로는 '베들레헴'(배둘레 햄)이라는 풍자가 있으며,

고속도로에서 운전수들이 부르는 개작 찬송가는 배꼽을 쥐게 한다.

일례로 시속 90km로 정숙 주행을 하고 있는 운전사는 〈행복의 길〉(찬송가 제목)을 부르는 반면, 120km 정도로 속도를 높였을 때는 〈이 세상은 나그네 길〉이나 〈내 고향은 하늘나라〉로 바뀌게 된다고 한다.

또 여기에서 시속 10km 정도 속력을 더 냈을 경우 〈내 주를 가까이 하려 함은〉으로 죽음을 대비하는 곡으로 바뀌고, 시속 160km가 되면 〈예수가 우리를 부르는 소리 그 음성 부드러워〉가 흘러나오며, 2백km 이상이면 〈나 이제 왔으니 내 집을 찾아〉가 돼 결국은 천당(?)에 이르게 된다고 한다.

이 밖에 최근에는 일부 장난기 많은 사람들이 1회용으로 내놓은 설교도 많은데 대부분 엉뚱한 상상을 하게끔 해 교인들을 당황하게 한다.

그 중 한 토막을 소개하면 다음과 같다.

한 목사가 설교 도중 ‘여러분께 한 가지 물어볼 것이 있습니다’라고 말을 꺼냈다.

“이것은 사람 신체의 일부입니다. 중심부에 위치하고 있으며 크기는 사람마다 제각기 다르고 사용자의 능력 여하에 따라 효과의 차이를 발휘합니다. 어떤 사람은 이것 때문에 패가망신한 적도 있습니다. 여러분 이것이 무엇입니까?”

목사의 이 같은 질문에 수많은 교인들이 제발 답이 나오지 않도록 해달라고 기도를 했다.

그러자 목사는 ‘여러분이 모르면 자신이 답하겠다’며,

"그것은 바로 혀입니다. 혀를 잘못 놀리면 사상 전달의 오해
는 물론 영원히 헤어날 수 없는 죄악의 수렁으로 빠질 수도
있습니다."
라고 강조했다.

기타 종교

무속(무당)인 외에는 비교적 은어·속어·비어의 사용이 크
게 눈에 띄지 않는다.

점쟁이나 역술인들은 은어·속어 외에 본인 혹은 회원들만
알 수 있는 부적·필적·몸짓 등이 있는데, 그 외 민족종단들
은 의식 용어의 난해함 외에 특별한 은어는 사용하는 예가 드
문 편이다.

다만 민족종단 지도자들이 사용하고 있는 직책 중 강도(講
道), 전범(典範), 도전(道典) 등은 언뜻 듣기에 흉악범이나 전과
자를 연상케 해 가끔 소속 신도들로부터 놀림을 당하는 요인
이 되기도 한다.

가톨릭 역시 침구(교황이 방문국 땅에 입맞춤하는 것), 성체(예
수 그리스도의 몸과 피), 꾸르실료운동(복음화를 위한 단기교육)
등 이색적이고 외래적인 용어가 은어 못지 않게 일반인들의
호기심을 자극하고 있는 것도 사실이다.

'호사유피 인사유명'이라더니
이름 속에 사주팔자가

　　'호사유피 인사유명(虎死留皮　人死留名)'이라는 속담이 있다. 호랑이는 죽어서 가죽을 남기고 사람은 죽어서 이름을 남긴다는 뜻이다.

　　인류 역사를 되돌아보면 많은 사람들이 자신의 이름을 후세에 남기기 위해 분골쇄신(粉骨碎身)한 흔적을 쉽게 찾아볼 수 있다. 이 중에는 석가·예수·공자·소크라테스 등 세계 4대 성인의 이름이 나왔는가 하면, 히틀러를 비롯해 킬링필드의 주범인 크메르 루즈 정권의 폴포트나 두크처럼, 인류 공동의 적으로 간주되는 혐오스런 이름이 나오기도 했다. 그러나 대부분 인간들의 공통점은 자신의 이름을 더럽히지 않으려고 노력해왔고, 앞으로도 그렇게 할 것이라는 것이다. 그것이 개인의 명예와 가문, 혹은 단체와 관련돼 있건 아니면 미신과 풍습, 징크스에 얽매여 있건 말이다.

▲ 죽은 뒤에도 없어지지 않는 이름들. 사진은 증산교 본부에 모셔져 있는 위패들.

　대형 서점에서 성명학(姓名學) 코너는 독자들이 많이 몰리는 곳 중 하나다. 진열돼 있는 책 제목도 《누가 이름을 함부로 짓는가》에서부터 《이름 속에 당신의 미래가 들어 있다》는 등 경고성 메시지나 선정적 문귀를 담고 있어 독자들의 시선을 사로잡는 데 일조하고 있다.

　그렇다면 왜 많은 이들이 자신 혹은 타인의 이름에 집착하게 될까. 거기에는 오랜 전통을 비롯해 각종 금기와 풍습, 징크스가 담겨 있기 때문이다.

이름에 집착하는 근본 이유

미개인들 중에는 자신의 이름을 숨기는 경우가 많다고 한다. 다른 사람이 자신의 이름을 알게 되면 주술적인 방법을 사용해 미치게 하거나 종으로 삼거나 때로는 죽일 수도 있다고 믿었기 때문이다.

한때 우리 나라에서는 이름이 천(賤)해야 오래 산다고 믿어 아이들의 이름을 '개똥이'나 '쇠똥이'로 부른 적이 있다. 이 같은 유행은 왕실에서도 예외는 아니어서 고종 황제의 아명(兒名)도 '개똥이'였다는 사실은 잘 알려진 비밀(?)이다.

또 튀는 것을 좋아하는 일부인들 사이에서는 이름을 길게, 혹은 이색적으로 짓는 경쟁을 벌이기도 한다. 우리 나라에서는 '박 차고 나온노미새미나'라는 이름이 있는가 하면, 외국에서는 자신의 딸에게 알파벳 26개의 글자(A~Z까지)가 모두 들어가는 이름을 지어 부른 사람도 있다.

이름이 너무 길어 보통은 '알파벳 페퍼'라고 불렀지만, 그녀의 본 이름은 '안나 베르타 세실리아 다이아나 에밀리 페니 거트루드 히파티아 아이네스 제인 케이트 루이즈 마우드 노라 오필리아 푸르덴스 퀸스 레베키 사라 테레사 율리시스 비나스 위니프레드 크세노폰 예티 제노페퍼'였다.

이름 풀이로 달라지는 팔자

1980년 서울의 봄 당시 세간에 떠다니던 지도자들의 이름 풀이는 지금도 간간이 회자될 만큼 그 반향(反響)이 컸다. 가령 자신의 심복이었던 중앙정보부장에게 살해당한 고(故) 박정희 대통령의 경우 희(熙)자를 파자(破字)해 보니, 신하(臣)가 자신(己)에게 탕 탕 탕(ヽ、ヽ) 쏘는 글자라 부하의 손에 죽음을 맞이할 수밖에 없는 운명이었다고 풀이됐다.

그런가 하면 김영삼 전 대통령은 아무리 헤엄쳐 봐야(泳) 3등(三)이고, 김대중 대통령은 중자(中)가 입(口)을 막는 모양이어서 결국 입막음을 당한 채 고난을 겪을 것이라는 풀이가 나왔었다.

그런가 하면 김종필 총리도 종(鍾) 자가 돈(金)이 많아(重) 좋긴 한데 필(泌)자로 인해 반드시(必) 물먹는다는 풀이였다.

물론 우스갯소리로 한동안 퍼지다 사라진 것들이지만 이름풀이는 과거와 현재는 물론이고 미래에도 유행될 소지가 다분하다.

특히 지도자들의 이름 풀이는 큰 사건이 일어날 때마다 단골로 등장하는 경향이 있는데, 중국의 경우는 더 심각하다.

1998년 중국은 건국 이래 가장 큰 홍수를 겪으면서 많은 인명과 재산 피해를 입었다. 그러자 말이 많은 이들 중에는 홍수 피해를 중국 지도자인 장쩌민(江澤民)의 이름 탓으로 화살을 돌리기도 했다. 이름에 강(江)과 못(澤)이 들어 있기 때문이라는 것이었다.

이름 속에 숨어 있는 주술(呪術)들

우리 나라를 비롯해 중국 등 동양권에서는 붉은 글씨로 이름을 쓰는 것을 금기시하고 있다. 붉은 글씨로 이름을 쓰는 경우는 망자(亡者)에 해당되기 때문이다.

따라서 상대를 복수하기 위해서는 살아 있는 사람일지라도 붉은 글씨로 이름을 쓴 뒤 주술(呪術)을 걸어 불태우거나 심지어는 종이를 씹어 먹기까지 한다. 이렇게 함으로써 상대방을 제압할 수 있다고 믿었던 것이다.

이 같은 현상은 사람 이름뿐만 아니라 상품 이름 속에서도 더러 나타난다. 1998년, 컴퓨터의 두뇌라고 할 수 있는 중앙처리장치(CPU)를 만드는 AMD사는 경쟁업체인 인텔사의 펜티엄 칩에 대항하기 위해 K-6칩을 내놓았다. K-6라는 상표명에는 경쟁업체가 쓰러지라는 무서운 주문이 걸려 있다.

상표에 등장하는 K는 영화 슈퍼맨에 나오는 가상의 원소 '크렙토나이트'의 첫글자에서 유래했다. 이 원소는 슈퍼맨의 힘을 빼앗는 유일한 천적이다.

AMD는 세계 반도체 시장을 좌우하는 인텔을 슈퍼맨으로 설정하고 이 같은 이름을 붙인 것이다. 한마디로 이 상품명은 '적을 쓰러뜨리라'는 특명을 갖고 태어난 것이다.

반면 해마다 여름이 되면 각국에 큰 피해를 끼치는 태풍도 2천년부터는 순한 이름으로 바뀌게 된다. 지금까지는 괌에 있는 미 해·공군 합동 태풍경보 센터에서 만든 영문 이름(남·녀)을 사용해 왔으나, 1997년 제30차 태풍위원회에서 각 회원국의 언어로 만든 이름을 사용키로 결정함으로써 개미·너구리·나리·고니·노루·메기 등 순하고 정감이 넘치는 태풍 이름을 부를 수 있게 되었다.

이렇게 순한 이름을 많이 내놓은 이유 중에 하나는 태풍 피해를 최소화하려는 염원이 들어 있기 때문이다.

이름 때문에 일어나는 분쟁

1998년 경기도 동두천시가 동(洞)을 통폐합하면서 불현동(佛峴洞)을 신설하자 이곳 소재 교회들이 '동명 개정 추진위원회'를 결성하여 특정 종단을 상징하는 이름을 받아들일 수 없다며 강력히 항의하는 소동이 일었다.

이들은 불현동은 '부처님이 나타난다'는 암시가 짙다며 새로운 동명을 지어 줄 것을 시의회에 정식으로 요청해 화제가 된 바 있다.

외국에서도 비슷한 사례가 있다. 영국과 프랑스 사이에서 벌어지고 있는 이름 싸움은 영국 런던에 있는 '워털루 역'에서부터 시발됐다. 런던의 관문인 워털루 역은 1815년 영국군이 나폴레옹을 몰락의 길로 이끈 워털루 전투의 승리를 기념해 붙인 이름인데, 해저 터널이 완공되면서 영·불(英佛) 해협을 잇는 유로스타(TGV)의 영국 시발점이 되면서 사건이 불거지기 시작한 것이다.

먼저 포문을 연 것은 프랑스 의원이었다. 이 의원의 주장은 양국 협력 관계의 상징인 영·불 해저 터널을 건너 워털루 역에 들어설 때마다 프랑스 국민들은 불쾌감을 느낀다며 유럽 통합 시대를 맞아 차제에 역 이름을 바꿔야 한다고 영국 총리에게 서한을 보냈던 것이다.

영국측은 아직 이 문제에 대해 공식적인 견해를 내놓고 있지는 않지만 양국의 대표 언론이라 할 수 있는 《르몽드》지와 《더 타임스》지는 자국의 견해를 밝히며 대리전(?)을 하고 있는 상태다. 이 사건 역시 이름에서 비롯된 것인 만큼 향후 결론이 어떻게 날지 두고 볼 일이다.

하나님은 이름이 없다(?)

한마디로 말도 안 되는 소리다. 그러나 사실이다. 성서에 나오는 하나님의 이름은 단지 JHVH(영어로는 YHWH)로, 이 뜻은 넉 자로 된 말(테트라그라마톤)이라는 것이다. 오늘날까지 이 넉 자로 된 이름을 제대로 읽는 이는 아무도 없다. 왜 그럴까. 히브리어는 본래 모음을 떼어 버리고 자음으로만 글을 썼기 때문이다. 가령 한글로 표현한다면 '감사합니다'를 'ㄱ ㅅ ㅎ ㄴ ㄷ'로 쓴 셈이다.

하나님의 이름 역시 유대인의 습관대로 자음으로만 기록되었다. 여기에다 성경에 하나님의 이름이 나오면 읽지 않는 관습까지 굳어져 나중에는 모음으로 된 하나님의 이름을 쓸 수조차 없게 된 것이다. 더군다나 유대인들은 '야훼'라는 단어가 나오기만 하면 주님이라는 뜻을 지닌 '아도나이'로 읽는 습관이 있어 상황을 더 어렵게 만들었다. 그리고 주전 250년경 알렉산드리아 지역의 유대 대학자들이 히브리어 성경을 번역하면서 기록된 야훼(YHWH)를 읽혀지는 대로 '아도나이'라고 훈독(訓讀)해서 같은 뜻을 가진 헬라어 퀴리오스(KYRIOS)로 옮기고 말았다.

또 중세 때의 유대 학자들은 성경의 야훼를 읽기 쉽게 하려고 아도나이에 사용된 모음 부호(e o a)를 밑에 기록했다. 유대인들은 이것이 아도나이의 모음이 결합된 것임을 알고 있었지만, 일부 기독교인들은 그 성경의 기록대로 여호와(JeHoVaH)

라고 읽음으로써 혼성어를 만들어 냈다.

이렇게 해서 하나님의 이름으로 굳어진 여호와는 자음 이외에는 정확하지가 않게 됐다.

그렇다면 공동 번역이나 성경 학자들이 현재 즐겨 사용하는 야훼의 경우는 어떤가. 이것은 과연 정확한 발음인가. 결론부터 밝히자면 이것 역시 하나의 추측에 불과할 뿐이다. 첫번째 모음이 되는 a는 하나님의 본래 이름에 포함됐었다. 가령 알렐루야(alleluai·하나님을 찬양합시다)를 분석해 보면, 이 말은 찬양합시다(allelu)와 하나님(ai=JHVH)이 결합되어 있다. 따라서 첫 글자 이외에는 분명하지가 않다. 일각에서는 모음이 a 아니면 e이기 때문에 야훼(YahweH=Jahvech)라고 말하기도 하지만 이것 역시 정확한 근거는 없다.

이름 탓보다 인간 탓 많아

와우 아파트가 무너지고 삼풍백화점이 붕괴되자 사람들은 이를 이름 탓으로 돌렸다. 와우는 누울 와(臥)나 '와장창' 혹은 '와그르르'를 연상케 했고, 삼풍은 바람(風)을 3개나 달고 있어 무너질 수밖에 없었다고 한다. 그러나 이 사건들은 이름 탓이 아닌 인재(人災)로 밝혀졌다. 변명하기 좋아하는 사람들이 지어 낸 핑계거리에 불과한 것이었다.

또 프로야구 선수 중 안병원(LG 소속)은 얼마 전 이름을 승용(昇龍)으로 개명했다. 1992년 최연소 승리 투수 기록을 세우는 등 일취월장(日就月將)하던 안병원 선수는 이후 잦은 부상으로 병원 신세를 자주 지게 되자 아예 이름을 승룡으로 바꾸게 된 것이다. 이름이 병원이라서 병원 신세를 많이 진다고 생각한 것도 결국은 이름 탓보다는 인간 탓이 아닐까.

그런가 하면 1999년 중반, 고관 대작 부인들이 연루됐던 옷 로비 사건 청문회 때 참고인으로 불려 나왔던 세계적인 패션 디자이너 앙드레 김의 본명이 김봉남으로 밝혀지자 많은 이들이 웃음을 참지 못했던 기억도 있다. 세련된 그의 차림새와 행동거지에 비해 이름이 촌스러웠다는 게 웃음을 자아내게 했던 것이다. 당시 앙드레 김은 자신의 본명이 결코 부끄럽지 않다고 말했다.

그러나 작명소(作名所)들이 여전히 인기를 끌고 있고, 이름에 대한 일반인들의 관심이 사그라들지 않는 한 앞으로도 이름 탓을 하는 사람들은 여전할 전망이다.

물을 숭배하는 사람들

인류를 존재케 하는 물은 영원한 생명수다. 그러기 때문에 모든 종교에서는 물을 신성시해 왔다. 불교에서는 물을 감로(甘露)라 부르며 매년 초파일(음력 4월 8일)에 부처님을 성수로 씻기는 관불의식(욕불의식)을 갖고 있다. 기독교에서는 '물과 성령으로 거듭나지 않으면 아무도 하나님 나라에 들어갈 수 없다'(요한복음 3장 5절)며 물로써 침례(세례)를 준다.

천도교의 정수치성(청수봉전)이나 민간신앙의 정화수도 물의 치병력, 재생력, 천지 조화력으로 부정을 쫓는 힘을 얻으려는 데서 비롯되고 있다. 그러나 신앙 대상(기본 교리)으로서 물을 받드는 교단도 여러 곳에서 발견되고 있다. 찬물교, 타불교로 불리는 물법계 계통의 종단들이 대표적인 교단들이다.

찬물교는 교인들이 물을 마시면서 집회를 갖는 데서, 타불교는 주문인 '아미타불'을 빠르게 염송하다 보면 마지막 단어인

'타불' 소리만 들리게 돼 '타불교'로 호칭하게 됐다. 유·불·선(儒佛仙) 삼합을 추구해 온 이 교단은 개창조인 김봉남(金奉南)이 죽고 나자 천지대안교, 적선도, 타불교, 용화삼덕교, 태화교, 삼법수도원 등으로 분파됐는데 기본 교리는 모두가 대동소이하다.

물법계 교단의 창시자인 김봉남은 14세 때 얻은 위장병으로 큰 고생을 하게 된다. 의약·침술·한방 등의 처방이 전혀 효험이 없고 귀신을 쫓는 의식까지 해 봤지만 백약이 무효였다. 그러던 중 39세 때인 1937년 겨울, 백일 기도 후 천상으로부터 물법을 받고 위장병을 완치한 뒤 초통(初通)의 경지에 이르게 된다. 이후 유·불·선 3교의 원리를 관통하고 중생삼고(衆生三苦·배고픔, 추위, 질병)를 해탈하는 심수법(心水法)의 원리를 체득하면서 찬물요법이 우주의 대원리와 통하는 대도대법(大道大法)임을 깨닫게 된다.

이것이 계기가 돼 김봉남은 물법 교화를 펴게 됐는데 매년 3월 15일이 물법 교화일이며 10월 15일은 전법일로 기념하고 있다. 물법교의 기본 원리는 물이 생명의 근원이며 인간 심성의 도덕적인 원리이기 때문에 찬물 요법으로 인생의 육도(六道)를 정각(正覺)하는 도통을 가능케 한다는 것이다. 따라서 이들은 수신(水神)을 신앙의 대상으로 섬기며 신앙의 방편으로 물을 사용하고 있는 것이다.

찬물 치료 방법은 다음과 같다. 우선 병자는 부처님이나 칠성님께 찬물을 공양한 뒤 기도 치성을 올리고 그 물을 마시면 된다. 이때 치성을 올린 물은 보통 약수라 부르는데 간혹 신도들은 이 물에서 약 냄새가 난다고 믿기까지 한다.

반면 스스로 영매자(靈媒者)라고 말하는 안동민(安東民) 씨는 청수를 떠다 놓고 자신이 주문을 외움으로써 보통 물을 '옴 진동수'로 만든다고 주장한다. 이런 절차를 밟은 물은 모든 병을 치료할 수 있는 생명수로 바뀐다고 안씨는 말한다.

한편 1987년 4월 14일자 모 일간지에는 '구원의 천생교(天生敎)'라는 광고가 실려 세인들의 관심을 끌었다. 이 광고주는 경기도 평택에 살고 있던 이태숙 씨다. 이씨는 당시 아홉 명의 신도를 거느린 미니교단의 교주였다.

그는 하늘에서 영감(靈感)이 내릴 때마다 수시로 기도를 하면 수돗물이 약수로 변하고, 이를 환자에게 마시게 하면 모든 병을 고칠 수 있다고 주장했다.

계룡산 신도안에서 공부한 뒤 득도했다는 이씨는 그 동안 홍수와 가뭄 등 물에 관한 예언들을 많이 해 왔으나, 이를 믿는 이가 적어 몇 년 뒤 스스로 교문(敎門)을 폐쇄하고 말았다.

물 신앙의 기본 원리

물, 즉 수신 신앙은 천계수신(天界水神)과 지계수신(地界水神)으로 분류되는데, 이때의 물은 창조의 원리, 생명의 원리, 생리적 원리, 역리(易理)·술수적(術水的) 원리 등으로 구분된다. 또 신앙의 방편으로는 물로써 신을 청하는 청신법(請神法), 물로써 몸을 청결케 하는 정신법(淨身法), 물로써 잡귀를 물리치는 수마법(逐魔法), 물로써 병을 고치는 치병법(治病法) 등이 있다.

따라서 민속신앙에서는 용신(水神)을 숭배하고 동학에서는 기수일원(氣水一元)의 본체론에 의거해 청수치성과 부수치병(符水治病)을 행한다. 증산(甑山)·일부(一夫)계에서는 일육수운도(一六水運度)를 선후천교역(先後天交易)의 원리로 믿고 있다. 기독교의 성수 침례 세례도 물 신앙과 깊은 관계가 있다. 불교에서 물은 계욕·관욕 등을 통해 정화력을 표상하며, 유교에서는 이를 현수(玄水)라 일컬으며 제사 때 올리기도 한다.

물은 또 죽은 사람을 살려내는 재생 기능도 갖고 있다. 바리공주 신화에서는 공주가 위중한 부모를 구하기 위해서 서천 서역국으로 가 생명의 약수를 구해 와 죽은 부모를 살려내는 대목이 나온다. 고대 이집트인들도 물에는 삶과 죽음이 혼용해 있다고 믿었다. 인간을 죽음의 웅덩이에서 해방시키는 것도 물이라고 믿었다.

그래서 바빌로니아의 여신 '이슈타르'는 생명의 물을 손에 넣기 위해서 죽음의 세계로 들어가기도 했다.

물에도 품성이 있다

조선 후기의 실학자인 홍만선이 지은 《산림경제》에는 '부엌가에 우물을 파면 집안 사람들의 몸과 마음이 허약해진다. 또 우물과 부엌이 마주 보고 있으면 남녀의 관계가 문란해진다'고 경고하고 있다.

이 책은 또 '옛 우물은 메우지 말아야 한다. 이를 메우면 사람의 눈이 멀게 되고 귀도 먹게 된다. 우물물이 용솟음치는 것을 막기 위해서는 우물 동쪽 360 걸음 안에서 푸른 색이 나는 돌을 찾아낸 다음 술로 삶아 우물 속에 넣으면 그친다'고 적고 있다.

반면 조선시대 다성(茶聖)·다신(茶神)으로까지 추앙받았던 초의선사는 물에도 품성이 있다고 했는데 그의 지론은 이렇다.

'산등성이의 샘물은 맑고 가벼우며, 물 아래 있는 샘물은 맑고 무겁다. 돌 속의 샘물은 맑고 달며, 모래 속 샘물은 맑고 차다. 흙 속의 샘물은 담백하며 황석(노란색)으로 흐르는 물은 쓸만하나 청석(푸른 돌)에서 나는 물은 쓰지 않는 법이다.'

풍수설에서도 물이 차지하는 비중이 크다. 풍수설의 기본 요소는 산과 물 그리고 바람을 막는 장풍법, 길지를 택하는 정혈법을 들 수 있다. 이 중에서 물은 천지의 생기가 생동하고 유전하는 모습을 담고 있어 땅의 기운을 채우는 역할을 한다. 이 때 들어오는 물을 득(得)이라 하고 나가는 물을 파(破)라 하는데 이 자연스런 흐름을 인위적으로 막을 때 물이 고여 썩게 되므로 흉하다고 여긴다. 그러므로 득수의 묘법은 물이 앞에서 일단 머물러 생기를 충분히 전달한 다음 서서히 흘러 나가게 해야 하는 것이다.

기우제와 기청제

물을 숭배하는 가장 시원적(始原的)인 행위가 기우제(祈雨祭)와 기청제(祈晴祭)이다. 기우제는 말 그대로 '비를 내려 주십사' 하고 기원드리는 것이고, 기청제는 '제발 비 좀 그치게 해 주십시오' 하고 소원하는 것이다. 내용은 정반대이지만 물을 섬기고 두려워하는 이치는 일맥 상통하고 있다.

농경민족에게 있어서는 나라에 가뭄이 드는 것은 왕과 대신이 덕이 없기 때문에 신이 내리는 벌로 여겼다. 따라서 가뭄이 심하면 왕은 음식을 전폐하고 지방을 다니며 감옥의 죄인들을 재심사해 무고한 백성을 석방하기도 했다.

우리 나라에서도 고려시대에는 종묘사직과 구월산, 남남북교 임해원 등에서, 조선시대에는 4대문과 한강에서 기우제를 지냈으며, 장기간 가뭄이 계속되면 12차례에 걸쳐 3품 이상의 제관을 보내 제를 주관토록 했다.

반면 각 지방에서는 한많은 여인들을 동원하여 기우제를 지냈는데 그 풍속이 이채로웠다. 옥천 지방의 경우 할머니부터 며느리에 이르기까지 3대 과부가 사는 집에 부녀자들이 모여 세 과부에게 솥뚜껑을 씌워 놓고 둘러서서 물을 필사적으로 끼얹었으며, 곡성·옥구·장성 지방에서는 동네 부인들이 총동원되어 뒷산에 올라가 일제히 오줌을 누며 비가 내리기를 기원했다.

경주 지방에서는 인근 지역의 모든 무당들을 불러모아 머리에 버들가지로 만든 모자를 씌우고 음탕한 춤을 추게 했다. 이 춤은 속옷을 들추기도 하고 저고리 깃을 들춰내 젖가슴이 노출되게 하는 등 요염(?)한 모습이 되었다.

이처럼 물을 끼얹고 오줌을 누는 행위는 비 내리는 모습을 인위적으로 재현한 것이고, 요염하고 음탕한 무당들의 춤은 음기(陰氣)를 발동시켜 양성인 가뭄에 도전함으로써 비를 내리도록 한다는 염원을 담고 있다.

이 같은 노력에도 불구하고 하늘에서 비를 안 줄 경우 마을 사람들은 마지막 카드를 사용하게 되는데, 이때는 아들을 못

낳는 여인이나 삼대 과부를 동원한다. 이는 이들의 원한이 하늘을 감동시켜 눈물(?)을 흘리게 함으로써 비를 얻는다는 의지가 배어 있다.

반면 과유불급(過猶不及)이라고나 할까. 비도 적당히 내려야 유익하지 주야장천(晝夜長川) 내려 하천이 범람하고 마을과 논밭이 침수될 정도면 내리지 않은 것만 못하다. 더군다나 한여름도 아닌 입추(立秋) 후에 장마가 계속되면 이번에는 하늘을 맑게 해 달라고 기청제를 지내야 한다.

기청제는 민간인보다 관청에서 주관하는 게 보통이었는데 그 장소로는 숭례문·홍인문·돈의문·숙정문이 이용되었다. 또 날이 잠깐 개인 틈을 타 인근의 산 정상 부근에서 제를 지내기도 했다. 기청제는 음의 성격이 강해 이날은 부녀자들의 나들이가 일절 금지된 대신, 양(陽)인 남성들이 붉은 옷을 입고 제를 주관했다. 한마디로 말하면 기우제와는 정반대가 되는 셈이다.

중국 문헌인 《춘추번로》에 보면 기청제를 지내는 방법이 자세히 기록돼 있다. 이 자료에 의하면 '기청제를 지낼 때에는 성 안으로 통하는 모든 통로는 봉쇄하고 성 내의 모든 샘물을 덮었으며, 제사 기간에는 음기를 돋우는 부부생활을 금지하기 위해 부부가 각방을 쓰도록 해야 한다'고 적고 있다.

성스러운 물과 비

흔히 결혼식 후에 비나 눈이 내리면 '신랑 신부가 부자가 될 징조'라는 덕담을 하게 된다. 또 곡우(穀雨) 때 비가 오면 그

해에는 풍년이 들 것을 예견한다. 눈과 비가 풍요를 상징하기 때문이다. 우리 나라에는 예로부터 비가 내리는 날을 정해 놓고 있다. 음력 5월 10일과 6월 29일, 그리고 7월 1일, 7월 7일이 그날이다.

이 중 음력 5월 10일에 내리는 비를 태종우(太宗雨)라 부른다. 그 연유는 이렇다.

태종 재임 말년에 삼남 지방이 몹시 가물었다. 곡식이 다 타들어 가고 마실 물조차 얻기 힘들게 되자 백성들은 재상인 하륜을 원망하기 시작했다. 이에 하륜이 사직서를 내자 왕인 태종이 '비가 오지 않는 것은 과인에게 덕이 없어서 그렇다'며 이를 반려했다. 이후 태종은 기우제를 지내며 비가 내리기를 염원하다가 그해 5월 10일 임종하고 말았다. 태종은 죽기 전 신하들에게 '내가 죽어 영혼이 된다면 반드시 이날만이라도 비를 내리게 하리라'고 다짐했다. 그 뒤부터 거짓말같이 태종의 기일(5월 10일)이 돌아오면 비가 내리기 시작했는데, 이를 지켜본 신하와 백성들은 이 비를 일컬어 태종우라고 부르게 되었던 것이다.

음력 6월 29일에는 매년 진주 지방에만 비가 내리는데, 이 비는 남강우라 한다. 이날은 논개가 왜장을 껴안고 남강에 몸을 던진 날이다. 그래서 여인의 한이 맺혀 있는 이날은 해마다 비가 내린다. 또 음력 7월 1일 제주도에 내리는 비는 광혜우라고 하는데, 이 비는 이곳에 유배됐다가 죽은 광혜군이 흘리는 눈물이 빗물이 되어 내리는 것이라고 한다.

반면 우리가 잘 아는 칠월칠석인 7월 7일은 1년에 한 번씩 밖에 만날 수 없는 견우와 직녀의 날이다. 364일간 떨어져 오매불망하다가 이날 까마귀와 까치가 놓아 준 오작교를 건너 단둘이 만날 때 어찌 눈물과 콧물이 없으리오. 또 몇 시간 뒤 다시 떨어져야 하는 그 아픔은 뉘라서 알리요. 그런 까닭에 이날은 밤늦도록 비가 내리고, 사람들은 이 비를 견우와 직녀의 눈물로 보는 것이다. 이 때문에 이날에 내리는 비는 우산이나 우비를 받쳐 입지 않고 기쁘게 맞는 풍습이 있다. 견우와 직녀의 아름다운 사랑을 승화시켜 주기 위한 작은 배려다.

세계 최대의 성수(聖水) 축제는 인도 땅에서 열린다. '쿰브멜라' 행사로 불리우는 힌두교인들의 이 축제는 인도 중부의 3개 강 합류 지점인 알라하마드의 상암둑에서 매년 2월경에 개최되는데, 해마다 수천만 명이 참가해 장관을 이룬다.

이 축제 의식은 온몸에 재를 바른 힌두교인들이 성자(聖者)의 인도 아래 갠지스와 야무나, 사라스와티 등 3개 강의 합류 지점에 들어가 죄를 씻는 성수 의식을 갖는다. 이들 순례자들은 강물에 몸을 담금으로써 한 해 동안 지은 모든 죄가 소멸된다고 믿어 날씨와는 상관없이 남녀노소 모두가 앞다퉈 물 속에 뛰어든다.

이때는 철제 삼지창을 든 성자가 앞장서고 그 뒤를 나팔 소리와 함께 순례자들이 따르는데, 해가 뜰 때 물 속에 들어가는 것이 가장 영험하다고 한다. 인도에서 제일 큰 종교 의식 중 하나인 이 '쿰브멜라' 행사는 신주(神酒)가 담긴 병을 놓고 신과 악마가 싸움을 벌였다는 전설을 기념하기 위해 열리기 시작했는데, 이곳은 악마를 이긴 신이 승천하던 중, 성주(聖酒) 몇 방울을 흘린 곳 중 하나로 힌두교의 성지가 됐다고 한다.

이 같은 추세는 최근 성스러운 갠지스 강물을 전 세계로 수출하겠다는 사업가를 배출하게 됐는데, 그 주인공은 인도 뭄바이에 사는 한 힌두교인이었다. 이 사업가는 갠지스 강물을 1천 개의 작은 병에 담아 힌두교인들에게 팔기 시작했는데 불과 2시간 만에 모두 동이 났다며, 이 추세로 보아 미국과 유럽 등지에 이 물을 팔면 큰 돈을 벌 수 있다고 장담해 '인도판 봉이 김선달'을 연상케 했다.

▲ 인도의 힌두성지 바라나시를 지나가는 갠지스 강물. 힌두교인들은 이 강물에서 목욕을 하면 모든 죄업이 소멸된다고 믿고 있다.

무게와 암수로 구분된 물

이중환은 자신이 쓴 《택리지》에서 '선(善) 가운데서도 가장 높은 선은 물과 같다. 물은 만물을 다 자라게 하지만 깨끗한 곳에 있으려고 다른 물건들과 다투지 않는다. 사람들이 항상 비천하고 더럽고 싫어하는 곳에 스며든다. 그래서 이와 같이 물의 성질은 도(道), 곧 기(氣)와 비슷하다'고 적고 있다.

반면 노자는 《도덕경》에서 '이 세상에 물보다 더 무르고 겸손한 것은 없다. 그러나 딱딱한 것, 흉포한 것 위에 떨어질 때는 물보다 더 센 것도 없다. 약한 것은 강한 것을 이긴다. 이 세상 사람들은 이를 알고 있으나 그렇게 실천하려 들지 않고 있다'며 한탄했다.

우리의 옛 선비들은 길에서 흉한 것을 보거나 좋지 못한 말을 들었을 때 세안(洗眼)과 세이(洗耳)를 하는 풍습이 있었다. 이처럼 물을 잘 사용할 줄 알았던 탓에 물을 감식하는 차원도 가공할 정도였다. 이를테면 한양의 물장수들은 인왕산에서 흐르는 백호수(白虎水), 삼청동에서 흐르는 청룡수(靑龍水), 남산에서 흐르는 주작수(朱雀水)를 분리해서 팔았는데, 약 달이는 데는 백호수, 차 끓이는 데는 주작수, 술 빚는 데는 청룡수 하는 식으로 수질을 달리하여 썼다. 오대산에서부터 흘러와 한강 가운데로 흐르는 물은 우중수 혹은 우통수라 불렸는데, 이 물로 얼굴을 씻으면 하얘진다고 하여 값비싸게 후궁으로 밀반출되기까지 했다.

이율곡 선생은 물맛이 무겁고 가볍고 하는 경중(輕重)을 가려 마셨으며, 우남양(禹南陽) 선생은 암물과 숫물, 즉 암·수의 성을 가려서 물을 사용했다고 한다. 민가에서는 장독대 옆에 물독을 차려 놓고 살았는데, 입춘날 받아 놓은 빗물은 부부가 잠들기 전에 한 사발씩 마시고 사랑을 나누면 반드시 아들을 갖는다는 약물로 취급했다. 또 입동이 지난 뒤 열흘 후에 받은 빗물은 액우수(液雨水)라 하여 이 물로 약을 달이면 약효가 증가한다고 믿었으며, 납일(臘日)에 내린 눈을 녹인 물에 곡식을 담갔다가 심으면 병충해가 생기지 않는다고 생각한 것이 우리 민족의 물 사랑이다.

물을 신성하게 여겨야 하는 이유

매년 3월 22일은 유엔이 정한 '세계 물의 날'이다. 물 쓰듯 하던 시대는 이제 지나갔다. 이미 세계기상기구(WMO), 유엔교육과학문화기구(UNESCO), 국제식량정책연구소(IFPRI) 등은 앞으로 50년 내에 전 세계적으로 물 공급 부족 사태가 초래되어 인간들의 삶이 위협받게 될 것이라고 경고하고 있다.

이들의 주장에 따르면 현재 지구상의 물은 97.5%가 바닷물이고 농업용수인 담수는 0.26%에 불과하다. 게다가 오는 2050년경에는 세계 인구가 지금보다 배가 늘어 물 수요는 4배로 증가할 것이라고 한다. 현재도 산업 폐수 등으로 수질 오염이 심각해 전 세계 인구 50억 명 중 10억 명 가량이 식수로 부적합한 물을 마시고 있으며 17억 명 가량은 이보다 더 열악한 식수 환경에 처해 있다고 보고했다.

우리 나라의 경우도 사정은 비슷하다. 삼천리 금수강산이라는 말이 무색하게 물을 수입해 마시고 있으며 물값이 기름값에 근접하고 있기 때문이다. 따라서 물을 신으로 받들어야 하는 이유가 충분하다는 얘기다.

방향 따라 바뀌는 신

'OO생은 남쪽으로 가라. 거기서 귀인을 만나 근심을 풀리라', '△△생은 동쪽으로의 외출을 삼가라. 자칫 화를 당할 수 있으니 미리 조심하라.'

스포츠 신문 '오늘의 운세'에 자주 나오는 낱말들이다. 재미로 들여다보는 하루의 운세이지만 자신의 띠에 좋지 않은 점괘가 나와 있으면 왠지 꺼림칙한 느낌을 지울 수가 없다. 심심풀이로 들여다본 운세지만 말이다.

이처럼 인간은 누구나 한 치 앞을 내다볼 수가 없다. 이 때문에 인간들은 자신이 현재 가고 있는 방향이 올바른지에 대한 궁금증을 버리지 못하고 있다.

이 같은 염려는 결국 방향이 또 하나의 신앙으로 자리매김하는 지경에 이르게 하고 있다.

동서남북의 진리

우선 옛 사람들이 설정해 놓은 방향에 대한 이론을 살펴보자. 동(東)은 방위로는 해뜨는 방향에 속하면서 12지로는 묘(卯·토끼)에 해당된다. 또 시간으로는 사시(四時)요, 계절로는 봄이고 오행으로는 목(木·나무)이 된다. 동은 주인의 개념이 있으며 색으로는 푸른 빛깔을 나타낸다.

반면 서(西)는 12지 중에 유(酉·닭)에 속하고, 오행으로는 금(金)이며 팔괘로는 태(兌)에 해당된다. 상징 색은 흰색이며 계절로는 가을이고 풍수로는 백호(白虎)가 된다. 동이 주인 자리라면 서는 그 반대인 신하를 뜻하며 현생보다는 내세를 상징하고 있다.

▲ 패철을 이용해 좋은 방향을 찾고 있다.

남(南)은 12지로 오(午·말)가 되며 계절로는 여름, 오행으로는 불(火)이 된다. 색은 붉은 색이며 풍수로는 주작(朱雀)이 되고, 오상(五常)에서는 예(禮)가 된다. 북(北)은 12지로 자(子·쥐)에 해당하며 사시로는 겨울, 오행으로는 물(水), 괘로는 감괘(坎卦)가 된다. 또 북은 검은 색을 의미하고 풍수로는 현무(玄武)로 풀이된다.

해가 뜨고 지는 쪽이 동서요, 따뜻하고 추운 곳이 남과 북이라는 단순한 논리로 동서남북을 평해 왔던 보통의 상식으로 볼 때, 전자의 해석들은 모두가 어리둥절한 이야기로 들릴 뿐이다. 단순한 방향에 색깔이 있고 시간이 존재하며 계절이 있다고 누가 생각하겠는가 말이다.

그러나 우리의 일상생활도 조금만 주의 깊게 살펴보면 모든 것들이 방향과 밀접한 관계에 있음을 알 수 있다. 가령 대문은 남쪽으로 내고 굴뚝은 북쪽에 두며 화장실은 서쪽으로 내는 것 등이 그것이다.

또 결혼식 때 신랑이 동쪽에, 신부는 서쪽에 서며, 무당들이 귀신을 쫓는 데 동쪽으로 뻗은 복숭아 나뭇가지를 사용한다는 것도 방향과 밀접한 관계를 갖고 있다.

종교마다 방향도 달라

한때 국내의 일본산 종교들의 동방요배(東方遙拜·동쪽에 있는 일본 왕실을 향해 절하는 것)가 문제시된 적이 있었다. 해가 뜨는 방향, 다시 말해 신성한 곳을 향해 경배하는 의식인 동방요배는 일부 몰지각한 종교인들이 일본 천왕을 숭배하는 데 악용, 반일 감정을 부추겨 사회적 물의로까지 비화됐던 사건이다. 그러나 종교적인 입장에서 보면 동쪽은 상서로운 방향으로 사귀(邪鬼)를 퇴치하는 힘이 있다고 믿는 곳이다. 따라서 천왕 숭배 사상과는 무관하다고 볼 수가 있다.

이처럼 종교계에서는 방향에 관해 민감한 부분이 많다. 이 중 이슬람교의 방향에 대한 집착은 유별나, 보는 이들을 놀라게 한다. 이슬람교의 무슬림(교인)들은 성원을 향해 갈 때 오른발부터 걸어 나오며 '하나님 외에는 힘과 권능이 없나이다. 당신을 기쁘게 하기 위하여 집을 떠났으니 저의 모든 죄를 사하여 주옵소서'라고 기도한다.

또 성원에서는 '끼블라'로 불리는 예배 방향이 표시돼 있는데 모든 무슬림은 이 방향을 향해서만 하나님께 경배를 드려야 한다.

우리 나라에서는 사우디아라비아의 수도인 메카에 위치한 하람성원 내 카바 신전을 향한 끼블라 각도는 서서남 260° 방향이다. 무슬림들은 하루 다섯 차례에 걸쳐 기도를 올리는데 이때도 메카 방향을 향해 엎드려 경배해야 된다. 이 같은 의식은 전쟁이나 운동 경기 도중에도 빼놓지 않고 진행된다.

나무묘호렝게쿄로 더 잘 알려졌던 창가학회(현 SGI 한국불교회)와 천리교, 진광(眞光) 등 일본산 종교들은 동쪽을 신성시하는 경우가 많다. 이 때문에 한때는 동방 요배, 즉 일본을 향해 절하는 종교단체로 왜곡받아 반일 감정이 강한 국내에서 배척을 받기도 했다.

반면 민속신앙에서는 '손 없는 날'을 중요시하고 있는데 역

시 방향과 무관하지 않다. 손 없는 날에서 '손'은 귀신에 해당
되는데, 음력으로 첫날과 둘째날은 동쪽에 거하고 셋째와 넷째
날은 남쪽에 머문다. 그리고 7일과 8일에는 북쪽에 머무는 것
으로 돼 있다. 또 9일과 10일, 19일과 20일, 29일과 30일에는 하
늘로 올라가 있기도 한다. 손 없는 날은 바로 손(귀신)이 하늘
로 올라간 날을 말하는 것이다. 이날은 민가에서 이사를 하거
나 집을 고치고 혼례를 행하는 등 큰 행사를 마음놓고 치른다.
방해꾼인 귀신이 없기 때문이다.

또 음력 6월 보름을 유두(流頭)라 부르는데 이는 동류두목욕
(東流頭沐浴)의 준말로, 동쪽에서 흐르는 물에 머리를 감고 목
욕하면 액을 물리치고 상서로운 일을 맞이할 수 있다는 데서
붙여진 명절 이름이다. 그런가 하면 사람이 누워 잘 때 북단명
(北短命)이라고 하여 북쪽으로는 머리를 두지 않는다. 또 동부
자 서가난(동쪽은 부자요 서쪽은 가난해진다는 속설)도 비슷한 뜻
을 품고 있다.

민가에서 사람이 죽었을 경우엔 시신의 머리를 북쪽으로 향
하게 한다. 그리고 초혼(招魂) 의례에서도 지붕 위에 올라가 북
쪽을 향해 죽은 이의 이름을 세 번 부른다. 북쪽은 북망산천이
라고 일컫는 죽은 이의 세계를 상징하기 때문이다.

기독교에서는 방향에 관한 논의가 많지 않다. 그러나 에덴동
산의 중앙에 선악과를 놓았다거나 아기 예수가 예루살렘의 조
그마한 여인숙 마구간에서 태어났을 때 동방 박사들이 유황과
몰약, 황금을 가지고 경배 온 것 등을 볼 때 방향에 대한 중요
성은 강조된 것으로 보인다.

불교의 방위 개념 및 방위 신앙은 동·서·남·북·남동·남서·북서·북동과 상하의 시방(十方)을 골자로 하고 있다. 이때 서쪽은 서방, 곧 정토로써 극락 세계를 상징한다. 극락을 서방정토라고 하는 것은 인도인들의 방위관과 시간관에 유래한다. 인도인들은 동쪽을 보면서 앞은 과거, 뒤는 미래라고 믿었다. 따라서 극락은 서방에 있고 내세에 왕생할 세계로 믿었다. 아미타경(阿彌陀經)에 이르기를 극락은 사바 세계에서 십만억 불토를 지난 서방에 있다고 했으므로 인간 세계와는 상상할 수 없는 먼 거리에 있는 곳이다.

불상(佛像)이나 보살상의 표현에는 그 상의 성격과 의미에 따라 여러 형태의 손 모습을 보여준다. 이를 수인(手印) 혹은 인상(印相)이라 하는데 가장 흔한 것은 시무외인(施無畏印) 여원인(與願印)이다. 시무외인이란 오른손을 위로 올리고 손바닥을 밖으로 하여 두려워하지 말라는 표시로써, 모든 중생에게 무외(無畏·두려움이 없는 것)를 베풀어 두려움에서 떠나 온갖 근심과 걱정을 없애 주는 수인이다. 여원인은 왼손을 밑으로 하여 소원을 받아들인다는 수인이다.

이외에도 오른손 검지로 땅을 짚어 지신(地神)에게 부처가 마귀를 물리쳤음을 증명하는 자세로써 깨달음의 의미를 상징하는 항마촉지인(降魔觸地印) 등이 있다. 모두가 방향을 가리키는 모습들이다.

사찰 입구에 있는 사천왕은 동서남북을 지키는 왕들인데, 동쪽을 지키는 지국천왕(指國天王), 서쪽을 지키는 광목천왕(廣目

天王), 남쪽을 지키는 증장천왕(增長天王), 북쪽을 지키는 다문천왕(多聞天王)으로 조직돼 있다.

예절에도 동서남북이

동방예의지국으로 불리는 우리 나라는 가정의례 역시 빈틈없기로 유명하다. 그런데 가정의례의 대표적인 혼례·상례·제례 때에도 동서남북의 방향에 따라 예의 높고 낮음이 정해져 있으니, 자칫 방심하다가는 큰 실수를 저지르기 십상이다.

집안 모임에서는 윗자리를 북쪽에 두고 혼례시에는 주례 역시 북쪽에 자리하도록 배려해야 한다. 전통 혼례에서는 신랑이 동쪽에 서고 신부가 서쪽에 서게 되는데, 이는 동쪽이 양기를 상징하고 서쪽이 음기를 상징하기 때문이다. 자손이 어른에게 하례를 드릴 때는 가운데 절하는 자리를 경계로 남자 자손이 동쪽에, 여자 자손은 서쪽에 앉아야 한다. 이때는 가운데가 상석이 된다.

회갑상은 자손으로부터 받는 가장 경사스러운 잔칫상인데 주인공의 얼굴이 남쪽을 바라보도록 상을 차려야 한다.

한편 살아 있는 사람의 경우는 남자가 오른쪽이 되지만 죽었을 때는 반대로 해야 한다. 다시 말하면 지방(紙榜)·신주(神主)·묘지의 시신은 남자가 서쪽에, 여자가 동쪽에 두도록 한다는 것이다. 그리고 시신의 머리 방향은 동서남북을 가리지 않아도 되나 봉토는 북쪽을 향하도록 하는데, 이것은 명당을 조성하기 위한 상징적 의미를 갖고 있다.

산모가 아기를 낳으면 삼칠일, 즉 21일간 대문에 금줄을 치게 된다. 이때 금줄은 반드시 왼새끼줄로 꼬아야 하는데 아들이면 고추 세 개와 숯 세 개씩을 교대로 엮고, 딸이면 고추 대신 소나무 가지를 꽂는다. 왼새끼줄은 귀신과 부정이 침범치 못하게 하는 의미를 담고 있다.

옷을 입을 때도 남녀의 예절이 있다. 남자 윗옷과 여자 윗옷의 경우 옷을 여미는 방향이 다르게 돼 있다. 다시 말해 단추를 끼울 때 남자 옷은 왼쪽 옷깃을 위로 가게 하며, 여자 옷은 오른쪽 옷깃을 위로 가게 여미는 차이가 있다는 것이다. 그래서 단춧구멍만 보고도 남녀 옷을 구분할 수가 있다.

우리 나라 물고기 중에 가물치라는 것이 있다. 이 물고기는 전국 하천에서 발견되는 것으로 그 크기나 모양새가 여느 물고기를 압도한다. 그런데 이 물고기는 밤에 잠을 잘 때 반드시 머리를 북쪽(북극성)에 둔다고 한다.

고서에는 가물치를 예어(鱧魚)라 표기하고 있는데 이는 예절을 아는 고기라는 뜻이다. 《난호어목지》에 따르면 가물치 몸에는 북두(北斗)를 상징하는 일곱 개의 점이 있으며, 밤에는 반드시 머리를 들어 북극성을 향하므로 자연의 예가 있다고 하여 예어라 부른다고 적혀 있다.

'태양은 동쪽에서 떠서 서쪽으로 진다'는 것은 삼척동자도 다 아는 사실이다. 그러나 나팔꽃이 반드시 왼쪽으로 줄기를 감아 올라간다는 진리를 아는 사람은 흔치 않다. 또 해바라기가 해를 따라 움직인다는 것은 알고 있어도 고고함이 돋보이는 목련꽃 봉오리가 반드시 북쪽을 향하고 있다고 믿는 사람은 거의 없다. 자연이 인간의 예절보다 더 놀랍게 질서를 지켜

가고 있다.

우리 시간과 방향 찾아야

시계의 시침과 분침이 오른쪽으로 돌고, 도로를 다닐 때 사람은 왼쪽으로 통행해야 한다는 것도 분명히 방향과 밀접한 관계가 있다. 그러나 많은 사람들은 자신이 다니는 방향에 큰 관심을 두지 않고 있다. 사회생활에 별로 지장이 없는 한 말이다. 그러나 이 같은 무관심은 자칫 자신도 모르게 조상님께 죄를 짓는 상황을 초래할 수도 있다. 이 문제 해결은 우리의 표준시를 찾는 것으로부터 시작돼야 한다.

원래 우리 나라의 표준시는 자오선을 동경 127도 30분으로 정했으나(1908년 대한제국 당시) 1910년 한일합방 이후 일본 도쿄를 중심으로 한 동경 135도로 바뀌었다. 서울의 경도를 중심으로 했을 때보다 30분을 앞당겨 사용하고 있는 셈이다. 언뜻 생각하기에는 30분이 큰 차이가 나지 않을 것 같지만 우리에게는 엄청난 착오를 가져오게 하는 시차다.

1996년 설날의 경우를 살펴보자. 당시 동경 127도 30분을 기준으로 볼 때 우리 나라의 설은 8일이 아니라 7일이 됐다. 설날의 기준인 달의 합삭(달이 지구와 태양 사이에 끼어서 일직선을 이루는 것)이 우리 나라 자오선을 기준으로는 7일 하오 11시 36분이면, 일본의 자오선으로는 8일 0시 6분이 되었기 때문이다.

결국 우리는 일본의 자오선(표준시)을 따름으로써 날짜가 달라지고 시간이 어긋나게 돼 제삿날은 물론 사주도 우리 조상이 사용하던 것과 달라질 수밖에 없다는 것이다. 그러므로 방향과 시간이 달라져 후손이 어렵게 올린 제삿상도 받지 못한 조상이 부지기수에 달할 것이다.

천문학계에 따르면 이 같은 불합리한 표준시 체계는 해방 직후에 한국과 일본에 주둔한 미군의 군사 작전상 편의를 고려해 계속 시행돼 오다가 이승만 정권 때인 1954년부터 1961년까지 한반도 기준으로 한때 바뀌었다고 한다. 그러나 5·16 쿠데타 이후 국가재건최고회의가 다시 일본 기준으로 환원시켜 오늘에 이르고 있다.

따라서 올바른 방향과 시간을 찾기 위해서는 우리 나라의 표준시부터 바로잡는 노력이 앞서야 한다.

죽었다가 다시 산다

부활을 꿈꾸는 사람들

1965년 6월 1일 계룡산 신도안에 세워졌던 세일 수도원은 설립자 이유성(李流性) 목사의 탁월한 선교 솜씨에 힘입어 불과 수년 만에 전국 각지에 90여 개의 교회를 세울 만큼 급성장을 했다.

그러던 중 어느 날, 이유성 목사가 계룡산 벽암동 계곡에서 목욕을 하다가 급사(急死)하고 말았다. 사인은 심장마비였다.

갑자기 이목사가 죽자 부인 정명순 씨는 '남편은 3일 안에 반드시 부활한다'며 시신을 안방에 모셔 놓고 신도들과 함께 열성으로 기도했다. 그러나 죽은 자는 5일이 지나도 부활은커녕 미동도 없었다.

때는 찌는 듯한 여름, 시체 썩는 냄새가 집 안팎은 물론 온 동네에 진동했다. 그래도 부인은 남편의 부활을 믿고 시신을 수습하지 않았다.

▲ 죽으면 그만이라는 생각은 더 이상 않는다. 부활을 믿기 때문이다.

결국 인근 지역의 경찰이 출동하여 시신을 빼앗아(?) 강제로 매장하는 소동이 있은 후에야 부활 사건이 겨우 진정됐다. 이 사건 이후 이목사에 대한 카리스마가 무너지면서 교회 분열을 가져와 세일 수도원은 백마십자군스로바벨파, 대한예수교성결 선교회, 멸공학교 등 7개 교파로 나눠지는 계기가 되었다. 맹

256

목적인 부활의 꿈이 자신은 물론 교단까지 파탄 지경으로 만든 꼴이 된 것이다.

부활, 이 화두(話頭)는 어쩌면 인간 모두의 소망이기도 하다. 죽었다가 살아난다는 것은 생각 자체만으로도 기분 좋은 일이 아닐 수 없다. 그러나 신은 인간에게 '의학적 부활'은 인정해도 아직 '영생의 부활'은 허락하지 않고 있다. 신과 인간의 차별화는 결국 좁혀지지 않고 있는 셈이다.

기독교의 핵, 부활 신앙

'예수 부활'은 인류의 최대 사건으로 불리고 있다. 왜냐하면 당시 인간으로 태어난 예수가 겟세마네 동산에서 십자가에 못 박혀 죽은 지 3일 만에 다시 살아나 40일 동안 제자들과 함께 활동하다가 변화된 육신 상태로 승천함으로써 기독교 교리의 핵심인 부활 사상의 근간을 이루고 있기 때문이다.

예수 부활의 증인으로는 열두 제자와 5백여 형제가 있으며 이 중에는 예수를 팔아 버린 야고보도 포함돼 있다.(고린도전서 15장 3절~8절) 이때의 사건에 대해 성경은 '깨어났다', '죽었다가 다시 살아났다', '올림을 받았다' 등 부활과 현양을 나타내고 있다.

여기서 말하는 부활은 '하나님께서 충실한 의인을 일으켜 주시고 백성들이 보는 앞에서 보다 나은 상태로 회복시킨다'는 뜻이며, 현양은 묵시문학적 의미에 따라 비하 상태와 대조적인 의인의 높임을 말하고 있다.

결국 예수의 부활은 '죽음에서 벗어난 동시에 높임을 받고 하늘에 올라갔다'(빌립보서 2장 9절)는 것이 되며, 이는 기독교 신앙의 원천이 되고 있다. 또 기독교는 인간이 죽으면 그 존재 전체가 죽음의 권력하에 들게 되며 인간의 영혼은 음부(陰府)에 가둬지고 몸은 땅 속에서 부패케 된다고 한다. 그러나 이것은 일시적인 상태로, 인간은 언젠가는 하나님의 은혜로 다시 산 모습으로 부활한다고 가르치고 있다.

이에 따라 기독교는 춘분 후 첫 만월(滿月) 다음의 첫째 주일을 부활 주일로 지켜 오고 있다. 이날은 서기 325년 니케아 종교회의 결정에 따른 것으로 구약의 '파스카' 축제와 연결된다. 유태인들은 그들의 음력으로 계산하여 초봄의 만월인 '니산'이라는 달의 14일을 파스카 축제일로 지켰다. 동방 교회는 지금도 이를 따르고 있는 반면 서방 교회는 니산 달의 14일을 지내지 않고 그 다음날인 일요일을 부활절로 지킨다.

부활절을 의미하는 이스터(Easter)라는 말은 새벽과 밤을 관장하는 튜튼족의 여신 이름에서 따온 것으로, 크리스마스가 이교도의 축제인 '무적의 태양의 탄생일'(동짓날)을 제압하는 호교론적 입장에서 기원됐듯이, 부활절 역시 이교도의 봄의 축제인 '오스테라'라 부른다. 그런 의미에서 부활절(부활 축일부터 성신 강림일까지의 50일간)은 종교적 행사 외에 각종 민속 행사가 잇따른다. 부활 달걀과 부활 과자 등은 기독교인들의 부활절 풍습 중 대표적인 행사이다.

부활에 관한 성경 구절 중 대표적인 것으로는 '나는 부활이요 생명이니 나를 믿는 사람은 죽더라도 살겠고, 또 살아서 믿는 사람은 영원히 죽지 않을 것이다'(요한복음 11장 25~26절)와

‘그 때가 오면 선한 일을 한 사람들은 부활하여 생명의 나라에 들어가고, 악한 일을 한 사람들은 부활하여 단죄를 받게 될 것이다’(요한복음 5장 29절)이다.

불교의 윤회와 환생

1991년 5월 4일 티베트 승왕 달라이 라마 왕사였던 ‘링린포체’가 한국을 방문했다. 대한불교 조계종 총무원과 한·티베트 교류협의회 초청으로 20여일간 국내에 머문 링린포체는 이 기간 동안 각종 법회를 주관하며 국내 불자(佛子)들에게 불심을 지폈다. 이때 링린포체의 나이는 불과 7세였다. 우리 나라 유치원생에 불과한 꼬마 링린포체에게 한국의 고승과 80 노파에 이르기까지 큰절을 하며 지상 최고의 경배를 올려 세인들을 어리둥절케 했다. 이유는 한 가지, 어린 그가 바로 22번째로 환생한 링린포체였기 때문이다.

1983년 티베트의 스승이자 달라이 라마의 첫째 스승인 링린포체는 열반(涅槃)을 앞두고 다음과 같은 유언을 남겼다.

“내게 조그만 담요를 다오. 작은 소년이 되어 세상에 다시 돌아오마.”

당시 그의 나이는 81세였다. 환생의 암시를 남기고 입적한 링린포체는 1년 8개월 8일 만에 실제로 티베트 땅에 환생했고 그가 바로 한국을 찾은 일곱 살 꼬마 링린포체였던 것이다.

어린 나이에도 불구하고 티베트 불교를 움직이고 달라이 라마까지 그를 스승으로 예우하는 링린포체의 속명은 ‘텐진초광’이다. 그는 히말라야 산록인 ‘다람살라’에서 보통의 아이들처럼 태어났다. 그러나 평범치는 않았다. 이때쯤 달라이 라마는 선정(禪定)을 통해 자신의 스승인 링린포체가 환생한 것을 깨닫고 곧바로 수소문 작업에 들어가 있는 상태였다.

티베트에서 링린포체를 확인하는 데는 전통적으로 108가지의 시험을 거친다. 꼬마 링린포체도 그렇게 해서 찾게 된 것이다. 우선 조사단은 1985년에 태어난 650여 명의 어린이를 대상으로 '라마'의 세 가지 밀교(密敎) 방법을 통해 시험에 들어갔다. 이 방법으로 다람살라에 사는 텐진초광이라는 아이를 찾게 됐는데, 이 소년은 생면부지(生面不知)의 조사단 일행을 몹시 반겼는가 하면 전생 시봉자(侍奉者)였던 '쿵우' 스님을 알아보고 와락 껴안기도 했다. 또 조사단이 4개의 각종 염주를 내놓자 소년은 그 중에서 링린포체가 사용하던 염주를 잡고 생전의 모습처럼 이를 굴리기까지 했다.

기적은 여기서 끝나지 않았다. 여러 장의 사진 속에서 링린포체를 찾아내는가 하면 앉는 자세, 말하는 어투까지도 생전의 링린포체를 빼닮았다. 이렇게 해서 108가지의 시험을 무사히 통과한 텐진초광은 1987년 9월 28일 티베트 정부가 공식적으로 인정하는 왕사(王師)에 취임하여 오늘에 이르고 있다. 티베트에서의 환생은 이제 더 이상 신비한 것도 아닐 뿐더러 오히려 이를 생로병사와 같은 윤회의 과정으로 여기고 있다.

이처럼 불교에서는 부활이라는 말을 쓰지 않는다. 대신 환생과 윤회를 믿고 있다. 윤회 사상의 특징은 내세뿐만 아니라 과거세(前生)도 있다고 믿는 것이다. 반면 기독교에서는 내세(부활)는 있지만 전생은 없는 것으로 돼 있다.

불교에서 말하는 내세는 유한의 세계, 즉 내세 뒤에 또 내세가 온다고 믿고 있으며 이를 두고 윤회 전생으로 표현한다. 불교는 환생하고 환생하여 생존을 계속하는 윤회의 세계를 믿고 있는데, 이는 5취(趣) 또는 6도(道)로 불리운다.

5취는 천인(天人)-인간(人間)-축생(畜生)-아귀(餓鬼)-지옥(地獄)의 세계로, 처음에는 인간이 이 다섯 세계를 윤회 전생한다고 믿었다. 그러나 뒤에 대승불교에서는 마귀 세계인 수라(修羅)를 추가하여, 천인-인간-수라-축생-아귀-지옥의 6도로 분류하고 있다.

한편 우리 나라 불교에서 환생을 다룬 이야기는 망덕사 승려인 선율(善律)의 이야기 속에 잘 담겨져 있다.

'선율은 시주로 《반야경(般若經)》을 간행하려다가 명이 다해 저승에 잡혀갔다. 저승에 가게 된 선율이 이승에서 하던 일을 말하니 염라대왕이 인간 세상에 돌아가 보전(寶典) 간행을 계속 하라고 내려보냈다. 선율은 이승으로 돌아와 하던 일을 다 마친 뒤 죽었다.'

또 저승은 삶의 섭리가 비롯하는 삶의 근원지라는 내용을 담고 있는 《왕랑반혼전》은 불교의 윤회 사상을 기초로 쓰여진 작품이다.

'길주에 사는 왕사궤(王思机)에게 죽은 아내 송씨가 방문하여, 당신은 부처님을 배척한 죄로 저승에 끌려가 심판을 받게 될 것이니 하루빨리 불전에 나아가 참회하라고 일러주었다. 이에 왕씨는 가까운 절에 다니면서 자신이 지은 죄를 용서해 달라며 열심히 불공을 드렸다. 그러던 어느 날 왕씨를 잡으러 내

려온 저승사자가 그가 염불하는 광경을 보고 그대로 염라대왕
께 아뢰었다. 그러자 염라대왕이 저승에 있는 왕씨의 아내 송
씨를 살려 이승으로 돌려보냈다. 죽은 지 오래 된 송씨는 월지
국 옹주의 몸에 혼이 위탁되어 환생하였다.'

환생 · 부활을 주관하는 염라대왕

제주 신화 차사 본풀이에 나오는 이야기다.

옛날 동경국 버무왕의 아들 삼형제의 정명(定命)이 15세였다.
삼형제는 수명을 늘리려고 절에서 불공을 드렸다. 그렇게 3년
간 정성을 드린 삼형제는 다시 집으로 돌아가기 위해 과양 땅
을 지나게 되었다. 이때 삼형제는 과양생의 집에서 밥을 빌어
먹던 중 주인에게 살해되어 연화못에 던져지고 말았다. 억울하
게 죽은 이들은 꽃으로 환생하였다가 구슬로 다시 환생하여
과양생 처의 놀이개가 되었는데, 그녀가 실수로 삼키는 바람에
과양생의 아들 삼형제로 태어나게 됐다. 그런데 이들은 성장하
여 과거에 모두 급제하는 영광을 얻었는데, 웬일인지 집에 돌
아와 고사를 지내다가 일시에 죽고 말았다.

과양생의 처는 이 억울함을 풀어 달라고 김치(金緻)라는 원
님에게 소지(所志)를 올렸다. 김치는 관장 중에서 영결한 강님
에게 죄를 씌워 염라대왕을 잡아오라고 윽박질렀다. 강님은 큰
부인의 정성과 문신·조왕신의 도움을 받아 저승길을 헤쳐 나
갔는데, 행기못에 이르러 못 속에 뛰어들어 저승 연추문(延秋
門)에 이르렀다. 그곳에서 염라대왕의 행차를 기다렸다가 잡아
묶을 수 있었다. 강님은 염라대왕으로부터 이승으로 내려와 줄

것을 약속받은 뒤 오랏줄을 풀어 주었다. 얼마 후 약속대로 염라대왕이 와서 연화못의 물을 말려 오래 전에 살해돼 이곳에 던져진 삼형제의 뼈를 추스려 놓고 금부채로 살려내어 부모에게 돌려보내고 살인자 과양생 부부를 처형했다.

이 신화는 결국 육신은 영혼을 담는 그릇에 비유되고 있으며, 언제든지 육신 속에 영혼을 불어넣으면 환생과 부활을 이룰 수 있음을 암시해 주고 있다.

전통 종교에서는 신선 사상 믿어

《삼국유사(三國遺事)》나 《조선사략(朝鮮史略)》 등 옛 문헌들을 근거로 살펴보면, 환웅의 배달나라를 이어 단군이 홍익인간·이화세계라는 이념으로 조선을 세운 것을 알 수 있다. 그는 온 겨레의 추앙을 받아 천제자(天帝子)의 자리, 즉 왕검(王儉)자리에 올랐다. 단군은 재임 93년 동안 세상 일을 마치고 네 아들 중 맏아들 '부루 태자'에게 임금 자리를 물려주었다. 그리고는 백두산 아사달에서 신선이 되어 다시 한얼의 본자리로 되돌아갔다.

이러한 신선 사상은 신라시대에까지 계속 내려와 신라 시조인 박혁거세가 수(壽)를 다하고 승천할 때 '몸뚱어리가 거추장스러워 땅에 떨어뜨리고 올라갔다'는 내용으로 이어진다.

신선 사상의 골격은 성(性)·명(命)·정(精)에서부터 시작된다. 즉 성은 마음을 낳고, 명은 기를 낳고, 정은 육신을 낳는다는 것이다. 그러니까 육신이 다시 정으로 돌아가는 원리인 셈이다. 따라서 우리 민족의 전통 신앙에서는 부활이나 환생보

▲ 구 서대문 형무소의 사형장 입구. 이승과 저승의 갈림길이다.

다 신선(승천) 사상이 주류를 이루고 있는 것이다.

반면 일부 신흥 민족종단에서는 교주나 도주가 환생을 체험했다는 사실(?)을 포교의 방편으로 사용하기도 한다. 강원도 평창에 있는 삼신신앙대본사(구, 대종교 청학시교당)의 배선문 씨의 경우, 21일간이나 죽었다가 살아난 경험을 갖고 있으며 신도들은 이날을 환생절로 지키고 있다. 측근의 말에 따르면 그는 수련 도중 죽음에 이르게 됐는데 그 정도가 심해 시신에서 진물이 날 정도였으며, 환생 후에도 10년 동안 귀밑에서 진물이 흘렀다고 전한다.

이 밖에도 민족종교계 일원에서는 잠깐(?) 죽었다가 살아난 일화가 셀 수 없이 많다. 그러나 대부분 교주나 도주를 신격화하기 위해 신도들이 꾸며낸 것이 많고, 일부는 전달 과정에서

부풀려지거나 왜곡된 경우도 적지않아 그대로 믿지 않는 경향이다.

모든 신앙에서 부활과 환생, 신선 사상이 가장 중요한 이슈가 되고 있는 것만큼은 사실이다. 이 사상이 바로 각 종교의 버팀목이 되고 있기 때문이기도 하다. 그러나 부활이나 윤회, 환생이 신앙의 목적이 되어서는 안 된다. 열심으로 신앙생활을 한 사람들에게 있어서는 부활과 환생은 덤으로 얻을 수 있기 때문이다.

산을 신으로 받든다

큰 산 앞에 서게 되면 인간은 왠지 왜소해진다. 웅장한 모습의 대자연 앞에 압도되기 때문이리라. 그러기에 J. 러스킨은 '지구상의 산들은 천연의 대사원이다. 참된 종교는 거의 이 산 속에서 이루어졌다. 들판이나 늪에서 사는 승려 또는 은자(隱者)들은 아무리 그 생활이 청빈하고 주거가 검소할지라도 산에서 사는 목자와 은거인들의 경지를 따를 수 없다'고 했는지도 모른다.

신화의 중심, 산

환웅이 태백산에 하강하여 신단수를 중심으로 신시(神市)를 열었다는 것은 곧 산이 하느님의 하강처이자 세계의 중심이라는 뜻을 내포하고 있다. 여기서 산은 민족의 발생과 생활의 근거지라는 상징성을 가진다. 가야산신 정견모주(正見母主)는 천

▲ 민족의 영산인 백두산. 이곳에서 환웅이 신시를 열었다.

신 이비가(夷毗訶)에 감응하여 아들을 낳았는데, 큰아들은 대가야의 왕이 되고 둘째 아들은 금관국의 왕 김수로가 되었다는 이야기는 이를 잘 대변하고 있다.

이 과정에서 신이 하강하는 산은 신을 모시는 성역으로서 산악 숭배의 기저가 되며, 산신의 존재를 파생시키고 있다. 따라서 단군이 만년에 입산하여 산신이 되었다는 것은 산 자체가 타계 또는 피안(彼岸)을 상징한다. 이 같은 사상은 결국 풍수지리에도 영향을 미쳐 진산 숭배(鎭山崇拜)라는 독특한 신앙 형태로 자리매김 된다.

진산 숭배에 관한 기록은 삼국시대부터 발견되고 있는데, 백제는 부여에 있는 일산(日山)·오산(吳山)·부산(浮山)을 삼산으로 여겨 중요시했다. 신라는 삼산·오악을 두고 국가의 중대사가 있을 때마다 이곳에서 제사를 지냈는데 동악(토함산)·서

악(계룡산)·남악(지리산)·북악(태백산)·중악(부악산)이 바로 그 곳에 해당한다. 이 산들은 국가 수호와 재난 방지, 기우·기청 제를 지내는 장소로 널리 활용됐다.

이 같은 현상은 고려나 조선시대에 와서도 계속되고 있는데 태조는 백두산신을 홍국영응왕(興國靈應王)으로 받들고 묘단을 설치하기도 했다. 이 밖에 민간에서는 산신을 지역 수호신으로 모시고 매년 산신제를 올려 마을의 안녕을 기원했다.

신이 머무는 장소

산의 주인은 산신(山神)이다. 산은 만물을 산출하는 곳이자 천상과 교통할 수 있는 거룩한 공간이며 사자(死者)의 혼백이 돌아가 쉬는 곳이기도 하다. 따라서 이곳을 관장할 수 있는 이 는 산신밖에 없다.

산신은 지역 수호신적 성격을 강하게 표출한다. 동신제나 서 낭굿, 별신굿, 당굿 등의 주신이 되기도 하며 민간에서는 가장 중요한 신으로 인식된다.

명산마다 각기 산신이 자리하고 있으며 그 신의 조화로 길 흉화복이 점쳐진다. 따라서 일반인들은 산에 들어갈 때마다 부 정을 타지 않도록 조심해야 했으며, 이를 어기지 않기 위해 스 스로가 설정한 금기 사항도 적지 않았다.

이 중 약초를 캐러 산에 들어가는 사람들의 산신에 대한 예 (禮)를 보면 그 복잡함에 놀라지 않을 수 없게 된다.《한당지 리서초(漢唐地理書抄)》의 지경도(地境圖)에는 이를 다음과 같이 기록하고 있다.

'명당에 들어가려면 반드시 50일간 재계(齋戒)해야 한다. 그런 후에 흰 개를 끌고 흰 닭을 안고 흰 소금을 가지고 산행을 하면 산신이 크게 기뻐하여 영지나 약초, 보석 등을 얻게 해 준다.'

우리 나라에서 최초의 산신 기록은 단군 역사에서부터 시작된다. 무속인의 전설에는 지리산신인 성모천왕과 법우화상(法雨和尙)이 혼인하여 낳은 8명의 딸이 8도 무당의 시조가 되었다고 한다.

산을 신이 머무는 장소로 여기기는 기독교도 마찬가지다. 초기 기독교인들에게 있어 산은 신의 계시를 받는 곳이자 신이 사는 성소였다. 구약성서도 산은 여호와의 권능의 상징이었고 현시(顯示)의 장소였다. 모세가 십계명을 받은 곳이 '시내산' 꼭대기였던 것도 이와 무관치 않다. 또한 고대 그리스인들의 사유 체계에서 '올림포스 산'은 제우스를 비롯한 여러 신들의 처소가 되기도 했다.

반면 중국인들의 산 숭배는 유별나다. 이들의 우주관에서 산은 황제와 같은 통치적 등위를 가지며 우주의 질서와 지구성(持久性)을 상징한다. 특히 태산(동쪽)·화산(서쪽)·형산(남쪽)·항산(북쪽)·숭산(중앙)은 오방의 상징이 되어 오악(五嶽)으로 제물을 받으며 숭상될 정도이다. 그리고 산이 하늘에까지 닿아 신의 나라라는 관념은 곤륜산(崑崙山)에 구체화되어 나타난다. 이 산의 정상에 오르면 누구나 신선이 되며, 태일(太一·우주를 관장하는 신)이 기거한다고 믿었다.

일본인들 역시 산을 신의 세계로 인식하고 있다. '아마노카구야마(天香具山)'라는 신화의 산은 신들의 공간이었다. 즉 천상의 신이 강림하는 곳이다. 현재에도 신사의 제례에 사용되는 수레를 '야마(山)'라 부르며 신의 강림처로 생각한다. 그리고 이들은 '산은 망자(亡者)가 사는 세계'라는 인식이 강하다. 예부터 망자의 영혼은 산으로 간다고 믿어 마을 가까운 야산에다 시신을 묻었다.

풍수로서의 산

풍수(風水)는 '장풍득수(藏風得水)'의 줄임말이다.

이 개념은 바람과 물에서 생성되는 생기, 즉 자연의 힘을 끌어들여 인간활동에 응용하고자 하는 사상에서 비롯되고 있다. 땅 속에 있는 생기는 산줄기를 타고 내려온 내맥에 더욱 많고, 이것은 청룡과 백호가 감싸고 있는 혈점에 가장 왕성한 것으로 보고 있다. 따라서 명산은 풍수로 볼 때도 완벽한 조화를 이루고 있다.

풍수지리에서는 산줄기를 용(龍)이라 하고 용이 뻗어 오는 내맥을 용절이라 한다. 용절의 모습은 그냥 이루어진 것이 아니고 성요(星曜)가 지상에 반영되어 산줄기를 이루면서 형성된 것이다. 그러므로 산줄기에는 신비한 생기가 감추어져 있다고 보는 것이며, 지덕을 많이 받아 누리려면 생룡을 잘 판별해야 하는데 이것이 이른바 간룡법(看龍法)이라는 것이다.

풍수 사상의 가장 기본적인 입장은 배산임수(背山臨水)다. 다시 말하면 산을 등지고 물을 가까이에 둔다는 것이다. 우리 나라의 마을 형태는 대부분이 이 이론을 근거로 형성돼 있다고 보아도 과언이 아니다. 그만큼 우리 민족은 풍수 사상을 중요시 여겨 왔으며 산을 보는 시각을 넓혀 왔다.

박종화 선생이 쓴 《청산백운첩(靑山白雲帖)》에도 산을 풍수로 해설한 대목이 나온다.

'동으로 주산(主山)인가. 명미(明媚)하고 아담하고, 수령(秀靈)한 일좌(一座) 청산이 구름 밖으로 날듯 벌어진 곳에 전원이 기름지고, 크고 작은 집이 즐비 점철하여 탐탁한 도시를 이루었다. 산세가 왼편으로 호기롭게 뻗쳤는가 하면, 오른편으로 내리는 듯 주춤하고 엎드렸다. 앞산이 부르는가 하면 뒷산이 응하는 듯하다. 쳐다보니 영기 어리어 정신이 삽상한 듯하고 굽어보니 우줄우줄 그 기상이 만인가 천인 듯싶다.'

은둔처 이상향의 근본

우리 나라에서 삼재팔난을 피할 수 있던 곳으로는 10승지를 손꼽는다. 그러나 이곳의 특징은 모두 산 속에 있다는 것이다. 다시 말하면 외부로부터 단절된 은둔지라는 공통점이 있다. 〈청산별곡〉에 나오는 청산은 바로 삶에 대한 괴로움을 벗어나려고 하는 은둔처로 소개되고 있다.

도교적 신앙 차원에서는 구름에 가리운 산은 이상향으로 인식됐다. 그래서 도사나 신선은 산에 살면서 영생을 누리는 인격체로 생각했다. 불교에서의 산은 수미산(須彌山) 관념의 영향으로 청정한 도량으로 신봉된다. 세계의 중심으로 불리는 이 산은 하계에 지옥이 있으며 가장 낮은 곳에는 인간계가 있다.

그리고 중턱에는 사천왕이 있고 정상은 33천이다.

죄를 지은 사람이 피신하는 곳도 산 속이요, 속세의 미련을 떨치고 자연과 벗하려는 이들이 머무는 곳도 바로 산이다. 매월당 김시습이 벼슬을 버리고 산 속에서 칩거한 것이나 신라 때의 명필가인 김생이 청량산 토굴에서 초서(草書)를 완성한 것도 자신만의 세계에서 구도의 길을 가고자 했기 때문이다.

산신과 산제당

마을에서 가장 중심된 지역으로 주산(主山)을 손꼽는다. 종교적 측면에서 보면 주산은 하나의 소우주인 마을에 자리하는 우주산(宇宙山)이다. 우주산은 천상계와 지상계를 연결하는 가장 대표적이며 보편적인 통로가 된다.

따라서 산은 인간의 영역이기에 앞서 신이 하강하는 거룩한 성소가 된다. 산신을 모시는 제당과 신각이 명산마다 자리하고 있는 것도 이 때문이다.

특히 우리 나라 사람들은 산신이 뒷산에서 항상 마을을 내려다본다고 믿고 있다. 그런 까닭에 사람들은 신령이 내리기에 적당한 장소를 선택해 산제당을 마련한다. 이때 산제당 옆에는 반드시 오래 된 나무와 바위 그리고 샘이 있어야 한다. 모두가 신령한 분위기를 조성하고 제사 때 필요한 물을 구하는 데 유리하기 때문이다.

산신 위패에는 OO 산신지위(山神之位) 혹은 OO 산령지위(山靈之位) 등으로 쓴 뒤 산신이 의지할 자리를 마련해 놓는다. 여기에다 산신도(山神圖)를 걸어 놓기도 하는데, 이때 등장하는 인물은 노인과 호랑이가 된다.

한편 산제당에는 쇠말(鐵馬)과 토말(土馬)을 두기도 한다. 대개 10센티미터 정도의 작은 모양으로 빚어진 이 말들은 산신을 도와 마을로 침입하는 잡귀와 액운을 물리치는 사명을 안고 있다.

전 국토의 70%가 산인 우리 나라에서 산악 신앙이 발달한 것은 어쩌면 당연한 일인지도 모른다. 산에서 좋은 약초를 캐고, 집을 지을 큰 재목을 얻고, 짐승을 많이 잡기 위해서 어떤 의식이 필요했고, 그것이 신앙의 형태로 발전했을 수도 있다. 또 높은 산과 깊은 골에서 느끼는 자연의 웅장함에 두려움을 느낀 인간이 이를 숭배의 대상으로 삼았을지도 모른다.

그러나 이 모든 것보다 더 중요한 사실 하나는 우리 민족이 '하늘을 공경하고 땅을 받들 줄 아는 심성'을 갖고 있다는 것이다. 산악 신앙의 근저에 이 같은 정신이 깔려 있음을 아는 것도 산신을 받드는 것 못지 않게 중요한 문제다.

섹스도 신앙이다

발기부전 치료약인 비아그라로 세상이 떠들썩하다. 요즘 이 약을 모르거나 관심이 없는 사람이 있다면 그는 외계인이거나 12세 미만의 아동일 것이다. 그만큼 이 약은 허약한(?) 남성들에게 있어서 새로운 복음이요 구세주로 등장했다. 물론 이것이 엉뚱한 곳에 남용되거나 오용될 경우 그 부작용도 크겠지만, 현대인들이 이 약에 거는 기대는 사뭇 대단하다. 인간과 섹스에 대한 상관 관계 역시 인류 역사 이래로 최고의 관심사가 되고 있다. 신앙과 함께 말이다.

죄사함을 받기 위한 섹스

1980년대 말 미국에서는 종교의식을 거행하는 여자 성직자가 성교(섹스)를 통해 죄를 사면받을 수 있다며 신도들로부터 1백 달러씩 헌납을 받고 잠자리를 같이해 종교계에 큰 충격을 준 바 있다. 경찰 수사 결과 이 여자 성직자는 무려 2천6백여 명의 남자들과 성교를 한 것으로 밝혀졌는데, 사건 배후에는 남편의 묵인이 있었던 것으로 알려져 충격의 파장을 높이고 있다.

'아내는 신의 행위를 대행하고 있다'고 떳떳하게 말한 남편은, '여자 성직자는 관계하는 남자들의 죄를 사면하기 위해 과감하게 몸을 던져야 하며 이러기 위해서는 반드시 성교를 해야 한다'고 주장해 세인들을 더 놀라게 했다.

이들 부부가 이같이 엉뚱한 생각을 하게 된 것은 남편인 윌버가 꿈에 '하얀 머리와 턱수염을 가진 하나님'의 모습을 보고 1985년 캘리포니아 실버레이크에 교회를 세운 뒤부터라고 한다. 이때 남편인 윌버는 아내에게 성직자가 되기 전에 1천 명의 남자와 섹스를 해야 한다는 조건을 달았고, 아내는 헌금의 명목으로 1백 달러씩을 받고 신도들과 잠자리를 같이한 것이다. 그러나 캘리포니아 당국은 이를 매춘을 위한 사기 행각으로 보고 섹스 기도 행위를 즉각 중지하도록 함으로써 세상을 떠들썩하게 했던 이 사건은 일단락됐다.

사건 후에도 윌버의 부인은 '죄사함을 얻기 위해서는 섹스 기도가 반드시 필요하다'며 자신의 매춘 행위를 정당화해 사이비 성직자의 전형을 드러냈다. 2천6백여 명과 섹스를 하면서 성직자 행세를 했던 이 여인은 이집트 다산의 여신인 '이시스'를 숭배했던 것으로 밝혀졌다.

이와 유사한 사건이 1987년 우리 나라에서도 있었다. 소위 '이슬교' 교주로 자칭한 이모 씨는 '모든 사람은 자신의 섹스

안찰을 받아야만 죄가 없어지고 구원을 받아 천국에 이를 수 있다'고 주장하면서 여신도들을 농락해 왔다. 당시 이 사건은 각 언론사들이 앞다퉈 보도했는데 그 요지는 '교주와 21번 성관계를 맺으면 의인이 된다', '구원에 이르기 위해서는 반드시 교주로부터 섹스 안찰을 받아야 한다'는 것이었다. 이 사건은 피해자라고 주장하는 곽모 씨와 강모 씨 두 여인이 언론사에 공개함으로써 세상에 드러나게 됐다.

이에 앞서 1985년에는 정일수라는 사람이 목사 행각을 하면서 다방 종업원 등을 포섭해 종파를 만든 뒤 여신도들과 수시로 성관계를 가졌는데, 이때의 명분도 은혜를 받는 것과 인침을 하는 것으로 포장됐다. 일단 여인들의 몸을 뺏은 교주는 이후 헌금 강요와 무조건적인 복종을 요구했으며, 이를 거부할 경우 가족이나 사회에 소문을 내 매장시키겠다는 협박을 서슴지 않았던 것으로 알려졌다.

또 1994년에는 '무아교' 사건이 있었는데 역시 섹스교의 일파로 알려졌다. 경기도 성남시 남한산성 부근에 자리한 무아교는 매주 수요일에 나체 예배와 섹스 기도로 의식을 가진 것으로 드러났다. 건물 내부에 탈의실까지 마련해 놓고 의식 중에는 남자 신도가 여신도에게 접근하면 무조건 응해야(?) 한다는 규율을 정해 놓고 이를 엄격하게 지키고 있었다는 후문이다. 이 교파를 창립한 신모(여) 씨는 경찰 조사 결과 술집 종원인 것으로 밝혀져 뒷맛을 씁쓸하게 했다.

1989년에 잠간 나왔다가 없어진 '무치교' 성하운 씨의 행위도 전형적인 섹스교 스타일을 취하고 있다. 자신이 하늘나라의 만

형임을 주장한 성씨는 수원 일대를 중심으로 선교를 하면서 '하늘나라에서는 남녀노소 모두가 한 형제이며, 형제끼리는 몸과 마음이 하나가 돼야 한다. 따라서 어떤 행위도 부끄럽지 않다'는 교리를 내세워 혼숙과 혼음을 하다가 경찰에 고발됐다.

세계적인 성전(性典)들

세계적인 성전으로는 인도의 《까마 수트라》와 《탄트라》, 그리고 중국의 《의심방》, 《방내기》, 서양의 《완전한 결혼》을 손꼽을 수 있다. 이 중 《까마 수트라》는 고대 인도의 바라문 계율로써 종교적이고 철학적인 성(性)의 교전(敎典)으로 알려져 있다.

이 책에는 입맞춤 방법에서부터 정교(精交)에 이르기까지의 성행위 동작이 적나라하게 묘사돼 있다. 이에 비해 《탄트라》는 오늘날의 도색 잡지보다 더 리얼하게 남녀의 체위에 대해 상세한 설명을 덧붙이고 있다. 그러나 한 가지 공통된 특징은 이 표현들이 혐오스럽다거나 추잡해 보이지 않는다는 것이다. 오히려 성행위를 힘의 상징이요, 우주와 교감할 수 있는 영적 행위로까지 승화시킨다는 평을 받고 있다. 그래서인지는 몰라도 이처럼 노골적인 성행위 그림이 담긴 부조물들은 주로 유명 사원(寺院)에서 더 많이 발견되고 있다.

반면 오늘날의 상술은 섹스교의 원조격인 《까마 수트라》 등을 악용하여 새로운 타입의 교파를 창안해 내는 데 이용되거나 아니면 포로노성 전시물을 만드는 도구로 전락시키고 있다. 실제로 인도나 네팔 등지에서는 《탄트라》와 《까마 수트라》에

나오는 성애 장면을 모아 관광객들에게 판매하는 것을 쉽게
볼 수 있다. 이렇게 성의 상품화와 포장화 추세는 가속화되고
있다.

성에 대해 상당히 보수적인 우리 나라에서조차 이제는 성
상품이 넘쳐나고 있다. 따라서 성은 더 이상 감추거나 부끄럽
게 여길 문제만은 아니라는 것이 입증되고 있다. 그런 까닭에
섹스교의 등장도 얼마든지 예상할 수 있었던 문제로 볼 수 있

다. 단지 비밀스런 포교와 집회가 점조직으로 운영되고 있어 세인들에게 드러나지 않았을 뿐이다.

최근 들어 《소녀경》이라든가 《차탈레 부인의 사랑》 등의 책이 새로운 성전으로 부각(?)되고 있는 것도 향후 섹스교의 향방을 가늠해 볼 수 있는 요인이 되고 있다.

반면 강원도 평창군 미탄면에 위치한 청옥산 심도원의 천우범 원장은 기독교의 성경도 성전(性典)이라고 주장한다. 천원장은 또 '섹스는 만병통치약이자 불로초'라고 말한다. 그러면서 섹스 도중에 느끼는 무아지경이야말로 유토피아 세계의 정신이며 이 같은 마음을 갖고 산다면 이 세상에서 악과 불신은 모두 사라질 것이라고 확신한다. 천원장은 지금도 매년 한두 차례씩 섹스 혁명을 위한 세미나를 개최해 오고 있다.

그런가 하면 우리 나라 문학에서도 질펀한 성 이야기가 곧잘 나온다. 성전(性典)과는 구분이 되지만 해학과 익살이 숨어 있는 내용은 타민족이 흉내내기 힘들 정도다.

다음은 판소리 〈변강쇠〉에서 옹녀가 늘어놓는 사설 한 토막이다.

옹녀, 강쇠 기물(己物)을 가리키며,

"이상히도 생겼네. 맹랑히도 생겼네. 전배(前倍) 사령 서려는지 쌍걸낭을 느직하게 달고, 오군문(五軍門) 군뢰(軍牢)런가 복덕이를 붉게 쓰고, 냇물가의 물방안지 떨구덩떨구덩 끄덕인다. 송아지 말뚝인지 털고삐를 둘렀구나. 감기를 얻었는지 맑은 코는 무슨 일꼬. 칠팔월 알밤인지 두 쪽 한데 붙어 있다. 물방아 절굿대며 쇠고삐 걸낭 등물 세간살이 걱정없네."

섹스교의 원조, 백백교

우리 나라에서 대표적인 사교(邪敎)를 손꼽으라고 하면 백백
교(白白敎)와 용화교(龍華敎)·동방교(東邦敎)를 일컫는 자가 많
다. 이 교단들의 특징은 교주와 여신도들 사이에 불미스러운
일이 많았다는 공통점이 있다. 따라서 혹자들은 이들 교단을
한국판 섹스교의 원조로 일컫기도 한다. 이 교단들과 관련된
사건들은 대부분 일제 때 일어난 것으로 일본인들이 우리 사
상을 말살하기 위해 과장하거나 조작했을 경우가 많아 그대로
믿기는 어려운 형편이다. 그러나 간음 사건만큼은 일부가 사실
로 드러나 충격을 주고 있다.

백백교와 용화교·동방교 교주들은 음양도수의 교리를 내
세워 여신도들을 간음한 것으로 알려졌는데, 이때 피해 여성이
수백 명에 이르고 있다. 용화교 서백일 교주의 경우 1961년 여
수좌 간음 사건으로 1년 6개월간 복역한 기록이 남아 있을 정
도다. 이 때문에 이 교단들은 불명예스러운 별명을 갖게 됐지
만 섹스교라고 단정할 만한 근거는 찾아볼 수 없다.

반면 외국의 경우는 상황이 다르다. 앞서 언급했듯이 외국에
서는 섹스교 자체가 공공연히 등장할 정도이며 호응도 역시
우리의 상상을 초월할 때가 많다. 가령 '라헤리안 무브먼트'나
'사랑의 가족' 등은 '섹스 에너지로 초월적 정신세계에 도달할
수 있다'는 주장을 펴고 있는 것으로 알려지고 있다.

1980년대 초 우리 나라에 들어온 '라헤리안 무브먼트'는 프랑

스 사람 클로드 보리롱 라엘에 의해 창시된 종교 단체이다. 무신론을 주창하는 이 종교 단체에서는 관능명상이라는 독특한 수행법이 전해 오고 있는데, 이는 곧 남녀의 성관계를 의미하는 것으로 풀이되고 있다.

이들이 경전처럼 사용하고 있는 《진실의 서-우주인이 내게 준 메시지》 속에는 '만약 어떤 사람과 또 여러 사람과 관능적 혹은 성적 경험을 나누고 싶다면 여성이건 남성이건 상관없이 상대방 한 사람 또는 여러 사람의 동의만 얻으면 원하는 대로 행하여도 좋다'는 내용을 담고 있다. 관능명상 부분에서는 섹스의 분위기 조성 방법과 그 의미도 자세히 묘사되고 있으며, 같은 회원들 사이에서는 섹스 행위가 개방되어야 한다는 주장도 펴고 있다.

부부 교환 그룹 섹스, 미성년자 강제 추행 등으로 물의를 일으켜 전 세계적으로 말썽을 빚었던 '사랑의 가족'도 전형적인 섹스교다. 우리 나라에서도 하나님의 자녀로 한때 포교를 했으나 세 차례에 걸쳐 강제 추방된 바 있다. 이 교파는 여성의 나체를 그린 만화나 전단지를 거리에서 나눠 주거나 우편을 이용해 발송하는 등의 방법을 통해 사람들의 관심을 끌었다. 그러나 너무나 기이한 교리와 규범에 어긋나는 성행위 등을 강요해 가는 곳마다 추방을 당하곤 했다.

욕망 초월이 교리가 되기도

대문호인 톨스토이는 '성욕과의 싸움이 가장 어려운 투쟁이다'라고 했다. 성인들의 득도 과정에서 가장 큰 시험은 여색과

정욕을 멀리하기 위해 자신과 싸우는 것이라고 한다.

인도의 아버지로 추앙받고 있는 간디는 자서전에서 자신의 성문제에 대해 비교적 상세하게 적고 있다. 그는 자신의 성적인 충동과 욕구에 대해서도 솔직하게 서술해 놓고 있는데, 1933년까지 이 욕망에서 헤어나지 못했음을 고백하고 있다.

그의 최초의 투쟁은 성욕에 관계된 것이었다. 까다로운 절식과 규칙적인 생활 습관도 성적 욕구를 줄이기 위한 투쟁이었다. 그는 결국 31세 때 성교를 끊어 버렸다. 이후 7년 뒤에는 항구적인 금욕생활을 맹세함으로써 자신의 절제를 재확인했다. 그는 이것을 극기를 지향하는 제1보로 여겼다. 아힘사 교리, 즉 비폭력 교리에 대한 필수적인 예비 조치는 이렇게 진행된 셈이다.

결국 섹스를 방편으로 악용할 때는 사회에 물의를 일으키는 경우가 대부분이고, 섹스를 참사랑으로 승화시켜 나갈 때는 구도의 길이 된다는 것이 입증되고 있다. 섹스는 굳이 종교로 발전시키지 않더라고 행위자의 마음가짐에 따라 이미 신앙과 사이비로 구분되고 있기 때문이다.

아내를 많이 얻는 사람들

장가 못 간 예수, 최고의 악처를 둔 소크라테스, 아내와 별거한 석가모니……

성인들의 가정사는 평탄치가 않은 듯싶다. 그런데도 속세의 많은 사람들은 부인을 서너 명씩 거느리는 것을 대단한 영광(?)으로 여긴다. 일부일처(一夫一妻)보다는 일부다처(一夫多妻)를 선호하기 때문이다.

일부다처가 좋다

이슬람교의 창시자인 마호메트는 9명의 아내와 5명의 첩을 둔 것으로 전해지고 있다. 그는 25세 때 자기보다 15년이나 연상이며 이미 두 번이나 결혼 경험이 있는 '카디자'와 결혼했다. 이들은 24년간이나 함께 살았으나 마호메트가 50세 되던 해 '카디자'가 죽자 또 다른 부인을 맞아들이게 된다.

이슬람교의 경전인 《코란》은 남성 무슬림(교인)이 유대교나 기독교 여인과 결혼하는 것은 합법적으로 허용하고 있으나 여성 무슬림이 이교도인과 결혼하는 것은 인정하지 않고 있다. 또 이교도와 결혼하기 위해서는 상대방을 반드시 개종시켜야 한다는 내용을 담고 있다. 그들의 결혼관에 대해 《코란》은 이렇게 가르치고 있다.

'그녀가 믿음을 갖게 될 때까지는 절대로 우상을 숭배하는 여자와는 결혼하지 말라. 아무리 그녀가 매혹적일지라도 우상 숭배자인 여성보다는 차라리 신앙이 있는 노예가 낫다.'(코란 2장 220절)

반면 이슬람은 일부다처에는 비교적 관대(?)했다. 당시 아랍(중동)의 관습 중에는 '무타'라고 부르는 일시적인 결혼이나 쾌락을 위한 결혼이 존재했었다. 이러한 결혼은 여자에게 일정 금액의 보수를 주고 일정 기간 동안 동거하는 일종의 계약 결혼이었다. 이 같은 영향을 받아서인지 코란은 미풍양속을 해치지 않고 방탕함에 빠져들지 않는 한 돈으로 여러 명의 아내를 마련하는 것을 허락하고 있다.

이와 관련해 《코란》은 '그대가 동거한 여인에게 약속한 보수를 반드시 지급하라. 그것은 의무 조항이다(4장 28절)'라고 말한다. 따라서 이슬람의 무슬림들은 4명까지 아내를 둘 수 있는 권한을 갖고 있다.

이 문제에 대해서는 설왕설래가 많으나 대개는 '한 남편에

한 여자'라는 대원칙에는 큰 변화가 없다. 다만 전쟁으로 인해 많은 남편들이 전사하자 미망인들을 수습하기 위한 일환으로 일부다처가 용인되기 시작한 것으로 보고 있다.

5백 명의 부인을 둔 왕

문화인류학자들이 지구촌 850여 부족사회를 대상으로 조사한 바에 의하면 약 80%의 부족이 일부다처의 혼인을 허용하고 있는 것으로 나타났다. 그러나 문명이 발달하고 전쟁이 줄어들면서 일부다처제는 점점 사라지고 있는 추세다.

일부다처제는 몇 가지 유형으로 나눌 수 있다.

첫째는 여러 아내들이 각자 자기 자식과 함께 별개의 집에서 사는 것이고, 둘째는 여러 아내들이 모두 한지붕 아래서 동거하는 것이다. 세 번째는 몇몇의 아내가 전혀 다른 마을에 거하는 경우다.

그렇다면 일부다처제의 장점은 무엇이 있을까. 그것은 지역 혹은 부족 내 모든 여자들을 결혼시킬 수 있다는 것과, 또 하나는 남편의 지위나 재산이 자식들에게 공정하게 돌아갈 수 있다는 것이다.

그러나 이 같은 장점은 이론에 불과한 경우가 대부분이고 자신의 신분과 재력을 이용해 여인들을 강점하는 예가 더 많았다. 특히 부족의 추장이나 국가의 최고 통치자인 왕은 자신의 욕구 충족을 위해 다처를 거느려 왔다.

이 중 고대 이집트 왕조의 람세스 2세(BC 1290~1224)는 67년 간 권좌에 있으면서 정식 왕비 외에도 수많은 첩을 두었는데,

그 덕분에 슬하에 162명의 자녀를 두기도 했다.

아프리카에서도 일부다처 제도가 성행하기는 마찬가지다. 이 중 이슬람교의 영향을 받은 카메룬의 반투스족 바이콤 왕은 5백 명의 아내를 거느리고 있어 유엔의 인권옹호위원회에서 문제(?)를 삼기도 했다. 1백 살이 넘은 이 왕은 각 마을에 신하와 군인을 파견해 12세에서 15세에 이르는 소녀들을 모두 끌어들였는데, 이들이 거부하면 부모에게 몸값을 지불하는 방법을 쓰기도 했다.

동원된 소녀들은 후궁 '하렘'에 수용돼 선배 왕비들로부터 처녀성 여부를 검사받은 뒤 왕의 침실로 안내되곤 했다. 이 같은 사실은 이곳에 파견돼 있던 유럽 선교사들에 의해 문명 세계에 알려지게 됐다. 이 보고를 입수한 유엔인권위원회는 즉각 4명의 조사위원을 파견하여 사실 여부를 조사하게 했다. 그런데 이 왕은 오히려 자신이 많은 아내를 거느린 것은 박애와 자선을 펼치기 위한 것이라고 능청을 떨었다고 한다.

호주의 원주민인 애버리진(Aborigine)족은 여자아이가 태어나자마자 아버지가 특정인에게 딸을 제공하겠다고 약속한다. 따라서 이곳 여자는 아무리 나이가 어려도 이미 누군가의 아내가 돼 있는 셈이고, 이 아이는 사춘기가 되면 예약된 남자한테로 가서 살았다. 이 과정에서 딸의 아버지는 자식을 그 집단의 지도자에게 주는 경우가 많아 늙은 사위를 얻는 때도 많다고 한다. 물론 딸을 주는 이들도 이미 여러 명의 아내를 거느리고 있는 기혼자들이다. 그런데도 불구하고 자기 딸을 나이 많은 이에게 주는 것은 자신도 그 지도자의 딸을 아내로 받아 신분 상승을 꾀하려는 의도가 숨어 있다는 것이다.

다처제의 원조, 라멕

기독교에서 등장하는 일부다처제의 원조는 라멕(Lamech)이다. 힘센 젊은이라는 뜻을 가진 라멕은 가인의 자손인 므드사엘의 아들로 '아다'와 '씰라'라는 두 여인을 아내로 얻음으로써 일부다처제의 시초를 열었다. 성경 창세기 4장 19절에 보면 '라멕이 두 아내를 취하였으니 하나의 이름은 아다요 하나의 이름은 씰라며'라고 기록돼 있다. 라멕은 두 여인을 취하고도 777세까지 장수한 것을 보면 당시 이 문제는 큰 죄가 아니었음을 짐작케 한다.

또 개신교의 일파인 말일성도예수그리스도의교회(몰몬교)도 일부다처제에 비교적 관대한 편이다. 이 때문에 몰몬교인들이 몰려 살고 있는 미국 유타주는 일부다처주의자들의 숫자가 점점 늘어 1950년대 초반에 비해 최근에는 10배나 급증하고 있는 추세라고 한다. 원래 기성 교인들은 몰몬교의 일부다처 제도에 불만을 나타내 이들의 주창설에 반대 입장을 분명히 했었으나, 이 교회 지도자인 윌포드 우드러프가 제도 개선을 약속함으로써 1896년 미연방에 들어갈 수 있었다. 그럼에도 불구하고 우드러프는 94세로 죽을 당시 여섯 명의 아내와 43명의 자녀, 그리고 235명의 손자를 두고 있었다.

미국 뉴욕에 살고 있는 유태계 남성들도 축첩(蓄妾) 문제에 관심이 크다. 이들은 축첩제도가 이혼율의 증가를 막고 가정의 평화를 가져다 준다고 믿고 있다. 또 유태교 율법에도 축첩제도는 어긋나지 않는다고 말한다. 이 같은 사실을 입증하듯 최근 유태인 밀집 지역인 브루클린 퀸즈 브롱크스의 유태교회 주변에는 능력 있는 남자들의 축첩을 권유하는 전단지가 대량 살포되고 있다고 한다.

샬롬베이스(히브리어로 조화로운 가정이라는 뜻)라는 단체에서 배포하고 있는 이 전단의 내용은 '뉴욕에는 기혼 남성의 첩이 되기를 원하는 혼기 놓친 커리어 우먼들이 수백 명'이라고 전하며 '유태교의 첩제도는 성서에도 많이 나오며 선대의 많은 랍비들도 불륜의 죄를 방지하기 위해서 이 제도를 허용했다'고 선전하고 있다.

한편 유태교에서는 간통제는 여성에게만 적용되며 남성에게는 적용되지 않는다. 이혼 역시 남성만 할 수 있으며 이혼당한 아내는 남편의 재혼 후에도 전 남편의 허락이 없으면 재혼도 하지 못할 정도로 여인에 대한 억압이 심하다.

돼지 두 마리면 신부 산다

중국의 소수민족 중 두룽족은 아내를 맞아들이는 것을 '푸마'라고 부른다. 이 말은 여자를 사 온다는 뜻이다. 이때 여자의 값은 돼지나 소의 값으로 환산하여 여자측 부모에게 주면 된다. 그러나 이 값은 여자의 신체 조건에 따라 크게 달라진다. 이때 가격이 올라가는 여자는 손과 발이 큰 여자, 발목이 가늘며 엉덩이가 큰 여자다. 이런 여자는 다른 이에 비해 소나 돼지의 마리 수를 훨씬 더 쳐 주어야 한다.

티베트 자치구의 외족 남자도 소만 있으면 여자는 얼마든지 사서 거느릴 수가 있다. 위구르족의 부자들도 여러 명의 첩을 두고 있는데, 이 부족의 특징은 본처가 막강한 권력(?)을 쥐고 있다는 것이다.

본처는 남편의 첩 중에 눈에 거슬리는 여인이 있으면 세 번 연속으로 '타라크'(이혼이라는 뜻)를 큰소리로 외치면 이 첩은 보따리를 싸서 집을 나가야 한다.

이 관습은 중국 당국이 1949년 10월 새로운 혼인법을 제정하고 악습을 폐지할 것을 종용하고 있지만 아직도 없어지지 않고 있다고 한다.

우리 사회에서는 잉첩 · 천첩 존재

과거 우리 사회에서 정처(正妻)가 아이를 낳지 못하면 칠거지악(七去之惡)에 해당되어 집에서 쫓겨나도 할말이 없었다. 다행히도 그 정처에게 혼인 적령기의 여동생이 있을 경우 남편을 졸라 후처로 맞아들이도록 했다. 남편이 동생을 잉첩으로 맞아들이면 본처의 마음은 대개 가벼워진다. 다른 계집이 들어와 속을 썩이는 것보다 친동생으로부터 씨앗을 얻게 하는 것이 낫다는 생각에서 비롯된 풍습인데 이것을 일러 잉첩(媵妾) 제도라 한다.

반면 기생첩은 천첩(賤妾)이라고 불렀다. 기생첩을 천첩이라고 부르게 된 연유는 이렇다.

우리 나라의 경우 동성동본끼리의 혼인과 성관계가 철저히 금지되고 있다. 그러나 기생이란 직업은 이런저런 것을 다 가릴 처지가 못 되었다. 성과 본을 내세울 수 없었던 만큼 같이 잠을 잔 이가 동성동본인지 아닌지 알 수가 없어 이를 첩으로 얻은 경우 천한 여자라는 뜻에서 천첩으로 부르게 된 것이다.

그러나 우리 사회에서는 아직도 일부다처제를 인정하지 않고 있다. 다만 대(代)를 잇기 위한 방편으로 첩을 두는 것은 '모른 체'하는 정도로 덮어 두는 편이다. 사회 분위기도 그렇지만 첩에 대한 시기와 질투는 유달랐다. 오죽하면 남편이 첩을 얻게 되면 '눈에 가시요, 돌부처도 돌아앉는다'고 할 만큼 싫은 내색을 했을까. 이 같은 영향 때문에 일부다처제가 이 땅에 영영 뿌리 내리지 못하고 있는지도 모른다.

글을 마치며

글을 쓰는 것은 늘 어렵다. 더군다나 만인이 함께 읽을 수 있는 책을 쓴다는 것은 더 힘들다. 몸도 마음도-.

그러나 고생 끝에 탈고하고 긴 여운 뒤에 만져 보게 되는 책은, 그 두께만큼이나 내 연륜을 높여 주는 것 같아 흐뭇해진다. 마음도 몸도-.

매년 책 한 권씩을 내기로 작정하고 실행에 옮긴 지도 4년째다. 아직은 글쓰기에 이골이 나거나 소재가 없어 쩔쩔매는 형편은 아니지만, 왠지 가슴 한 구석에서는 바람 새는 소리가 들리는 것 같다. 쓸데없는 짓 언제까지 할 거냐는 비아냥 같기도 하고, 때로는 분수를 알라는 충고도 같고.

그러나 나는 애써 이 소리들을 외면한다. 원래 내 가슴은 구멍이 숭숭 뚫려 있어 예전부터 바람 새는 소리가 들렸었으니까. 지금에 와서 그 소리들을 다 분석하다가는 남은 내 인생을 가불해도 부족하다는 것도 알고 있다. '그런데 책은 왜 내?' 하고 물으면 기실 할말은 없다.

살다 보면 신기한 것도 보게 되고, 재미난 이야기를 듣기도 한다. 때론 훌륭한 기술과 중요한 물건을 전수받기도 한다. 금 강산에 다녀온 사람이, 혹부리 영감 이야기를 들은 꼬마가 입을 다물고 있으면 피차간에 답답하다. 금강산에 다녀온 사람은 만물상이 어떻고 구룡폭포가 어떻다고 주변인에게 이야기를 전할 때, 말하는 이도 듣는 이도 절로 신이 난다. 이때는 혹간 '뻥'(?)이 섞여 있어도 문제될 것이 없다. 아이들 옛날 이야기도 마찬가지다.

나 역시 오랫동안 글을 쓰다 보니 다양한 세계의 자료들이 모아졌다. 혼자만 두고 보기에는 아깝고, 그렇다고 그냥 내보내면 아무 가치도 없는 휴지 조각에 불과할 것 같아 책으로 엮게 됐다. 속 보이는 핑계라고 해도 좋다. 하지만 이런 핑계라도 댈 수가 있어 나에게는 얼마나 다행스러운 일인지 모르겠다.

이왕지사 한 가지만 더 핑계를 대자. 이 책에 글을 싣다 보니 '믿거나 말거나' 식의 내용들이 너무 많다는 것이다. 사실 여러 자료를 뒤지고, 가능한 한 현장도 많이 다녔지만 지구촌 곳곳에서 일어난 일들을 모두 확인할 수는 없었다는 것이다. 그렇다고 픽션을 가하거나 상상으로 썼다는 뜻은 아니다.

다만 독자들의 이해를 구하고 싶은 것은, 이 책 중에 내가 편협하게 알고 있는 분야가 그대로 노출돼 있을 수도 있다는 것이다. 따라서 정확한 정보를 더해 주어야 할 것은 독자들의 몫이라는 것이다. 책 내용 중에 가감해야 할 부분이 있다거나 수정을 요하는 곳이 있으면 바로 연락을 주기 바란다. 확인을 거친 후 다음 판에 고칠 것을 약속하기 때문이다.

가끔 내 글이 실린 잡지나 신문, 혹은 책을 아들이 열심히 읽을 때가 있다. '어린 녀석이 뭘 알까' 하고 무시할 수도 있지만, 가능한 한 열심히 설명을 해 준다. 그러면 녀석은 묘한 표정을 짓다가 다시 책장으로 눈이 간다. 조금 더 크면 녀석도 신을 찾고 믿고 따른다며 설쳐댈 것이다. 그때 이 책이 종교의 다양성과 역사성을 이해시켜 주는 데 일조했으면 좋겠다.

이 세상은 종교와 신앙이 없더라도 어차피 요지경 속이다. 별난 사람들이 많기 때문이다. 나 역시 그냥 지나치지 못하고 글을 엮어 책을 내는 것도 별난 축에 들 수가 있다. 이 책을 읽는 독자 역시 수많은 책 중에 왜 이 책을 선택해 읽을까. 역시 별나기 때문일까.
　새 천년에는 우리 모두가 진짜 좋은 세상을 만들기 위해 별난 일들을 해 보자.

2000년 2월

글쓴이

별난 종교 이야기

초판 인쇄 · 2000년 4월 3일
초판 발행 · 2000년 4월 10일

지은 이 · 김석현
펴낸 이 · 임종대
펴낸 곳 · 미래문화사

등록 번호 · 제3-44호
등록 일자 · 1976년 10월 19일

주소 · 서울시 용산구 효창동 5-421 ㉾140-120
전화 · 715-4507, 713-6647
팩시밀리 · 713-4805

ⓒ2000, 미래문화사
정가 · 8,000원
ISBN 89-7299-185-6 03810